The girl and

少女与泰坦尼克

徐小雅

著

Titanic

江苏凤凰文艺出版社
JIANGSU PHOENIX LITERATURE AND ART PUBLISHING, LTD

目　录

少女与泰坦尼克

上

温莹莹十二岁时正式进入青春期，人像吃了发酵粉一样，迅速长长、长宽。肚子总是饿的，每天回家吃两碗饭。吃饭时，母亲林美凤死死看着女儿像老家来的穷亲戚一样，用木饭勺的背面将米饭压得平些，再平些。

林美凤忍住厌恶，说:“吃那么多，买衣服要没有你的号了。”

林美凤长得很美。长圆眼睛，略带婴儿肥的瓜子脸，让她看起来比实际年龄小十多岁。她是北方人，却生得身形小巧，和丈夫身高相差近二十公分。林美凤思想前卫，年轻时就很注意控制体重，生产后更甚。“吃饭六分饱，赛过寿星老”，她熟谙各种减肥方法，黄瓜餐，苹果餐。她不怕内分泌失调，把减肥事业进行得轰轰烈烈。林美凤四十岁了，身上有点余肉，但整体却很紧实，没有这个年纪通常都会有的啤酒肚与麒麟臂。从背后看，她像是未生过小孩的少妇。女友们看她时，羡慕的目光后带着嫉妒：“美凤，你身材好哦。”她们上下打量她，目光如刀。背后女友们相互议论：“瞧林美凤那骚劲儿。”

话传到林美凤耳中，她当作赞美，一笑置之。不久，女友们转移目标，将目光聚焦到温莹莹身上。林美凤带温莹莹去打牌，麻将桌上，常有人看似不经意地对林美凤提起："美凤，你家莹莹一点不像你。最近又胖了吧？"

"胖点好，莹莹看起来很老实，不像我们家小孩，一天到晚搞鬼搞怪。"

"美凤，《追妻三人行》看了吧？你们家莹莹蛮像那个美好的。"

众人皆笑。林美凤双手糊弄着牌，笑容未改，只在嘴角微微抽动。

饭桌上，林美凤看着女儿狼吞虎咽的蠢样，心里升上一股急火。她忍住，尽量平和心绪，说："不要吃得那么蠢相。谁和你抢吗？再这么吃下去，你以后都买不到衣服！"

温莹莹缩回筷子，想夹肉，又犹豫不决。她盯住菜盘，抬头看看林美凤，嘴巴瘪下来，眼睛一挤，泪光闪闪中透着一股无辜。林美凤恨铁不成钢，将头扭向一边："算了算了，吃吧。"温莹莹如得特赦，赶紧接连夹起几片肉，放在碗里，大口扒掉，仿佛是害怕母亲反悔。林美凤不屑看她，起身走开。从此，她不再带温莹莹外出打牌。

温莹莹的确不太像林美凤。她挑着父母的缺点遗传，塌鼻子，五比五的身体比例。按照基因，她不应该是胖子。林美凤自然不必说，父亲温学新体格壮实，但拢共不过一百四十斤，属于标准身材。一家三口中，温莹莹像是个抱错了的小孩。

她扎两条辫子，因弱视而戴一副巨大的眼镜。那年头放《追妻三人行》，人人都说她神似林美好——老实、淳朴——潜台词是傻。林美凤意识到这一点后，更鲜少带她出门。

九八年，温莹莹十二岁，上五年级，五十五公斤。

那一年放《泰坦尼克号》。温莹莹在的新江市第一次放外国电影，票九十多块一张，黄牛也很难弄到手。温学新一个做生意的朋友大手笔，送了两张票给温家。温莹莹吵着要去。林美凤说："小孩子看什么电影。"其实是怕遇到朋友，又免不了吃一场话中有话的暗笑。

温莹莹说："胡兴华他们全家去。"

胡兴华是温莹莹同桌，爸妈皆做生意。两人把胡兴华丢给班主任李老师，每月付老师一笔钱，管饭管作业，形式如同午托。李老师安排他与温莹莹同桌，把包袱丢给她。李老师说："你是班长，班长要帮助其他同学共同进步。"

温莹莹觉得责任重大，自己像是雷锋，每天叮嘱胡兴华写作业。胡兴华不耐烦，说："哎呀，抄一下就好了，不用那么认真。"

考试时，胡兴华趁老师不注意，将温莹莹的卷子拽过来，压在自己卷子下唰唰抄写。温莹莹又急又心慌，想抢回卷子，又怕动作太大，被老师发现。她不敢举报，只得将头趴着压在桌上，假装休息，焦灼地祈祷考试快点结束。考试结束，温莹莹仍是全班第一，胡兴华前进十名，李老师表扬他们是学习互助好对子。胡兴华为了表示感谢，送了温莹莹一袋外国巧克力。他说："温莹莹，你人最好了，下次记得再给我抄嘛。"

温莹莹想了想，说："好。"

"人家有钱，我和你爸是上班拿死工资的。"林美凤说，"你作业写完了？像你这样，得勤快点才行。”

温莹莹不依，伸手拽林美凤裙子，被母亲一手拨开。她坐在地上，假装要哭。不知怎的，一股委屈真实地涌上来，让她感觉鼻腔酸胀。她挤挤眼睛，眼泪成串下落。因为哭，她的鼻子和眼睛纠结在一起，像是一团揉旧的抹布。林美凤心生厌烦，说：“去去去，哭也没有用。”

温学新和林美凤去看电影了。二人将温莹莹反锁在家，命令她早睡觉。十一点多两人从电影院返回，看见温莹莹还没睡，林美凤说：“幸亏没去看，沉船啊，吓死了。”林美凤的脸红通通的，像是被大风吹过。她突然想起什么似的，拍了一下温学新的胳膊，将目光望向温莹莹：“莹莹这么胖，要是真的上了船，不晓得跑不跑得脱?”温学新斜了一眼林美凤，瘪嘴憋住笑意。

当天晚上，温莹莹做了一个沉船的梦。她梦见自己坐在一条木船上，水一波接着一波推搡着船舱，她被荡漾得头晕，直想吐。她试图站起来。船板吱吱呀呀响个不停，好像即将散架。她只得重新坐下，双手抓紧船舷。风卷着海浪扑打过来，涌进船舱，溅了她一身水。她惊慌地跳起来，船吱吱尖叫了几声，突然裂开，沉了。

温莹莹大叫一声，从梦中醒来，右侧脸颊湿热地淌着泪。夏夜，她听到窗外细微的虫叫声如海浪般升起，很快又被夜色淹没。温莹莹用毛巾被裹住自己，似热，又冷。没有人听见她的惊叫。温莹莹竖起耳朵，企图寻找出一些动静。隔壁房间里，除了父亲略微夸张的呼噜声与磨牙声，什么也没有。

胡兴华问："你去看《泰坦尼克号》了吗？"

温莹莹说："没有，我爸我妈不让我去。"

胡兴华说："哇，太可惜了。真好看，就是女演员太胖了，还不穿衣服。"

"为什么不穿衣服？"

"他们两个谈恋爱呀，谈恋爱就不用穿衣服。"

温莹莹想起母亲说的沉船，反驳说："不是谈恋爱，我妈说，是好大的一艘船沉了，很吓人的。"

胡兴华说："是沉船呀，但主要还是谈恋爱。"说完，他凑得离温莹莹近了些，压低声音："你知道那个船为什么沉了吗？"

"为什么？"

"因为女演员胖呀！女演员把船压沉了，哈哈哈。你比她还胖，哈哈哈。"

温莹莹愣了愣。她低下头，第一次注意到两腿与课桌之间的狭窄间距。她胸前的扣子紧紧地绷着，两团已经发育的乳房呼之欲出。她第一次直观地感受到自己的胖。狭窄的空间被她庞大的身躯占据着，像是一种侵略。她呼吸急促起来。这种后知后觉的侵略者身份让她感觉羞愧，还有恐惧，仿佛压沉了泰坦尼克号的不是女演员，而是她自己。

火从耳根处蹿上来，把温莹莹的脸烧红了。温莹莹鼻子一酸，想哭。没想到，一阵鼻酸很快就过去了。温莹莹揉了揉眼睛，干干的，没有半点泪水。她想用力扑倒在桌子上，将脑袋埋在臂弯里大哭一场，好引来同学们注意。女生们都习惯这么做。哭总是很容易解决问题，或者引来老师。在这样的情况下，男生通常也会慌了手脚，低声下气地来求，不要哭了，求你了。温莹莹想着，趴倒在桌上，干嚎起来。

她没有吓倒胡兴华。胡兴华见状，反而哈哈大笑，尖着嗓子喊："肥婆哭啦，肥婆哭啦！"

肥这个字，像锥子一般扎入温莹莹的耳朵。不知道为什么，她想到了林美凤炒的五花肉。他们家只有温学新吃五花肉。林美凤要保持身材，绝不会吃。温莹莹也是不吃的。她嫌弃五花肉上肥肉太多，油腻腻的。快要咽下去的时候，一团油腻就堵在嗓子里，像痰一样。一次，温莹莹伸手去摸了摸摆在案板上的生肉。滑，腻，像是鼻涕。她赶紧开水洗手。油脂在手上结成豆子大小的油珠，刺激得人心口发麻。她慌张地捏起洗洁精瓶子，用力挤出一块，快速搓手，好不容易才将那层油腻给搓洗掉。温莹莹闻闻指尖，肉腥味儿犹存。

想到这个，温莹莹仿佛看见自己被切开，身上流出黏腻的油脂。她倒吸一口气，羞耻和愤怒一起涌了上来，在她的胸口肿胀成团。她想要叫，可胸口被一团闷气顶住，让她发不出声。温莹莹砰地用腿肚推开椅子站起来，奋力大叫了一声，一巴掌打向胡兴华的脑袋。

胡兴华愣了一下，张开嘴巴。班上不知道是谁喊了一声："温莹莹打人了！班长还打人！"听到这句话，胡兴华像是触电一样突然回过神，伸出拳头，向温莹莹挥了过来。两个人扭打着摔倒在地上，灰尘四起，在温莹莹的脸上结成黑泥。

李老师瞪着黑乎乎的两个人，问："为什么打架？"

“温莹莹先打我的!”胡兴华先喊出声。

李老师将目光转向温莹莹：“温莹莹，你来说说看。”

温莹莹不回答，只是低头看着自己的脚。夏天，她穿着一双镂空的白色塑料凉鞋。凉鞋便宜而柔软，几乎全学校的女生都穿这样的凉鞋。新买来的鞋子上有五朵彩色花朵，用铜质的圆条扭成球状，充当花蕊。温莹莹的凉鞋已经穿了一段日子了，金色的花蕊已经掉光，剩下五朵颜色暗淡的花瓣。因为胖，她的脚背鼓胀在船形的鞋缘上，被勒出红色的肉痕。没了花蕊，花朵中心漏着圆形的洞，感觉像是牙齿漏风，让人觉得缺少底气。

李老师又重复一遍：“温莹莹，问你话呢，你是班长，为什么打人?”

温莹莹仍不开口。李老师感觉威严受损，提高声音：“打人是不对的。温莹莹你身为班长，更应该团结同学。和同学有矛盾，应该讲道理，怎么能用武力解决呢?你是个女同学，女同学打架像话吗?”

胡兴华幸灾乐祸地接话：“就是!”

李老师说：“你给我闭嘴。你是男同学，要爱护女同学，要谦让，打女同学，像话吗?”

胡兴华瘪了。李老师将转椅转回到桌面上，拍拍桌子，说：“你们两个，回去给我写一千字的检查。明天交给我。胡兴华可以走了，温莹莹留下来。”

胡兴华走后，李老师把温莹莹拉到跟前。她很瘦，手掌的骨架明显，没有肉，像是只用骨架就撑起了整副皮囊。她用手把温莹莹的手放在手掌中，另一手则轻轻地抚摸。李老师的手温热、柔软，却又带着一股夏日时吃冰的惬意。温莹莹抬起眼睛。办公室里还有几个别班的老师，她们偶尔将目光投向她，笑笑，又埋头伏案。她能感觉到，在那些堆积着的书籍后面，不时有眼光飘过来，像医生手中的手电，在她身上来回扫射。

温莹莹有些后悔，觉得辜负了李老师信任，给她添了麻烦。

李老师说："好，现在你可以告诉我了吧？到底是怎么回事？"

温莹莹低着头，小声说："胡兴华骂我。"

李老师说："你刚才怎么不说？骂你什么了？"

温莹莹又把头低了下去，小声开口说："他骂我肥婆。"

她没有抬头。但她能感觉到，李老师先是怔了一下，很快憋着鼻子喷出一口气。像是要笑，却又觉得笑不应该，把笑生硬地憋回去了。温莹莹翻起眼球去看李老师，她的嘴瘪瘪的，嘴尖堆成一个花蕊。李老师吸了一口气，做出严肃的样子："胡兴华这样说你是不对的，但你是班长，不应该动手打人。班长要起带头表率作用。以后有什么事情，应该及时向老师汇报。这样才是好干部，知道吗？"

见温莹莹不说话，李老师又补充道："这样吧，检查不用你写了，但没有下次了。"她伸出手来摸摸温莹莹的脑袋，说："学习好就行了，小朋友不用考虑其他的。"

温莹莹的心沉静下来。她点点头，走出办公室，走到走廊上。风吹起来，将办公室里说话的声音吹到她的耳朵里。"你们班班长啊？你们班女生好像就她最胖吧。上次我见过她妈妈，身材很好的，简直像两个人。”“就是啊。哎，虽然这样嘲笑她是不对，但是，小孩子长成这样，也的确太不好看了。”李老师叹了一口气。风把叹气声吹进温莹莹的衣衫，把衣服吹得沉甸甸的。走廊上的沙土被席卷起来，扑在她的脸上。温莹莹步履缓慢，感觉周围的一切都在静下来，静下来，接着消失，剩下她一个人，艰难地继续往前走。

她决心和胡兴华和好。因为李老师说，和同学之间相亲相爱，是一个好干部的职责。她作为班长，更应该起带头榜样作用。单元测验时，胡兴华照例拽走温莹莹的卷子，她熟练地在一旁掩护。发布成绩，胡兴华又进步了几名。李老师站在课堂上表扬他们。阳光将她的脸照耀成饱满的金红色，使她的笑容看起来像是一轮满月。

胡兴华收起卷子，凑到温莹莹耳边：“温莹莹，等下次考试，你……”

温莹莹点点头：“我会给你抄的。”

胡兴华的眼睛闪闪发亮，说：“你这么好，我请你吃巧克力?”

温莹莹的脑袋突然灵光一闪：“不过我有条件的。”

胡兴华瘪着嘴，哼出一口气：“你想要干吗?”

温莹莹说：“不许你喊我肥婆。”

胡兴华说：“好，好。没有问题。”

“也不许你到处给我起外号。”

“好，好，绝对不给你起外号。”

温莹莹安下心来。两个人继续互相帮助，俨然一对亲密好友。

一个月后学校体检，温莹莹又重了十斤，变成六十公斤。她把其他的体检项目提前做了，甚至咬咬牙首先做了最可怕的视力检测。她磨磨蹭蹭，拖到最后一个去称体重。她失策了。这时候，班上的同学们几乎都已体检完毕，一个个闲在卫生室里聊天。见温莹莹落在最后，每个人都目光炯炯地看着她。医护室老师说："那个同学，快点，就剩你一个了。"

温莹莹犹豫地脱了鞋，踩到秤上。医护室老师冷冷地看了秤一眼，迅速转向坐在体重秤旁边的另外一个老师，报出数字："六十公斤。一米五八。"

"哈哈哈哈。"胡兴华首先笑起来，"温莹莹一百二了。肥婆！"

"喊什么，都给我安静点！"医护老师喊。

温莹莹愣在秤上，脸又烧红了。同学们偶尔将目光看向她，偶尔耳语低笑。温莹莹知道，他们必然是在笑她。她默默走下来，穿好鞋子，走出医护室。几个男孩从医护室跑出来，看见她，围上来，用手戳她的肚子："哇，好有弹性。""温莹莹，你的肚子好像我爸的肚子哦。""肥莹！肥莹！"温莹莹加快步伐，男孩子们又追上来，超越过她，转过身，面对着她，往后退着跑。他们做出鬼脸，手舞足蹈，有人拉开嘴巴扮鬼脸，有人用手指向温莹莹。他们开口，声音充满一致的节奏："肥莹！肥莹！肥莹！"

温莹莹挥舞着拳头追上去，却步伐不稳，整个人趴倒在地上。因为摔倒，校服上衣被她压在身下，露出圆圆的白肚皮。肚皮如同气垫般撑住了温莹莹，没让她感觉到太多的疼痛。周围响起几声尖叫。人们纷纷四散开去，熙熙攘攘的走廊，一下子变成了温莹莹一个人的世界。周围不时有人从她的身边经过，没有人停下来。

“这不是五班的班长吗？哇，怎么这么肥啊。”

“要是我长这个样子，还不如去死了。”

原来单薄的几声嘲笑变成汹涌的海浪。温莹莹坐在浪尖，感觉自己被抛起来，很快又被浪拍打着按进水中。她感觉窒息，鼻子有酸胀的刺痛感。温莹莹记得这种感觉。暑假时她曾去学游泳，一堂课老师教潜浮，她呛水了，鼻子经过一阵酸，很快，喉咙被消毒水刺痛，在脑子里引发一阵胀痛。她感觉自己在下沉。声音远了，远了，水流中只剩下一片嗡嗡的杂音。她沉了下去，快要落到泳池底部了。

温莹莹局促地坐在地上。她想哭，又不敢哭出声，这太引人注意。此刻，她希望自己能瘦一些，瘦小如虫芥，即便在狭窄的空间里，它也不过是一粒灰尘。又一拨体检结束的学生从医务室里走出来了。脚步声哒哒地在温莹莹身边响过，不时有人指指点点。这么多人。到处都是人。他们瘦弱的身躯在走廊中灵巧地穿行着，唯有她，塌软如一摊烂泥。

她犹犹豫豫地站起来，低下头，奋力挤过人群。

那天晚上，林美凤烧的菜是土豆烧肉，温莹莹最喜欢吃的菜。林美凤将菜盛出来，放在饭桌上。酱甜的土豆，配着被油爆炒过的红辣椒，散发着一股热辣辣的香味。要在往常，温莹莹至少要吃两碗饭。这一天晚上，她的脑海里始终是那句话，“肥婆”这两个词沉甸甸的，压在她的肩上，勒得她肩头痛。

林美凤给她搛一筷子青菜：“快点吃，吃完了写作业。”

温莹莹端着碗，看了看林美凤，又看了看自己的碗，把碗放下了。她叹了一口气。

温学新的脸几乎贴到碗上，他的嘴里塞满了米饭：“莹莹也学会叹气了？”

林美凤翻了个白眼，说：“小孩子家家，屁事不少。快点吃。”

温莹莹放下饭碗，站起来走了。林美凤的声音赶在她关房门之前撵进来：“温莹莹，你吃错药了？”

温莹莹走到桌前，拉开抽屉，拿出一本空白的作业本。她随手捡起一支笔，想了想，在封面上写上几个字——“仇人录”。她已经不记得是在哪个电视里看过这个情节。电视剧里也有那么一个被人欺负的女孩。她被人踩在脚下，决心复仇。于是，她在一本册子上一一记下仇人的名字，待到复仇结束，再把它们一一划掉。温莹莹想起那女孩复仇成功时的表情，心里一股温热和兴奋蹿上来。

温莹莹一笔一画用力地在本子上首先写下：“胡兴华。”

不日，“仇人录”被母亲林美凤发现。她进温莹莹房间里找便条纸，遍寻桌面不得，便把抽屉整个从桌子里拉出来翻找。在翻至抽屉底部时，便条纸和“仇人录”同时映入林美凤眼帘。

林美凤把本子扔到温莹莹面前，问：“这是什么鬼东西？”

温莹莹一开始没作声。她抬起头看看林美凤，眼睛里流露出一股恶狠狠的表情："我以后要报复他们。"

"小孩子说什么报复不报复的，你为什么要报复他们?"

"他们欺负我!"

林美吊起眉毛，神情严肃："欺负你什么了?"

温莹莹以为得到母亲认可，说："他们给我起外号，叫我肥莹，还有肥婆，还说我把泰坦尼克号压沉了!"

林美凤先是一愣，眉头微攒，很快，她恼怒起来。

"你看看你这个样子，哪个同学可能不笑你？要想不被人家笑，你自己倒是努力下呀!"

温莹莹捡起本子，上齿咬住下嘴唇，趁林美凤不注意，将"仇人录"拎回房间。她打开本子，想了想，在新的一页写上："林美凤。"这回她把仇人录藏在床底下。床与地面之间没有缝隙，清洗灰尘，得翻起床板。温莹莹一层层掀开床单，掀开褥子，掀开垫被，掀开一块床板。她小心翼翼地将"仇人录"放在地板上，然后盖上床板。整个过程让温莹莹感觉庄严，像是执行一个成长的仪式。

下

时间过得很慢，但终究走过去了。温莹莹上初中，上高中，顺利考上大学。这期间，她每天早起，骑车到离家一公里外的地方为同学带早餐。她记得每一个和她有过交流的同学的生日，攒下零用钱，为他们买生日礼物。每个同学都和她关系不错，下课的时候，一众人常常聚在温莹莹的桌子周围聊天。“莹，听说我们学校最近开了个面馆呢，很好吃。”“莹，再过几天到我生日了，记得去参加 Party 啊。”

温莹莹说，“好，我请客”，或者“好，我肯定准时参加的”。女生们喜气洋洋地扑在她身上，说：“莹，你人真好，好有安全感哦。”温莹莹的眉眼温和地弯成两条曲线，看起来尤其平和、安详。

她尝试过节食，收效甚微，反而越长越胖。林美凤已经懒得评价她的身材，任由她继续胖下去。想到这身肉可能要长实在自己身上，温莹莹有些害怕。

那几年流行日本电视剧，看着电视剧里的日本女学生穿着短裙和皮鞋，温莹莹更加庆幸自己生在中国。她已经不大好买衣服。走到服装店门口，迎宾小姐看一眼她，笑容僵硬：“不好意思哦，小姐，我们店可能没有你的号。”她听了，耳根发热。店铺门口来来往往的人流，将目光集中在她身上，让她感觉焦虑、害怕。从此，温莹莹不再逛服装店。她也拒绝打扮自己，只是将自己裹进校服。校服是宽大的运动套装，质量低劣，颜色暗淡。每天，学校里四处是穿着松垮校服的学生。温莹莹走在人群中，渐渐消失掉。她坚持穿校服，晚上回到家，勤快地将校服洗干净，迅速晾在晒台上，第二天一早再重新穿上。她穿着校服，灰蓝色，深蓝色，安稳、平和地读完了初中，读完了高中，进入大学。

听说学理工的女生人数少，且长相通常不可观，温莹莹毫不犹豫地报了汽车系，专业是汽车电路。她对此专业并不感兴趣。她更偏爱中文，可中文系女生如春雨过后的繁花，众多美丽中，唯有丑与胖最显眼，也最可耻。她不想引人注目。

上大学第一个月，温莹莹跟着舍友吃食堂。校园伙食清汤寡水，周围的女生全部瘦了，一个个愁眉苦脸地打电话回家诉苦。宿舍中，唯有她的体重停在原地。温莹莹也想打电话回家，却又因为体重而有些抱歉，遂又作罢。军训时，温莹莹穿着宽阔的军装站在阳光里，背影又宽又长。宿舍的几个女生跑过来，挨着她，或是站在她的影子里。她们说："莹，你的手好凉哦，好舒服。"温莹莹腼腆地笑，时间一长，心里有种异样的感觉，像是被蚂蚁啮咬，一开始只是痒，冷不丁地，突然就痛起来。

温莹莹又动起减肥的念头。有校服保护的日子，她已经逐渐淡忘自己的胖。现在，校园四处是花蝴蝶一样的女生。温莹莹走在人群中，低着头，却依然被其他人迅速发觉。他们从她身边经过，像是突然想起什么似的，回过头来，吸一口气，又私语着转过身去。她缩起身子，感觉自己越变越小。

她尝试各种减肥方法，七天速成减肥，苹果、酸奶减肥。在夜里，她听见自己的胃时不时泛上一个带着酸味的嗝。偶尔，她会被胃里发出的咕噜声惊醒。她想翻身下床找点吃的，却又沮丧地想起，因为要减肥，她的零食柜早已经清空了。温莹莹烦躁地闭上眼睛，想象食物，努力让自己进入睡眠。面包、煎饼、炒面、油饼。她一个接一个数着，意识越来越清晰了。念到油饼时，温莹莹突然想起，吃完晚饭时，同宿舍的女生嫌买来的手抓饼太腻，吃了一口，就丢在了桌子上。不知她扔掉没有？温莹莹从床上蹿了起来。她抑制着激动，蹑手蹑脚地起床，借着微弱的路灯灯光，摸到桌子前，在黑暗中摸索，终于摸到装着油饼的袋子。她踮着脚小跑回到自己的床上，将油饼紧紧地贴住自己的脸。吃吗？她犹豫了一会儿。她打开塑料袋，发现手抓饼的表皮已经发硬。温莹莹凑上去闻了闻，一股冷却但依然清晰的油香飘进她的鼻孔。西红柿酱略带刺激的酸味儿，甜辣酱特有的酸甜。她舔舔下嘴唇。总不能再放回去吧？温莹莹安慰着自己，张开嘴，几口将手抓饼吞下。油脂进入肠道，在胃里腾升起奇妙的安全感。温莹莹喝了一大杯水，重新躺下。短暂的安全感过去了，她又重新愧疚起来。

同宿舍的刘佳对她说："女人要对自己狠一点晓得吗？你连体重都控制不住，怎么控制人生呢？"刘佳长得很美，娇小、瘦长，眼神常常让她想起林美凤。与林美凤不同，她永远吃不胖，但她依然每天节食，晚餐只吃蔬菜水果。这已经成为她的习惯。温莹莹看在眼里，感觉莫名焦虑。刘佳仿佛是用整个生活来提醒她，胖是一种丑恶，你不能吃，也不能懒，否则你就会像面包一样膨胀起来，越变越大，没有人爱。

温莹莹问刘佳减肥方法。刘佳说："少吃，多动。"

说这话时，刘佳表情轻松，温莹莹看着她，莫名觉得她的眼光里带着一种高高在上的俯视感，仿佛她早已嫌弃自己许久，只是懒得讲明白。温莹莹想起自己告诉刘佳即将减肥的那一天，刘佳的脸红彤彤的，她跑过来，亲切地挽住温莹莹的肩膀，说："亲爱的，其实我早就想和你说了，但是又不太好意思。你知道……"她看了看她，笑了一下，又继续说，"没关系啦，我一定会陪你的。”

温莹莹看着刘佳，心生愧疚。她那么热心，自己却饱食终日，毫无上进。不仅如此，她还用庞大的身躯去妨碍刘佳的眼球，像是侵略一样占据着别人的生存空间。温莹莹丧气地打量着镜中的自己。不知道从什么时候开始，脂肪又悄无声息地增长起来，一点，一层，一片。温莹莹对着镜子勉强咧嘴一笑。她的脸泛着油光，眼睛温和地眯成一条线。原来还有些痕迹的苹果肌已经全然消失，和她脸部的所有肌肉融为一体。双下巴冒了出来。她看向自己的胸。因为胖，她的乳房更加突出，甚至下垂，每一次走进一个房间，她都感觉自己的乳房抢先走了进去。她再看了一眼，突然对镜子里那团粉红色的肥肉充满厌恶。

温学新和林美凤开车去看温莹莹。温莹莹穿着T恤和短裤从宿舍里走出来，沉稳，踏实。温学新看着女儿。她似乎又大了一号。裤子紧紧地勒住她的大腿边缘，走路时，腿上的余肉相互摩擦着，使裤子发出沙沙的响声。她喷着潮热的空气向温学新走过来，使他感觉心头一紧。女儿的影子遮在温学新身上，庞大得扎实、壮观。温学新有些尴尬。林美凤则干脆不语，只流露出一副死心了的表情。温莹莹打量他们，感觉过去的着急、震惊、羞耻，随时间荡涤，在父母身上呈现出一种稳固又无奈的习惯感。她希望他们能说些什么，哪怕是林美凤惯常说的那句：“再吃就买不到衣服了！”她有些失落，赶紧后退两步，低下头去。

饭桌上，温学新问："学习怎么样？"

温莹莹低头吃饭："还好的。"

林美凤在一旁补充："要努力点，不要偷懒。"

温莹莹看了看她，将头缩得更低。

温学新说："谈恋爱了吗？有男朋友了吗？"

温莹莹抬起头，说："嗯……"

"嗯是什么意思？是有呢？还是没有呢？"温学新追问。

温莹莹的脑子里，武鑫的影子飘过来，飘过去，不太稳定。她想对父亲说算是有了男朋友，但心里有些慌慌的，仿佛一说出口，武鑫就会从她的脑子里面跑出去，然后消失无踪。最后，她说："我也不知道。"

温莹莹和武鑫是通过校园网认识的。入校后，温莹莹参加文学社团，被前辈们叫去打杂。打杂的内容倒还算简单，管理来稿，从里面挑选些好的，再发给网站编辑。来稿中经常看到一个经济系的投稿者，他诗写得不错，来稿必中。投稿时此人不写真名，只写笔名，笔名起得很土，叫"黄土高坡"。每次温莹莹看到这个名字，都在心里头笑一下，想，不知道给自己起名叫黄土高坡的人，会长成什么样子？

那天文学社搞纪念活动，邀请所有在网站上发过稿子的人都来参加。说是活动，其实性质有些类似联谊。一大群男生女生，在市中心的KTV里包了一个大厢唱歌。温莹莹照例挑了一个灯光昏暗的地方坐着，这样就不会有人特别注意到她。她讨厌被注视，即便是善意的。那些略微同情的目光里有种高高在上的感觉，让她觉得接受是一种耻辱。

周围许多男生和女生自来熟地聊起来，争先恐后地上去唱歌。台上，一个男生表情狰狞地唱着，台下纷纷鼓掌叫好。温莹莹注意到，有一个男生坐在她附近，两手交叉抱在胸前，像是看戏一样，一言不发地面对着哄闹的人群，似是在笑。灯光太暗，她无法看清男生的长相。凭着黑乎乎的轮廓，温莹莹觉得他气质很好。他穿一件长大衣，牛仔裤夹在高筒的皮靴里。他是平头，戴着眼镜，给人一种老成的感觉。他很瘦，因为高，这份瘦就更加突出。看到他很瘦，温莹莹心生好感。

男生似乎感觉到温莹莹在看他，转过头来和她说话："你是哪个系的？叫什么名字？"

温莹莹说："我读汽电，在网站的文学板块做编辑，我叫温莹莹。"

男生恍然大悟："啊，是你啊。我的笔名是黄土高坡，你应该经常看见吧？"

温莹莹啊地张开嘴巴，有点激动，又有点紧张："是你啊。"她的脸红了起来。温莹莹抬起手，用手沁凉脸，再用温暖的手握住冰啤酒杯。

两人没什么话好说，各自沉默下来。片刻，武鑫突然开口道："我觉得，如果你再瘦一点，肯定要比现在好看。"

温莹莹和武鑫走在一起，像是句号与叹号，总是惹人注目。温莹莹穿着跑鞋踩过地上的落叶，发出吱吱的响声。她受惊似的抬起脚，放慢步子，踮起脚尖。她觉得给武鑫丢脸，越走越慢，拉开与武鑫的距离。有时候武鑫突然反应过来，回头问：

“你怎么走到那里去了?”他走过去，拉住她的手。温莹莹看看四周，犹豫不决。武鑫笑笑，用另一只手将温莹莹的手放在手心里，握得更紧些。

温莹莹问武鑫：“你喜欢我什么?”

武鑫坐在出租屋的电脑桌前，一边吃泡面，眼睛盯住屏幕：“觉得你挺好的。”

温莹莹觉得像是敷衍，将他转过来面对着自己，“只有这个?”

武鑫耸耸肩，不响。

“你不爱我了?”

“没有。”

“那你为什么这么冷淡啊?”

“你们女的怎么总问这种问题，烦。”

“你是不是嫌我胖?”

武鑫终于不耐烦：“你没事情做吗？想那么多。”

他声音不大，但已能听出愠怒。温莹莹心里发慌，觉得自己给武鑫添了麻烦。她的心紧紧地揪着，想开口，又止住。眼泪不知不觉地溢了上来。她深吸一口气，仰起头来，想要把眼泪逼回去。她一眨眼，没想到眼泪直接落下来了。温莹莹焦灼地注视着武鑫的背影，想对他说不要生她的气，但又怕自己这副哭的样子更让人觉得厌烦。她看过自己哭的样子。她的脸已经胖得看不出棱角。哭的时候，原本已经很瘦的眼睛瞬间拉成一条直线。鼻子更加突出起来，两边鼻翼逐渐由粉红变成深红，闪着油光的毛孔清晰可见。林美凤看见她这个样子，会说：“不要哭行不行，难看死了。”现在，林美凤恐怕连这句话也懒得说。

温莹莹沮丧地站起来，走到床前，静坐片刻，躺下。她将脸转向墙壁，把脑袋埋在臂弯里。半晌，她悠悠地呼出一口气，用枕头蒙住脑袋。

武鑫察觉到不对，叹口气，放下泡面碗。他走到床边，坐上去，扳过温莹莹的肩膀。温莹莹眼睛充满血丝，脸微微浮肿。这副模样，让他觉得有些心烦。但他还是躬下身子，靠在温莹莹旁边，说："好了吧，不要闹了。"

"我又胖又丑，会给你丢人吧。"

"没有的事。"

温莹莹说："那你为什么不把我介绍给你的朋友？我的朋友都认识你了。"

武鑫说："过一段吧。其实都认识了也没什么好处，整天搞多人约会，都没有私人空间。"

"是因为我太胖了？"

"都说过不是了。"

温莹莹没有再追问。她还想继续确认，却更害怕他厌烦。她靠近武鑫，将脑袋埋在他胸口。武鑫的心跳很平稳，让人感觉安心。她闭紧眼睛，又有几滴泪默默地流出来。她赶紧将头埋得更深了些。趁武鑫不注意，她迅速又小心地将手伸到眼角，把眼泪擦掉。

晚上，武鑫送温莹莹回宿舍。两人一前一后地走着。温莹莹尽量将步伐放得慢些，更慢些。武鑫将手插在裤袋里，走在前面，似乎没有注意到温莹莹已落在身后。已经快到入寝时间，路上已少有还在晃荡的学生。道路两旁的树已经开始落叶。路灯将树枝的影子拉得很长、很长，映照在地面上，枝桠凌乱地交叉着，模样可怖。一阵风迎面吹来，温莹莹莫名打了个趔趄。看着武鑫的背影，温莹莹突然惶恐起来。“武鑫，武鑫!”

武鑫转过头，站在原地。他睁大眼睛，仿佛诧异温莹莹为何离他这么远。温莹莹跑上去，拉住他的手。“对不起，是我不好，我以后真的不会再问了。”她轻轻地甩着武鑫的手，抬起眼睛，流露出乞求的眼神。武鑫捏了捏她的手，说：“不要想那么多了。”他的手松松地套着温莹莹的手，像是勾住一串钥匙，晃晃荡荡。有声音在温莹莹的心里空旷地响起来。她感到身体不自觉地瑟缩着，仿佛身上有水，风带走热量，整个人如同淹没于深海。温莹莹快走两步，紧紧靠住武鑫。武鑫像是愣了一下，走了两步，又把温莹莹裹在怀里。又是一阵风。风沙扎进温莹莹的眼里，吹出一眼热辣辣的泪。

同宿舍的刘佳问温莹莹：“你和你男朋友最近怎么样?”

温莹莹飞红脸，说：“蛮好的。”

刘佳说：“不是我说哦，你要小心点。现在好多女的都盯着武鑫。武鑫长得不差的，从背后看，个子又高，符合暖男标准。现在的女的，都看韩剧，哪个不喜欢暖男?”

温莹莹有些心慌，犹犹豫豫地说：“他一开始就知道我胖的。”

刘佳打断她：“算了吧，男人都是视觉动物，瘦下去，只有好处，胖就难说了。”

她继续说着，甚至拉温莹莹去电脑前看照片。刘佳上网找出一张对比照，指给温莹莹看：“你知道她吗？凯特·温斯莱特，泰坦尼克呀！你看她，那时候胖成什么样，现在瘦下来，好看多了吧？”

温莹莹看着眼前的照片，有些吃惊。仔细辨认两个女人的眉眼，没错，她们是同一个人。凯特·温斯莱特，她第一次看到她。照片左边的温斯莱特站在海里，眼睛眯缝着，用两手拢住头发。她扎实得像一头鲸鱼。温莹莹突然想起，很久以前，她的小学同桌胡兴华幸灾乐祸地对她说：“你晓得泰坦尼克号为什么沉吗？是女演员压沉的嘛！”她的心慌起来。

刘佳说：“所以说，女人要对自己狠一点的。对自己狠了，才有资本。晓得不？”

温莹莹用力点头。

她在刘佳的帮助下，重新制定计划，同样是每天六点钟起来，跑步半小时，省掉晚饭，晚上争取走够一万步。温莹莹拉着武鑫，两人一同在学校外的大街上绕圈。通常两个小时左右，温莹莹支持不住，拖着略微踉跄的步伐走回学校。她大口喘气，左大腿微微发麻。武鑫和平常一样，没什么变化，好像两个人只是饭后消食。回寝室的路上，两人路过学校小吃街。拱形的门洞前人头攒动，偶尔冒出橘红色的、带着烟熏香味的火光。温莹莹的目光不由自主地飘过去，仿佛是找人一样，一一掠过众人的头顶，伸向人群最深处。

武鑫说：“饿吗？去吃点东西吧。刚开始，不用太勉强。”

他笑了笑，嘴角轻轻扬起。在路灯的照耀下，武鑫的笑容看起来有些怪异。温莹莹莫名想起林美凤。她常常会露出这样的表情，温莹莹吃饭的时候，温莹莹体重又长了的时候。温莹莹回忆着林美凤的表情，看看武鑫，内心深处涌起一团黑暗的火焰。她的手抖起来，从掌心深处往外渗冷汗。温莹莹紧紧握住武鑫的手，问："你不会因为我胖不要我的吧?"

武鑫说："怎么会呢，别乱想。不会的。"

她仍然不安心。她做噩梦，梦见自己站在舞台中央。白炽光大亮，把她的轮廓映照得格外清晰。她低下头，发现自己穿着一条纯白色的裙子。裙子是蓬蓬袖的连衣裙，手臂处有松紧带，把她的圆肥手臂勒得又痛又痒。她从不穿白色，因为白色显胖。温莹莹抬起头，看见舞台下方黑影攒动。她感觉不妙，转身准备走下舞台。人声从舞台四方响起来了，接着是水，四面八方地涌上来，渐渐地淹没她的脚踝，腿肚，腰。她在下沉。相反地，人们坐在船上，胡兴华、林美凤、武鑫。他们略带同情地看着她，笑起来。笑声变成海浪，一波随着一波打过来。她口中装满水，惊恐尖叫："武鑫，武鑫!"武鑫仿佛没有听见，摇桨走开。

温莹莹带着满脸的汗从梦中惊醒过来。她转过头去，武鑫在一旁睡得正熟。突然，他动了动，迸出一串陌生的方言。那音调柔和暖糯，像是新鲜出炉的蛋糕，让她感觉温馨且安全。

大三下学期，她搬进武鑫在学校外面的出租屋。这一年开始，他们几乎不再有什么功课，剩下大把大把的时间，或者找实习单位，或者待在家。学校举行了多场招聘会，温莹莹只去过一次。那天，人多得像是下水管堵塞。温莹莹汗津津地贴着人群走过来，走过去，感觉身上黏满了猪油。不时有人发出抱怨声。他们转头看到她，停止抱怨，嗤笑着继续往前走。

她向一个汽车公司投简历。面试官是个长相刻薄的女人，一字眉，两道法令纹将她的苹果肌衬托得尤为突出。她这样问她："同学，我们公司是招秘书，秘书的话，形象要好。你觉得呢。"她的话像是问句，又像是肯定句，温莹莹不知是否应该回答。面试官见她不应，长久地打量了她一会儿，随后咧嘴一笑："有消息我们会联系你的。"

温莹莹被她的笑容刺痛了。她想扔下简历，头也不回地走掉，但她没有勇气。她的脸烧起来，天气太热，让她觉得喘不过气。为此，她不得不把自己的胳膊抬起来，敷在脸上，好让热度能快点降下来。汗酸味儿从她的腋窝冒出来，旁边立刻有人皱起眉头，四下张望。温莹莹赶紧放下胳膊，紧紧夹住。末了，她小心翼翼地弯下腰向面试官行礼，说："谢谢，我保证会很勤快，做好所有的工作。"

周围的人，无论是面试官，还是在附近等待应聘的学生，商量好似的同时笑出声。很快，他们互相用手肘戳向对方，降低声音，窸窸窣窣起来。温莹莹觉得尴尬，顶着一头火热从人群中挤过去。她觉得自己像是堵塞在水管当中的一堆垃圾，紧紧地塞在人群当中，散发出恶臭。她每往前一步，身边都会有人不耐烦地抱怨起来。温莹莹无法前进，更无法后退，她着急得快要哭出来了。她不时地说着对不起，不住向身边的人低下头去。

她不敢再去招聘会。

她待在家里，对着电脑一部一部看韩剧。看到剧中的人物开始吃午餐，或者晚餐，温莹莹的胃又抽动起来。她想了想，从收集好的众多外卖单中抽出一张，开始打电话。

武鑫面试回来，看见桌子前坐得稳固的温莹莹，突然有些恼火。他忍住了，走进房间，默默关上门，坐上床，靠着床头半躺着。温莹莹坐在离他两三米的地方，但他却感觉空间逼仄。此刻，她正安详地坐在电脑前，偶尔往嘴里递送零食。她的背影有种如棉被般的蓬松、柔软。最近她总是待在家里，也不再拉着他饭后散步，仿佛认命了一般，任由脂肪囤积起来。老实说，他并不介意她长胖。她胖乎乎的样子一度让他觉得可爱，但现在，一切仿佛都变得不一样了。她稳固地坐在那里，坚实得像一块巨石。她的身体把整个电脑桌都给遮住了，让武鑫觉得拥挤。他能看见，从温莹莹身上有一股团状的热量逐渐蒸腾起来，向整个房间里弥漫着，把他逼到墙角。他热得快喘不过气了。

温莹莹给他的第一印象相当深刻。那天晚上，她坐在 KTV 包厢角落，不参与唱歌，只是静静地注视着其他人。偶尔她会叫来包厢服务员，让他们给水壶续水。温莹莹双手抱着胳膊坐着，神情落寞，偶尔又突然提起精神来，看起来像是在安慰自己。这让武鑫想到过去。他以前也曾习惯这样的姿势。幼年时他因为体格瘦弱，被男生们嘲笑说像个女孩。没有人愿意和他玩儿。大部分时间，武鑫总是独自一人。当他孤独一人时，他抱住自己的肩膀，想象这是另外一个人伸出手来，从背后环抱住他，给他温暖。他的父母从来没有发现过这一点。

武鑫注视着温莹莹，觉得她身上散发着他过去曾有的波长。他突生冲动，想要走上前去拥抱她，保护她。

温莹莹注意到武鑫正在看她，便离开电脑桌，跑过去，靠近他的脸，用圆乎乎的手抚弄他的胳膊。她身上一股热而浓重的咖喱味让武鑫感觉头疼。武鑫扭动了一下身子，拨开她的手，好离她远一些："别闹，今天挺累的。"

温莹莹身子僵在半空中。"哦，那你休息吧。"她抖着声音，畏缩地站起身，走开。

武鑫转过身去，闭眼假寐。他听见房间里传来窸窸窣窣的声响，迟疑，胆战，有时像是愣住了一样，房间内安静片刻，很快又冒出鼠齿啮咬的声音。他有些不耐烦，睁开眼睛。温莹莹正在弓着腰收拾房间。她蹲在地板上，小心翼翼地用废纸巾擦去地上残留的灰尘，仿佛那瓷砖地板是珍贵的宝物。她看起来心烦意乱，仿佛未知的处罚正在逐渐靠近她。武鑫看着她，突然厌烦起来。他起身下床，走到温莹莹面前，一把拽起她。温莹莹没反应过来，手中的纸巾掉落在地上，里面包裹的渣滓头皮屑般洒落，让她啊地轻叫出声。

"别弄了。"武鑫烦躁地说。

温莹莹抿住嘴："还有一点点，我很快的。"

"我说别弄了!"他甩开她，摔门出去。温莹莹愣在那里，不知道做错了什么。她的脑子被关门声震得嗡嗡作响。熟悉的场景一幕幕奔袭到她眼前，如一部剪辑混乱的电影。人物形象各异，但目的总是一致的。他们冲她笑起来，指指点点。温莹莹大叫一声，想将脑中所有的人影喝退。房间以空荡回复着她。她不知道自己是否该继续打扫。她失神地站了一会儿，走到床前，面对着墙壁躺下。墙壁已开始发黄，显出时间的痕迹。温莹莹突然注意到，墙角处有一条暗红色的线。她凑过去看，用手摸了摸，又闻了闻，猜想这大概是上次例假时不小心蹭上去的。它在墙上闪烁着，异常刺眼。温莹莹惊惶地跳下床，冲进厨房去找湿抹布。她用抹布裹住手指，贴在墙上，用力擦拭。暗红色的斑点渐渐被水晕开，变成猪肝色，面积越来越大。她着急地扯来纸巾去抹，仍然没有办法除去。温莹莹看着它，着急地哭了。

温莹莹简单收拾了些东西，搬回宿舍。起初武鑫打过一次电话，间歇地发来几条短信，问她什么时候回去。温莹莹心酸酸的，忍痛按掉。武鑫再没电话进来。一个星期过去，温莹莹忍不住焦灼，想回去看看。刘佳说："不能回去，回去就认输了。"女朋友们一致站在温莹莹这边，支持她不和武鑫联系，要她给武鑫点颜色看看。温莹莹得到鼓励，觉得她们似乎是对的，心里逐渐安稳了。

时间过得并不安稳。温莹莹待在宿舍，除了看电影韩剧，再没其他活动。看得无聊了，嘴又闲起来。温莹莹考虑再三，略带歉疚地拆开一包零食，小心翼翼地吃上一点，放下，再吃一点，又放下。反复几次，她变得稍微坦然些了。她偶尔翻出看手机。没有信息，她就赌气地将电话关掉，过一会儿又重新打开，期待开机时会看到未接电话的提示短信。电话每天开开关关好几次，始终没有动静。

又过了一个星期，温莹莹开始心慌了。宿舍的几个女生一同吃饭，温莹莹说起这事，刘佳突然想起什么，问："会不会他在外面搞上花头了？"

温莹莹愣住。"不会吧？"她把三个字又念一遍，觉得气短。胸腔里一阵缥缈的气飘过去，心被高高地吹起来，飘飘荡荡。

"还是小心点。上次给你说的，有很多女生都盯着武鑫的。"

"对啊，有人还跑来问我，说武鑫怎么找这么一个……"舍友识趣打住，说，"莹，我不是那个意思啊，我只是学人家说的而已。"

温莹莹失神地摇头："我晓得的，没什么。"

她悄悄回到出租屋，没有人。她看看时间，估计武鑫还在外头奔波找工作。温莹莹在房间里扫视一圈，发现没有其他女人的痕迹，松一口气。她四处张望了下，看到桌上摆了几包薯片。她随意打开一包，在电脑桌前坐下，小心翼翼地输入武鑫的 QQ 号码和密码，点击登录。密码没有换，温莹莹高兴起来。温莹莹顺手点开一个对话框，看看时间，已经是一个星期之前了。看来是太忙了才会没给她回消息的。温莹莹想着，脸上露出笑容，原谅了武鑫。

QQ 滴滴起来。是新消息。温莹莹将鼠标滑到任务栏，看到一个女人的头像在闪烁。她点开头像来看，头像的照片被放大。照片上的女子年纪和她差不多。她的皮肤如同剥壳鸡蛋，肤色呈现出略带橘色的光芒。温莹莹边看边翻白眼，认定照片必然 P 过。她看向对话框，几行对话跳入眼眶。

“好几天没见你上线了。”

“你和那女的分手了没有?”

“都什么时候了，这种事情，总是越拖越糟的。”

“你怎么不说话?”

温莹莹看得胸口憋闷。她站起来，又坐下去。她感觉口渴。她晃晃水壶，空的。温莹莹站起身，去厨房接水。水流注入水壶时她才注意到，自己的手在抖，水壶重得快把她的手压在水池里。她半托半举地将水壶放到插座上，按下开关。她深吸一口气，尽量控制住手指的颤抖，嗒嗒敲下一行字：“我是武鑫女朋友，你是谁?”

她推开键盘，不敢直视屏幕。对话窗口上不停显示“对方正在输入”的字样，始终没有再弹出新的消息。温莹莹感觉心底好像破了个洞，风从洞中吹过去，从远方传来呼啸的回音。

提示音响起，将温莹莹吓了一跳。她哆嗦着心打开。

“我知道你，武鑫和我说过。劝你早点和武鑫分手吧，不要耽误他。”

不知为何，温莹莹感觉到对方在笑。嘴巴微微咧开，却只有一边翘起来，像是不屑，嘲弄，可怜。电脑主机里的风扇呼呼作响，吹来一阵阵热风。温莹莹脚底出汗，却是冷的，她将鞋子脱掉，用脚靠近电脑主机。过了很久，脚心依然发冷。她缩回脚，奋力敲打键盘：“你是谁?你和武鑫是什么关系?”

对方应：“这个你不用管。我只劝你一句，你们不合适，好合好散。武鑫讲过你过去的事，我也很同情，但这不是胡闹的理由。武鑫早就想和你分手，只是心肠软，一直拖到现在。现在说破也好，你自己想想吧，人生还很长，别那么幼稚了。”

“你到底是谁?”

对方发来一个笑脸表情，不再说话。温莹莹觉得这是默认了。愤懑在她的胸腔中如爆发的火山，眼前的一切都被火焰烧红，烧热。她看得到火。温莹莹大口大口喘着气，感觉到脑袋上有什么正在突破薄脆的皮肤，在身上铺出青紫的纹路。温莹莹用力握紧手，再张开，敲打键盘：“说呀，你到底是谁?”

对方的头像呼地灰掉，没有再回应。

温莹莹给武鑫打电话，响几声就被挂断。她心慌了，一个接着一个打过去，不断重拨，又不断被挂断。她按得手指疼了，把手机放在一边，稍稍喘口气。等平复过来，她再次拨打电话，提示音告诉她对方已经关机。

恐惧蔓延上她的心头。他是和别的女孩子在一起吗?与其这样，她宁愿武鑫是出了事故，比如边看手机边过马路，被汽车撞到送医；或者是街上突然遇到飞车贼，他去帮忙，结果被强盗刺伤。这类型的恐惧再多、再大，都顶不过一种“他不爱我了”的恐惧，甚至比“他死了”这种恐惧要厉害，要扎人。

她口渴了。水已经烧开，温莹莹四处翻找自己的杯子，终于在餐桌底下找到。杯子没有被清洗过，杯壁上已经落了浅浅的一层灰，还有上次她喝咖啡时留下的残渣。温莹莹突然觉得心里一酸。她拿过水壶，用开水烫洗水杯。咖啡的残渍被一点一点地溶解掉，呈现出光洁的表面。她挤上一点洗洁精，揉搓杯壁，放水冲洗。杯子重新回复崭新的面貌。温莹莹对着阳光检查杯子，一道阳光反射在杯子里，露出寒白的亮光。温莹莹心里一冷，感到一种风吹过落叶的萧肃。

她在武鑫的出租屋一直坐到晚上六点。时间把恐惧拉长，它渐渐变薄，变细，最后被等待稀释干净。温莹莹想，等武鑫回来，应该先发制人，斥责他搞花头，还是假装冷静，慢慢套他的话？想法陆续跳进她的脑子，又很快被温莹莹否决掉。她感觉有些紧张，直冒冷汗。不知不觉中，出租屋内最后的一点零食已经被她吃光。但她依然感觉饿。

钥匙孔沉重地转动几下，武鑫背着包走进来。他没怎么变，看起来略微有些物理上的疲态，但容光焕发。这让温莹莹感到愤怒。武鑫看见她，简单说了句“你来了”，算是招呼。

温莹莹坐在椅子前不动，腿却是抖的：“今天，那个……”

武鑫不语，将包放在床上，坐下来。出租屋里的空地将两人隔开，让温莹莹感觉不适。她想叫武鑫过来点，刚要开口，被武鑫抢先打断：“我知道了。莹莹，这段时间我们分开，我也想清楚了，我觉得我们不合适，两个人分开比较好。”

温莹莹愣住，脑子里嗡嗡作响。这一幕她不是没有想过，可是，被武鑫抢占先机，这种被抛弃的感觉让温莹莹更觉得耻辱。她瞪着武鑫。武鑫看起来像是一尊僵硬的雕像，没有表情，没有热度，只剩下冷。她猜想那女人已经给武鑫打过电话。她对武鑫说了什么？温莹莹的脑子飞快地转着。突然，她感觉喉头抽动，似是有痰，于是咳嗽了两声，嗓子顿时清爽了许多。温莹莹觉得气势足了些，重复道：“是谁？”

“你说谁？”

“QQ上那个，叫什么小螃蟹。”

武鑫笑了笑，说：“啊，慧慧啊。”

是武鑫的前女友。

“她说我们不合适？”

“和她没关系，是我自己的问题。”

“是不是我什么地方做错了？你告诉我，我改好吗？”

武鑫不再言语。对话被掐断。吵架变成了单向沟通。温莹莹的话抛出去，被无形的黑洞吞没。她讨厌被漠视。小时候是林美凤，现在是武鑫。她爱的人一个一个都漠视她，仿佛她是细菌，急着要逃跑。

她站起来，胸口被愤怒和耻辱占满。她的目光在房间里兜兜转转，想找个东西，却又不知道自己究竟要找些什么。温莹莹能感觉到，武鑫的目光并未集中在她的身上。他的目光是空的，越过她，飘到窗外，也许是在看远方，也许什么也没看。窗外，余晖仍然刺眼，偶尔有飞鸟回巢，经过窗口，短暂地留下个影子，消失在天空当中。

温莹莹打了激灵。她突然清醒。武鑫像是一块橡皮，将她耻辱的过去擦洗干净。他让她不再想起自己的过去，不再担心没有人爱。如果他离开自己，她的过去将会如同重新被揭开的伤疤，慢慢渗血，溃烂，用疼痛来提醒它的存在。

温莹莹软下来。她快步走到武鑫面前，拉起他的手：“是我错了，我以后都改。我努力减肥，努力找工作。”

“我说过了，不是减肥的事。你为什么总提到这个？”他重复道，“我们不合适。”

他站起身，她仍然停留在原地。一站一坐的姿势，让温莹莹感觉低人一等。她赶快站起来，跟在武鑫身后。武鑫走到电脑桌前，她也跟着走过去。她看见武鑫拿起杯子，看样子想要喝水。温莹莹赶紧把壶子提了起来。武鑫看了她一眼，把杯子放下了。他吸了一口气，又吐出来："这次算是我的错吧，莹莹，我们还是分开一段吧。"

温莹莹举着壶子，怔在原地。她的手指搭在壶面上，被热水烫到，打了激灵。她突然反应过来。她看了看壶子，又看了看武鑫。最后，她掀开壶盖，整壶水向武鑫泼了过去。

好几天了，手机没有动静。温莹莹晚上会被噩梦惊醒，梦见警察找上门来，向她出示证件，说她犯了故意伤害罪。她不敢将这件事情告诉舍友。期间，刘佳曾问她和武鑫进展怎么样。温莹莹被武鑫这个名字吓到，回答时声音略微颤抖："还好的，还好的。"

她努力回想那天在出租屋里的情景，却怎么都没办法清晰地记起来。水泼了出去，她不知道有多少水落在了武鑫的脚上。温莹莹只记得，当时武鑫穿了一双塑料凉鞋，没有穿袜子。不锈钢的壶子跌落在地上，水流出来，在武鑫的脚部周围冒着热气。她仿佛听见武鑫嘶地吸了一口气。她不敢看他，往后退了两步，一直退到墙边，摸索到门把手，像是突然来电一般，她的脑子突然一亮。温莹莹立刻旋开门，奋力跑了出去。

温莹莹想着，脑袋疼起来，胃跟着抽痛。她打开抽屉，发现里面还有许多之前买的巧克力和蛋黄派。这是她减肥前买的。

开始减肥后，她不再碰它们，渐渐把它们忘记。现在，温莹莹看到它们，仿佛看到救星一般。她拖出抽屉，将所有的零食倾倒在桌面上。塑料袋发出嗤拉嗤拉的响声。温莹莹来不及想，随便拿起一块巧克力，撕开包装纸，大口大口将巧克力塞进嘴里。滑腻的甜味迅速占满口腔，滑进喉咙，由食道逐渐下滑。胃部感受到食物，开始蠕动，让温莹莹感觉到饿。胃像是一个空洞，怎么也填不满。她顾不得那么多了。她站起身，扑在桌子上，一个接着一个地拆开食品包装袋。她将它们机械地塞入口中，感受食物在胃里停留时带来的短暂的充盈感。不够，还是不够。她来不及细嚼，只顾着把食物塞进嘴里。蛋黄派细腻的蛋糕渣和巧克力溶液混合在一起，形成厚重的浆液，缓慢地下滑，将胃部填满。

她打了个嗝，爬到床上躺下。胃里鼓胀的甜蜜感让温莹莹感觉安心。血糖开始上涨，让温莹莹有种摇晃又温暖的倦意。她想起小时候。那时候她还在“胖”被视为可爱的年纪。林美凤将她放在床上，用嘴轻轻啜咬她的屁股。她咯咯地笑出声来。偶尔有人来探望她们，来客捏捏她如藕节一般的手掌，或者捏捏她的圆脸，充满爱意地说：“我们莹莹真可爱。”林美凤将她抱在怀里，轻轻摇晃，眼睛笑成一条线。

温莹莹不知道，这究竟是自己的记忆，还是她自己的幻想，抑或，林美凤曾经在某个时刻，将这些过往从记忆场合中拣出来，当作是珠宝一般，和她一起细细观察品味。小学之后，林美凤的脸上再也没有出现过这样的神情。她只是说，“少吃点!”控制不住脸上的厌恶。

她沉浸在这样的温暖中，渐渐下沉。短信提示音将温莹莹唤回现实。她拿起手机，看到一个陌生的号码。点开之后她才知道是武鑫。他换了号码，告诉温莹莹想和她晚上见一面。

“你没事吗？对不起，我一直给你打电话，但是你关机。”温莹莹软着口气说。

过了片刻，武鑫回复：“我把电话换了。”

“为什么换电话？你烫得重不重？”

“我没事。晚点见。”

他们约在市民广场。

温莹莹提前一个小时到。星期天晚上的市民广场，人意外地多，或许因为明天即将展开工作，因此来享受一周最后的狂欢。许多对情人从温莹莹身边擦身而过，亲密，嬉笑。她认真观察每一对情侣中的女孩。她们身材细长，有些甚至瘦得并不拢腿。她突然想起那个和她对话的女孩。武鑫说她的名字叫慧慧。看她的脸，估计她也会是这样一副身材。瘦长，讨喜，符合审美。她闭上眼睛，深吸一口气。

人们拥挤着走入电影院。仿佛是有新电影上映。温莹莹向电影院的售票台看了一眼。有许多制作好的招牌广告顺着售票台的两侧排列，人们在这之间排起长龙。温莹莹有些忐忑，将目光收回来，不停看表。

手机再次响起。武鑫说不来了，朋友找他有点急事。温莹莹将电话打过去：“你大概什么时候好，我在这里等你。”她能听出自己的语气微微颤抖。

“不用等我的，以后我们再说吧。”

电话被挂掉。风吹起来，将灰尘吹进温莹莹的眼睛里。风中带有湿热的酸气，让温莹莹慌张起来。直觉告诉她武鑫在说谎，她想质问，又想扮可怜，好让武鑫同情她，这样才能挽回局面。各种念头争前恐后地涌出来，又如退潮一般全部消失。最后，她发短信过去："我会在这里等你的。一直等。等到你来为止。"

她等了一会儿，将电话打过去，响了几声，挂断了。再打，始终是忙音。

温莹莹看着手机，一阵恼火，将它摔在地上。很快，她又将她重新捡起，拨打电话，看看是否还正常。她打开通讯录，一个一个扫视下来。通讯录里的人少得可怜。林美凤、温学新、快递电话、大学老师、舍友、武鑫。不超过十个人。她愤怒删掉武鑫的电话，通讯录中的人又减少一个。她想找个人说话，但瘦弱的通讯录让她迟疑不决。她想了想，最后拨通林美凤电话。电话一遍又一遍地响着，温莹莹站在影院台阶上，不停跺脚。

"喂。"

"妈。"

"哦，莹莹啊？有事吗？"

"没事。妈，你吃过了吗？"

"刚吃完，你吃过没有？吃的什么？"

"吃了点蛋糕，还有巧克力……"

电话那头说了什么，像是杂音，又像是林美凤啧啧咂嘴。"别吃这种垃圾食品，都是糖，糖堆多了就长肉。跟你说多少次了，胖不好找工作的……”林美凤止住话头，似乎不想再说。

温莹莹挂断电话。她想把电话摔在地上，又怕电话坏掉，万一武鑫待会儿来了，电话给她却找不到人。她翻找通话记录，找到武鑫号码，发短信：“我在电影院门口等你。”怕武鑫是把自己设成黑名单，又在QQ上给武鑫留言。她将电话紧捏在手里，像是等待审判一般关注着手机的动静。人们从她身旁走过，说说笑笑，走进电影院。温莹莹低头看看时间，站起身，也跟着走进去。

温莹莹看看屏幕，询问售票员有什么可以马上入场的电影。售票员看了看电脑，指着一部电影说，这部，《朗读者》，最近很火的，还剩两个位置，太偏了，不然等下一场吧。是最后一排的角落。温莹莹说，就这部吧。她看看时间，离放映还有半个小时。

她在影院里闲逛着。大堂充盈着爆米花的气味，香甜的味道让人感觉安稳、温暖。她咽了口口水，忍住想吃的冲动。为了分散注意力，她走到候影区，观看电影海报。她找到自己要看的那部电影，《朗读者》。海报分成三个正方形小格，露出一个男人和一个女人的侧脸。温莹莹仔细注视海报上的女人，觉得她有些面熟。她拿起手机，上网搜索这部电影的演职员名单。她看到了：“主演：凯特·温斯莱特。”

温莹莹大惊。是泰坦尼克号，胡兴华口中的那个，把船压沉的女人。她瞪大眼睛看着她。海报上的温斯莱特低着眼睛。她瘦了。她的五官立体又分明。温莹莹走上前去，抚摸温斯莱特的脸。她有些惊恐。温斯莱特的脸，林美凤的脸，影院里所有女人的脸。她们无一例外，瘦长，纤薄如纸片。她们以灼灼的目光注视她，目光充满嫌恶、同情、厌烦。

一阵大风灌入影院，将海报刮倒许多。风正打入温莹莹的眼中，辣辣地刺激出一汪眼泪。恍惚中，她听见有人叫自己的名字。温莹莹朝着来声的方向看过去，视线模糊。不远处，一个女人将胖孩子抱在怀中，偶尔将他抛起来，接住，孩子咯咯笑个不停。她注意看着那个女人，觉得她颇似林美凤。温莹莹眨眨眼睛，向前快走两步。人不见了。她慌张起来，四处寻找，仿佛看见女人已经走出影院。温莹莹追了出去。

又是一阵风。温莹莹眯着眼睛。口袋震动起来。温莹莹掏出手机，是武鑫的电话。她心里一动，有些高兴，但又紧张。她犹豫一会儿，把电话接起来。“喂?”

“你在哪儿?”

“你呢，你在哪儿?”

电话那端是沉默。他好像说了一句什么，风太大，温莹莹没有听清。

“你到底在哪儿?”

她强撑气势，忍痛喊出这么一句，两行泪迸了出来。电话那头是呼啸的风声，很快，又被忙音切断。她未来得及摔电话，听见背后有人喊她。温莹莹顺着声音回过头去，黑暗中，仿佛是武鑫，冲她挥着手，慢慢地向她走过来。

温莹莹愣在原地。她抬起脚，向前走了两步，又退回来。她揉揉眼睛，仔细辨认，武鑫的影子却远了。她大叫等等，加快速度快跑起来。她跑下台阶。潮热的风在耳边呼呼作响。汗顺着温莹莹的鬓角流下来，混合着灰尘，在她的耳朵两侧结成黏腻的两缕。她穿过人群，跑过派发传单的人们，跑过路边的小吃亭。有人被她撞到，在背后大声叫骂起来。温莹莹脚底发热，她感觉自己从来没跑过这么快。小学时她考五十米，从来没有及格过。同学们说，肥莹肉太多了，跑得动才怪！温莹莹擦了一把眼睛，张开双腿，向前跑去。她感觉自己像一头鹿，张开四肢，用力腾空一跃。

温莹莹脚底空了。她跌了下去，胃部受到猛烈的一击。喉头突然往后一缩，一股酸水冒上来，接着是一股洪流。

她首先吐出来一道棕黑色的黏液。温莹莹在眩晕中想了半天，记起那是巧克力。接着是略微发黄的蛋黄派渣。还有一些牛奶白的液体。消化了的、未来得及消化的食物搅和在一起，一团恶臭，像是她的过去和现在。周围的人尖叫着掩蔽走开，留给温莹莹巨大的空间。有人捂嘴匆匆走过，脸上露出嫌恶的表情。有人在不远处张望，似乎想打电话，思考片刻，又止住。一个小孩想要走过来看看，被母亲狠狠拉住，打了一巴掌。小孩放声大哭起来。

温莹莹醒了醒神，双手撑地，站了起来。她用手抹了一把衣服上的秽物，没找到纸巾，就干脆擦在衣服上。人群中传来一波嫌恶的叫声。她向前走了两步，前面的人群迅速往后退去。她向左边踉跄，左侧的人又匆匆躲闪开。她记起小时候自己常玩的一个游戏。一个人做鬼，其他的孩子则围成一圈。鬼扑过去，孩子们叫笑着四散。温莹莹笑起来。她定定地看着周围的人们，大叫一声，突然向前冲过去。围观的人们尖叫起来，鸟兽般四散。她又向他们追过去，又是一阵尖叫。她像风一般驱动着人潮，她去潮起，她走潮落。温莹莹笑起来，她的笑声让整个市民广场显得过于空旷了。她正欲再次扑过去，不知是什么东西突然伸向她的脚下。温莹莹重心不稳，狠狠地，响亮地摔倒在地上。

又是一阵恶心。温莹莹胃部抽动，吐出一摊黏液。她已经闻不出味道。一行人尖叫地跳开，捂住鼻子。她知道，那秽物的气味一定很恐怖。她感觉抱歉，心沉甸甸的。这么美好的一个夜晚，她躺在这里，制造垃圾，自己也像是一团垃圾。她像蠕虫一样扭着身子，想挣扎站起来，跟周围的人认真地说一句抱歉。温莹莹用双手撑住地面，手却像面团一般，软了下去。又是一声尖叫。脸上黏糊糊的，刺鼻的酸味钻进温莹莹的鼻子，让她想吐。这是她的味道，酸，臭，腥，令人从生理上厌恶。她想哭，又觉得自己本来就错了，还有什么脸哭呢。她抬了抬头，后颈被筋扯住，头不受控制地跌进了她的呕吐物中。惊叫四起。温莹莹感觉自己意识模糊了，如同溺水，她感觉自己在下沉，虚弱无力地沉下去。在未名的地方，有一只手从黑暗深处伸出来，拉扯着她，将她往海底深处拽去。温莹莹最后一次，用力地强撑起脑袋，将目光投向围观的众人。年轻人，老人，小孩；男人，女人；时尚的，不起眼的。突然，她看见一个和自己身材差不多的女孩。她穿着一件宽松的大花连衣裙。裙子刚过膝盖，露出女孩两条坚实的大腿。温莹莹感到一阵安慰。她努力着抬起手，向女孩伸去。女孩愣了愣，看看四周，惊慌起来。人们顺着温莹莹手的方向，向女孩看去。嗤笑声响了起来。女孩不安地皱起眼睛，愤怒地看了温莹莹一眼。她嫌恶地拍拍臂膀，转过身，逃命一般，加快步伐消失在人群中。

温莹莹突然觉得如释重负。她翻转过身，张开双臂。她安稳地沉了下去。

拔　牙

那么漂亮的一个妹妹，怎么长了这么一口烂牙?

医生将钠灯掉转过来。冷而亮的灯光照在她脸上，白刺刺的晃人眼睛。她往后缩了缩脖子。哎，别动！医生捏住她的下巴，叫她张开嘴。他戴着橡胶手套的手很凉，扎得她直打寒战。她不敢看看他，只好闭上了眼睛。有个什么东西伸进她嘴里来了，接着压住了她的舌头。医生嘶地吸了一口气，啧啧两声。好了。她感觉眼睛的一片金红色消失了，于是睁开眼睛。

“该拔的三颗，剩下几颗还可以治疗一下。”医生拽下口罩，将转椅转回到桌子前。略微生锈的轮子在水泥地板上滚过来，滚过去，发出一阵令人倒牙的尖叫声。“今天拔吗?”医生云淡风轻地在病历上唰唰写着，头也没有回。“拔吗，嗯?”

等医生再次转过头来，她才看清楚他的脸。他看上去有五十多岁了，眼角有一排柔和的曲线，眼睛则深深地凹陷着，这让他看起来似乎随时都带着笑意，很亲切。她悬着的心终于放下来了一些。

“为什么要拔这么多?”

“后面的牙齿那么大的一个洞，拔掉算了。”

医生一边说，一边用手指弯成一个圆圈，伸到她面前：“那么漂亮的一个妹妹，怎么牙齿长成这个样子?”

每个看见她的医生都这么说。从她进入到牙科诊室，在她熟悉的床上躺下来，她就知道医生最后一定会这么感叹。从小学开始，每当妈带她走进牙科诊所，医生们都用同样的姿势扭转过头，打开钠灯。有的人哎哟叫出声来，有的人则像医生刚才那样，咂着嘴感叹。待检查完毕，他们通常一边填写病历，一边笑："妹妹那么漂亮，怎么长了这么一口烂牙啊？"

妈在一旁撇嘴："还不都是她爸遗传的咯，就没遗传点好的！"

她继续躺在床上，听母亲皱着眉头和医生谈论她爸。她不喜欢听，于是翻转过身，将一边耳朵紧紧地压在头底下。

"……我，我回去再想想。"她咬住下嘴唇。

医生笑起来："有些妹妹都跑过来主动要求拔智齿，说要把脸缩小，你倒犹豫起来了。"

她的脸尴尬地抽了抽："我还是再想一想吧。"

在宾馆看到蒋志新侧影的那天，她开始牙齿痛。

清早在酒店里醒来时，蒋志新的脸正对着她。他还睡着，嘴微微张开，呼吸平稳而舒缓，带着未涉世婴儿般的纯净。昨天下午她坐飞机从厦门飞到上海，一直到了蒋志新公司楼下才给他打电话。蒋志新匆匆地从写字楼里跑出来，流了一脸的汗："你怎么来啦？怎么来的？订了住的地方吗？怎么都不告诉我？"问题一个紧跟着一个，她不知道先回答哪一个。她仔细地盯着蒋志新看，想从他的脸上看到一些自己期望看到的东西。他依然是瘦，看起来像棵脱水蔬菜。或许是因为汗被冷风吹干，蒋志新整个人紧紧地缩成一团，这让他的一对招风耳越加刺人眼。这时候，她又想起朋友对她说的话，都不知道你图什么，他也太土了，而且还没钱。她反复咂摸着这句话，感觉脸不自觉地抽了抽。你怎么啦？冷吗？蒋志新向她走过来，把她的头抵在自己胸口上。是成年男子都有的一种体味。她没说话，只是垂下头，将行李塞到蒋志新手里。蒋志新呼出一口热气，握住她的手放入大衣口袋。他的手很凉。

蒋志新提前下班，带着她回浦东家里楼下拿内衣裤。一路上他面色不安，告诉她老总对他提早下班有意见，可能会扣他工资。她听了厌烦，觉得蒋志新像是故意说给她听的，要让她知道自己欠他很多。她大喊一声对不起，把蒋志新吓了一跳。他安静了一会儿，很快又再开口，内容还是和之前差不多。公司找了一个上海老阿姨做便当，很好吃；物价飞涨，老板多次说了涨工资，但始终不见动静。她无心继续听，逐渐出神。地铁窗外的广告牌像是闪电一样从她的眼前掠过去，留下一条惨白的光带。她看得脑袋昏昏沉沉的，就干脆将脑袋歪在蒋志新的肩膀上。这回他终于停住了。

到了楼下，他没有邀请她一同上楼，而是叫她在楼下等。他说，他们的事情他还没有告诉他母亲，虽然他也很想带她上去，但是他怕会吓到母亲。“我爸死了以后她总是很黏着我，这种事情你懂的吧。”蒋志新一边说，一边轻轻地捏了捏她的手背。他们一路坐地铁到浦东，过去了差不多一个小时，他的手还没有暖过来。她表示理解地点点头。现在电视剧上不是就经常放吗？女人在死了丈夫之后总是会过分依赖儿子。以前他也和她说过很多次类似的话。“时机还没有成熟，”他神色凝重，“我会找个好机会的。”

她和朋友说到这个事时她们就说她要小心点。“只可能有两个原因，可能他妈真的很厉害，要不然就是他根本没打算让你见他妈。”

她知道蒋志新不会是后者。其实她也无心去拜会他妈妈，她没有做好准备。见过了家长，按照常理，关系就要稳定下来。真的要稳定下来吗？她问自己，心却有些慌。

不过，她喜欢蒋志新说这话时流露出的表情，眉毛攒在一起，有一股语重心长的庄严感。这让她感觉安全。那表情仿佛在告诉她，他在深思熟虑，精打细算。每每这时，她又隐隐地泛上来一股冲动，想要跟着蒋志新走到楼上去（她知道只要她开口，他是不会拒绝的），看看他妈妈，像所有未来媳妇一样，乖巧地挨在她身边，讨好她。

房间的空调开得很足。她吸了吸鼻子，觉得鼻腔内干燥得有些疼。她下意识地将手伸进鼻子里抠了抠，很快就带出一片血痂般的秽物。接着，一股暖流从她的鼻腔中不受控制地流出来。她意识到那是鼻血，于是赶紧掀开被子翻身下床，在房间里翻找纸巾。

重新钻进被子里时蒋志新醒了。他睁开蒙眬的眼睛看着她，吓了一跳：“怎么了？”她吸了吸鼻子，发现鼻腔里已经没有咸腥味。她将塞在鼻孔里的两团纸巾扯出来，丢在床头柜上。“没事，房间里太干了。”她一边说着，一边将身子挪进蒋志新的被窝。被子里有股体液混合的味道，是昨天晚上留下来的。昨天夜里做完爱后，他们谁也没有洗澡。

蒋志新将她的脑袋托起来，放在他的手臂上。他靠近她，用嘴唇轻轻碰碰她的。在得到允许后，他把舌头伸了进来。亲吻的时候蒋志新喜欢舔她的牙齿。他像是数数般一颗颗经过她的牙齿。他正要往深处探索时，她突然感觉脸颊的神经跳了一下，害她嘶地倒抽了一口冷气。她伸手摸了摸自己的下巴，用手在脸上一路戳下去。痛感消失了。

她推开他，从他的怀里滑出来："臭死了，快点去漱口。"

蒋志新笑笑便起身下床。他坐在床边，趿拉着一次性拖鞋，沙沙地走进浴室。她则重新蜷起身体，用蒋志新盖过的被子将自己裹住，用鼻子嗅着里面残留的体味。这气味很熟悉，又很遥远。他们第一次见面时，蒋志新迟到了。他汗流浃背地跑到她的面前，差点扑在她的身上："对不起，我迟到了。路上堵车。"

她不高兴地看着他。蒋志新长得并不好看，甚至可以说是丑。因为瘦，他脸部的线条过于清晰、坚硬，眼窝深陷下去，令她想到电影中的吸毒犯。再加上迟到的关系，蒋志新的丑令她感觉怒气冲冲。她差一点就当街喊出来，却又不愿意丢脸，只好将怨气强压下去，转身欲走。蒋志新一把拉住她，不迭地道歉："对不起，都是我不好。这样吧，你要是想回去，我送你好吗？"

他带着热乎乎的雾气靠近她。她突然发现，他的身上有一股陈旧衣物般的味道。那一瞬间，她的眼窝热起来。她跺跺脚，好让自己能更暖和些。她问蒋志新："我们去哪儿吃饭？"

手机叮地响了。蒋志新在厕所里含着牙刷模糊地说："宝宝，你看一下是谁来的电话。"

"懒得看。"她将头转向浴室。便捷酒店的情侣房里，浴室是透明的。蒋志新正叼着牙刷站在马桶前小便。稀稀拉拉的一阵水声后，马桶发出咕噜的下水声。他甩甩阴茎放入内裤，拉上裤链。他转过身来时发现她正看着自己，有点害羞又有点恼："看什么!"她愣了愣，继而吃了一惊。蒋志新的神情让她在恍惚间以为自己看到了爸。两个完全不相干的男人，上厕所的姿势和习惯几乎一模一样。

她以为自己看到了爸。早晨起来，爸虚掩着门站在厕所里。她顶着蒙眬的睡意推开门，走进去。黑暗中，爸捏着一团黑色的东西站在马桶前。他像是被冷风刺了一下，打了个哆嗦。他看见她，也不惊慌，只是喝一句："看什么!"妈听见就在客厅里喊起来："跟你讲过多少遍，女孩子大了，你上厕所要把门关关好!"爸不应声，从她身边擦身走出去。说来尴尬，爸忘记拉上裤链，他的淡蓝色内裤上沾了星星点点的尿渍。

"你听见没听见?"是妈尖锐的叫声。

"听见了。"

爸的声音低低的。他向来寡言，往后长长的日子里，他变得越来越沉默，甚至在将离婚协议书丢在桌子上、妈歇斯底里地哭叫"我为你们家做牛做马做老妈子，你现在给我这个"的时候，他也是静静地听着。他坐在饭厅里，阳光照不到他的脸。阴影笼罩着爸，她没办法猜出他的表情。她突然想起在电影中经常看到的场景：神父坐在阴暗的告解室里，表情模糊。外面的人无论是愤怒或是痛哭流涕，他都事不关己地听着。爸没有像神父一样再不耐烦也会保持温和平静，而是面无表情地站起来，走进房间，提出一个手提包。这时候她才意识到爸是早就做好了准备。她看着爸云淡风轻地弯下腰穿鞋子，打开门。她欲跟上去。妈在房间里哭得更响："不许去！不然你也给我一起滚！"

她缩回步子，定在原处观望。

爸说："粒粒，回去吧。"她没有动。他走到电梯口，顿了顿，又回头看看她，不耐烦似的甩甩手："回去吧。"她仍然没动。这回他没有再和她说话，而是闪身进入电梯。她没来得及质问爸为什么丢下她，他的身影就被电梯的闭合门吞噬掉。她探出身去，又被妈的声音喝得关上门："让他滚！滚得越远越好！"

她翻个身子，用被子蒙住脑袋。熟悉的陈旧味。被子里仍然带着温度，温暖将她包裹起来，像是一个人用双臂将她环抱在怀里。爸还在家时，到了冬天，她总会跑到爸的腿上坐着，用爸的双手环抱住自己取暖。妈看到了是会要骂的："你那么大了，还坐你爸腿上？难看死了，快点下来！"继而又转向爸，"你也是，她都那么大了！"爸说："有什么关系。"但还是把她放下来。她于是就靠在爸身边，用他的大衣盖住自己。衣料混合着爸的体味，让她感觉温暖、安全。

她一个激灵，脸颊剧烈地抽动起来。酸，胀，好像有钻子直接敲在她的牙上。她一哆嗦，眼泪立刻喷涌而出，蒋志新吓得慌了手脚。他跑过来，搂住她的肩膀，问："宝宝，怎么啦？"

她捂着右腮，咬牙切齿地说："我牙齿痛。"

蒋志新松了一口气，笑了，伸手过来揉揉她的脸，说："不哭了，等下带你去看医生。"

她的眼泪流个不停。一开始只是默默地流眼泪，泪水止不住，很快又发展成一抽一抽的。她一边哭一边打嗝，牙齿里蹿出的一股腐烂味让她作呕。蒋志新用冷水冲了毛巾，给她捂在脸上。他可能是想逗她笑，于是说，好哭猫，别哭了，等下给你买冰淇淋吃。在过去，他每次这么说的时候，她会佯装生气，你以为我是小孩子吗？接着乐呵呵地接受冰淇淋。可是现在，她一听冰淇淋三个字，牙齿好像是想起什么，突突地翻起一阵痛。那感觉像是突然嚼碎了一大块冰，不仅牙齿颤抖起来，连带着太阳穴也蹿出一股带着铁锈味的痛意。她趴倒在床上，放声大哭。

"你的牙齿从小就这样？"坐在地铁上，蒋志新捏着她的手问。她没有注意听，只是看着地铁通道里的人、物一一随着列车的加速从她的眼前闪过去。白晃晃的一道光，接着进入黑暗。拥挤的人们相互依靠着，翻看手机，偶尔有人嗤笑出声。她坐着，看着他们，觉得他们，甚至坐在身边的蒋志新都离她很远，很远，只有她一个人被丢弃在外。直到蒋志新捏了捏她的手，她才回过神来。蒋志新皱着眉头。她想了想，嗯一声算是回答。

你的牙齿从小就这样？她五个月时长出第一颗牙齿，五岁开始换乳牙。牙齿脱落那天淡淡地流了点血，轻轻一晃，牙齿就掉下来了。妈把她的乳牙冲洗干净，交给她，说："要扔好一点啊，不然以后要长一口歪牙齿。"她小心翼翼地捧着牙齿，感觉手上分外沉。深吸了一口气后，她将牙齿用力往屋顶上一抛。她等了很久，一直没有听见期待中牙齿与屋顶碰撞发出的咕噜噜的声音。牙齿抛上天空，像是被吞噬一样消失了。阳光白刺刺地扎进她的眼睛里，让她的眼睛充满血色的光圈。妈嗤笑起来："完啰，我们粒粒要长一口烂牙啰。"她吓得一直哭，妈却在一边哈哈大笑。晚上爸回来，妈将这个事情告诉他，两个人又笑了一通。她看着笑成一团的父母两人，突然感觉空荡荡的牙龈开始隐隐作痛。灯光照在爸的脸上，他的一口牙齿，歪歪扭扭地闪着令人倒胃口的光。

她真的长了一口烂牙。牙齿歪歪扭扭，像是被老鼠翻乱的花茺。小时候受龋齿侵扰，她三天两头就被妈拽着去牙科医院。医院里浓重的消毒水味儿每次都会让她却步。妈几乎是将她拎着走上台阶。她一边走一边喝她不许哭，再哭就不管她，任由着她的牙齿全部烂掉。到痛的时候你不要来找我！妈恶狠狠地说。她想到每次牙齿痛时，脸上总会鼓起来一个馒头大小的包。皮肤被它顶得亮而紧实。照镜子的时候她总会想，如果再胀起来一点，她的脸会不会像爆炸一样突然破掉。她有些害怕，任由着妈将她提上台阶。

爸离家后一个星期，妈把她拉进牙科诊所。她到现在都还记得那个私人诊所，那是妈一位同事的老婆开的。诊所在一个深而窄的巷子里，门面朝街面开着，面积很小，只能容下两张躺椅和一排已经掉了漆的木质椅子。一块已经发黄的白色帘子从天花板上垂下来，将诊所又隔成一大一小两个部分。她盯着那块帘子，觉得那颜色看起来像是牙垢。

女医师三十多岁，瘦，矮，手碰在她的脸上，触感很腻，很凉。她的眼镜很厚，眼球向外凸起，看牙时，几乎整个人都贴过来。女医师转过头对妈说，阿姐，妹妹的牙齿要做矫正，不然的话以后会全部长歪掉。妈点头认同，就是带她来矫正的，她爸爸遗传点什么不好，遗传给小孩一口烂牙！趁现在赶快矫正掉，不然看见就来气。女医师隔着厚厚的眼镜片点头。镜片上的白光很刺眼，让她看起来像是电视剧里常出现的那种恶人。

她望向妈，妈则一脸嫌弃地瞪着她。女医生顶着头上的灯过来了，白光照进她的眼睛里。“来，啊——”她捏住她的下巴说。一股苦涩的液体喷进她的嘴里。她惊恐地跳起来，尖叫一声，从床上翻身跳下来，差点打翻床边的工具台。

她在诊室里一边跑一边尖叫。她很清楚地知道是恐惧在催着她跑。她害怕牙齿被剥离出来的那种空荡荡的感觉，牙齿漏风，说话的时候嘴里嘶嘶作响。这会让她想到无数个被抛弃的场景：人呆呆地站在街头，周围的人川流不息，没有人停下来看她。无论她怎么呼唤，没有一个人停下来看她。更令人恐惧的是现在她们要把爸唯一留给她的东西也夺走，这无异于再一次经历遗弃。

爸走后她常常做梦。她梦见和爸一前一后地站在阴影里。爸说，回去吧。他不耐烦地摆手。黑暗像洪水一样上涨着，爸就被淹没了。接着，她的牙齿掉了，像是多米诺骨牌一样，一颗接着一颗，一直到牙齿全部掉光。她开始哭，哭着哭着就醒了。

这种恐惧后来就没有离开过她。还上初中时，有一次过了下班时间很久妈还没回来，她一个人在空荡荡的房间来回走着，觉得四处都有伺机而动的妖怪。她的心头麻麻的，于是将房间里所有的灯都打开。她抱着抱枕坐在沙发上，想，妈是不是也要丢下自己，不再回来了？想着想着，她越来越害怕，觉得如果妈不回来的话，妖怪一定会跑出来把她撕碎。更晚一点，妈开门走进来，看到房间里刺眼的灯光，一边关灯一边骂她："开这么多灯干什么，又不是瞎子!"她愣愣地看着妈，眼泪凝固在脸上，有一种死了又活过来的感觉。

上大学后，她陆陆续续交了几个男朋友。他们每次不回信息她就开始害怕，她不断地给他们打电话、发短信，问他们为什么不回她的消息。等到他们出现在她面前，她又突然冷静下来。前男友们一开始都以为她是依赖感强，或许是产生了那么一种微妙的骑士精神，他们总是满足她的任何需求。可是很快，他们先后和她提出分手，我以为你是爱我，但好像并不是这样。他们要走的时候，她是真的很难过。还好他们没有住在一起，否则，要面对着面将东西清理，淡淡地问，这是你的还是我的？她想她受不了。

她的牙没有矫正。她满诊所里乱窜，像知道即将被宰的鸡。后来，妈的脸逐渐由红变紫，然后又变成青苔一样的暗绿色。最后，妈一边跟女医师道歉，一边将她粗暴地拽下来。回家的路上妈没有说话。她走在前面，肩膀一耸一耸地，像是在哭。她静静地跟在妈身后，也不去安慰她。她松了一口气。

后来她一直没有整过牙。她因为牙齿面试失败，朋友总是说，其实你要是把牙整一整，工作肯定比现在好找得多。她一次比一次更坚定。蒋志新提醒她快下车了。她用手臂环住他的手臂站起来，想起什么似的补充道，我的牙齿从小就这样的。我爸遗传的。蒋志新说，你小时候没有矫正过吗？她说，没有，一直没有。

她和蒋志新在医院里挂好号，随着一群人坐在走廊的长椅上等待叫号。牙科门诊里小孩和老人居多，时不时地会传来一阵小孩尖锐的哭声，接着，就会有一两个小孩挂着充满怨气的泪水走出来。她听得心惊胆战的，好像已经看到牙科医生扒开她的嘴，将嗡嗡不停的钻子伸进来。蒋志新坐在一旁玩手机游戏，偶尔会停下来，问她要不要喝水，或者牙齿还痛不痛。其实牙齿已经没有那么痛，但被蒋志新一问，痛感又被重新唤醒，越发地鲜活起来。她捂住脸，点点头，痛。

她原以为蒋志新在听到她说爸时会问，哎？你爸？怎么之前都没听你说过？如果是这样，她就可以仔细理一理记忆，说，哦，我爸啊。

从小爸特别疼她。小时候妈怕她坏牙齿，不许她吃糖果和冰淇淋。爸去接她放学，在回家的路上悄悄给她买娃娃脸雪糕。快到家了她还没有吃完，爸就催促她吃快点，又将水壶递过来让她把嘴冲干净。有时爸会问她，粒粒，好吃吗？她就把雪糕举到爸面前，让他咬一口。爸张开嘴，在雪糕上留下一排坑坑洼洼的咬痕。她看见了，也跟着在周边咬一口。爸看着雪糕上的牙印笑了，说，一看这牙就知道你是我女儿，这是粒粒和爸爸的标记。爸一边说，一边伸出手，轻轻去弹她的嘴唇。她也想这么做，于是踮起脚。爸很高，她够不着。两个人都笑起来。她觉得自己和爸之间突然多了一条看不见的线，将他们紧紧地拴在一起。这是她和爸的秘密。

爸离家几年之后，有一次她在公车上看到他。那天车上人很多。人们像是放在锅里的烩菜一般，紧紧贴在一起，左右碰撞。身后不断有人硬挤着穿过去，时不时就惹来周围人的抱怨。一个人紧贴着她挤过去。她忍不住骂了一声，挤什么啊挤！那个人在她身后小心翼翼地说着不好意思，但没有停下来。她恼恨地扭身往后看去。看背影像是个年近花甲的男人。她看着，心里有些过意不去。男人一直走到下车门那里才停下来。他抬起头。这时候她才发现那个人是爸。他的样子没有什么太大的变化，只是身型小了一号。头发脱得厉害，只在两耳上剩下毛茸茸的一丛，看起来像是树袋熊的两只耳朵。

即使是背贴着背擦过去，听到彼此的声音，爸也一定是没有认出她来。她犹豫着要不要挤过去和爸打个招呼。她艰难地转动着身子，抱怨声响起来，她又有些犹豫了。很快，车子到站了。爸随着人群流下车子。她想叫司机停车，想了想，最终还是没有开口。她看着爸走上人行道。他的步子一深一浅，踏上马路牙子时候滑了一下，打了个趔趄，差点跌倒。她不由自主地叫出声。爸站稳了。他挺了挺脊背，慢悠悠地爬上斜坡。车子启动了，她抻长着身子往后看去。爸一步一停地走着，接着被斜坡两侧的巨大树荫给吞没了。

回到家，妈问她："干吗丧着一张脸？在外头遇到什么事了？"

她只是坐着，不说话，不管妈怎么问她也不肯说。很快妈就失去耐性，怒气冲冲地骂出一句："你这个小孩，和你爸真是一点没差！什么坏习惯都一样！"在往常，她会将妈的这些话过滤掉。那天也不知道是因为什么，她只感觉有一股气从胃里冒上来，海浪似的撞击着她的牙齿。她被憋得快喘不过气了。眼泪不争气地喷涌出来："不要提我爸！"她冲进房间，反锁房门，扑倒在床上，放声大哭。等她在头痛中醒来，妈正坐在床旁边摆弄水杯和药片。她不知道妈是怎么进来的。她坐起来，感觉一侧脸硬硬的。她吞了一口口水，浑浊，咸，腥。她知道，牙齿又发炎了。妈伸出一只手，在空中僵住了几秒，又收回来。她无奈地笑笑，说，粒粒啊，以后不要乱喊乱叫了，知道吗？

妈一直都不跟她提爸的事，也坚决拒绝掉爸留给她的抚养费。爸走后，妈许多事都顺着她，唯一不喜欢的就是她的牙齿。她经历了多次面试失败后，妈常常装作漫不经心地提起，怎么样，要不要去给牙齿做个美容。现在不是都说吗，为了更好的前途，一切从牙开始。

她每次都假装没有听见。爸离开后，她一直觉得牙齿是她和父亲剩下的最后的联系。血缘不像痛感。痛感很直接，甚至粗暴，从来不会撒谎。只有在痛的时候，她才能够确认，哦，原来一切都还在。爸不是说吗，牙齿是她和他的标记，只要看到这口牙，他们就能在人群中认出彼此来。

她冲母亲摇头，说，不要。

朋友们都很奇怪她为什么挑蒋志新做男朋友。她的闺蜜毫不客气地说，他到底哪里好？长得丑又没有钱，你到底看上他哪点？她觉得受到冒犯，想要开口反驳，却又找不到可反驳的内容。一个人的时候，她仔细回想着闺蜜的话，觉得她们没有说错。在她交往过的男友当中，蒋志新是最丑、看起来最没有前途的一个。他骨架很大，两坨锁骨突兀地顶着皮肤，看起来像是两片铁。有时她靠在蒋志新的肩膀上，后脑处总是感觉僵硬。她在他肩头挪动，总是找不到舒适的位置。蒋志新诧异，不断地问她："怎么啦？"

因为瘦，再加上经常熬夜，蒋志新看起来就像个吸毒的。事实上，蒋志新生活规律，无不良嗜好。虽然他总是一副风一吹就要跟着跑的样子，但莫名有一副浑厚、饱满的嗓音。第一次见面时，蒋志新愧疚又带着惊慌地不断擦汗："对不起，对不起，我迟到了。"

她听到他的声音后就愣住了。她仔细打量他，感觉很熟悉。站在广场上，她被冷风吹得直哆嗦，牙齿也瑟瑟发抖。但她清楚地知道，这不仅仅是因为冷，还因为蒋志新带给她一种令人激动得快要落泪的激动。她开口和他讲话，牙齿上下打架不停："我们去哪儿吃饭？"蒋志新以为她是冷，赶快脱下衣服盖在她身上。她吸了吸鼻子，果然，味道熟悉得令她感觉牙齿酸胀。她把他的衣服裹紧了。蒋志新将外套往她肩头又拢了拢，握着她的手放进口袋。

约会没过五次她就和蒋志新去酒店。是她主动提的。到了预订好的酒店楼下，蒋志新躲躲闪闪地让她先上去，他随后就来。她知道他是去买避孕套。两个人赤裸着坐在床上，她盯着蒋志新看。他的脸被橘色的灯光映照得红红的。他被注视得不好意思，赶紧转过身去。她蹿过去伏在他背上，哎，你转过来嘛。蒋志新像是被她吓到，手忙脚乱，弄掉了两个套子才顺利套上去。

酒店的被子因为持续的雨天而微微发潮，味道闻起来像是梅雨季放在柜子里的旧衣服。其实她并没有什么情欲。蒋志新进入她时她干干的，只感觉痛，生硬的摩擦感使下体又酸又胀，痛得她大叫出声。不过，这种痛让她感觉好快乐。她莫名想起妈做香肠的日子。妈抓起一把肉，一点一点地塞进肠衣。瘪瘪的肠衣渐渐地被充满，变得圆滚滚的。她想着那些肿胀得发亮的香肠，觉得自己空荡荡的身体就像它们一样，随着蒋志新的动作一下一下地被充满。痛提醒着她，他正在进入自己，他需要自己。她幸福地大叫出声。蒋志新以为她是浪，挺起身子，越来越用力。

蒋志新抽出身子时她仰面摊在床上，感觉有点失落。她以为他会待得久一些，可是蒋志新很快从她的身上挪开，换个姿势，将她的脑袋托在自己的手臂上。因为出汗，蒋志新身上的味道越加猛烈地冲进她的鼻子。热乎乎的气味喷在她脸上，让她不由自主地想要靠近他。

蒋志新对她是第一次很是惊讶。“原来你是第一次，”他抱紧她，似乎有些不知所措，“我一定会对你好，对你好，一定。”

她仰躺着，气息渐渐平稳。她转头看向蒋志新，刚才略微模糊的视线正在逐渐变得清晰。蒋志新的额头上渗出一层汗，有一缕头发湿答答地黏住了。两块颧骨高高地耸起，令人感觉突兀。她居然没有发现他有这么丑。她赶紧转过背去。

朋友们听说这个事，异口同声地说她脑子坏掉。他到底哪里好？没有钱也不是潜力股，再说你们还离得那么远。她低头绞手指，用自己也不相信的语气说，我可以坐高铁，坐飞机，现在交通很方便啊。送上门去啊？你贱不贱？她说不出反驳的话。她回想蒋志新的模样，穿衣服有些邋遢，第一眼看起来总觉得不像是好人。她越想越沮丧。

她不给蒋志新打电话，但如果接不到他的电话，她又会很难过。他打电话说，最近做了某区域的业务主管，等忙完这一阵，他就来看她。她等不及，于是打飞的过来，好像只是为了和他做一次爱。她甚至问相识的男朋友要三级片，像高考生一样认真学，学表情、叫声，再将学到的技术全部用在蒋志新身上。她仍然是干的，痛得大声叫。事后蒋志新总是会用胳膊环绕住她的肩膀，她就将脑袋埋在他的腋窝里，深深去嗅他的味道，感觉自己变成了一个被宠爱的小孩。有时蒋志新要赶回去上班。他佝偻着走出房间，她穿着酒店的浴袍跟着他走到电梯口。电梯铃叮地响起，张开黑色的大口。他回头对她说："回去吧。"

这是她熟悉的一幕。回去吧。爸不耐烦地说，快回去。她蓦然惊慌起来，趁着电梯快要关上的时候，伸手抵住电梯门。"不要走，不要走！"

"怎么啦？"蒋志新诧异地打量她，"我去去就回来了，公司要有人去看一下的。"

"不要走啊！"

"回去吧。"他挥挥手。

"你不要丢下我啊!"

他赶快从电梯里走出来，将她搂在怀里。"没有丢下你，不会丢下你的!"

她深吸一口气，冷风中只有生涩的水味儿。她推开蒋志新，辨认着他，感觉从恍惚中恢复过来。蒋志新鱼干一样的脸一点一点地变得清晰。她想起朋友说他长得难看，没有钱。她的肺重新被冷风灌满，不自觉地打了个寒战。她吸吸鼻子，从蒋志新的怀里挪出来。"你去上班吧。"

他愣一愣："……那我走了。"

"嗯。"她没有等蒋志新进入电梯，而是直接走回房间。

爸死的时候她的牙已经痛了一个月。去医院检查，医生说没有什么问题，只是长智齿。彼时她的脸已经肿得像个馒头，每天牙痛得好像是有人用锤子直接敲在牙齿上。她问医生怎么办，医生说，看你选择咯，好多人痛得受不了，最后都把智齿拔掉。她倒吸一口冷气，说我不拔。医生耸耸肩，那给你开点药好了。

遇见爸后，她时不时找机会去坐那趟爸曾经坐过的公车。她从出发站坐到终点，又顺着路线原路返回。他是住在附近吗?还是刚好路过?爸离家之后几乎没有来看过她。有时她因为想念爸而哭起来，妈就开始骂，他都不要你了，你哭什么?骂着骂着妈自己也哭起来。这时候她感觉自己好像能够理解妈的心情，被背叛，被抛弃，甚至都不知道缘由。感觉像是爸站在电梯口不耐烦地对她挥手说，回去吧。

其实爸去看过她一次。那时她已经上高中。走出校门准备去吃晚餐时，她看见爸站在校门口伸长了脖子东张西望。她走到爸面前，立住。爸这才恍然大悟般地点头：“粒粒。那么多人，爸爸都没看见你。”

她知道其实爸是没有认出她。她打量他，试图回想他从家里走出去时他说“回去吧”的样子。几年前，市政改造将那座老房子拆掉，她和妈得到了一套位于新区的房子。房子年份很新，人乘坐在电梯里面，总是会闻到乳胶漆或者生涩的木头味。她有点怀念那座老房子。老房子的电梯在载人的时候总是咯吱咯吱地响，像是暮年老人带着一身松散的骨头。爸的脸还是那样，只是有些黄，有些黑，但容光焕发。这让她感觉不快。

爸带她打车到离学校很远的地方去吃东西。她想说上晚自习会迟到，但没有开口。他给她点满一桌子的汉堡、薯条、色拉、饮料，好像想要把这么多年没有带她吃过的东西一下子全部补回来。她看着父亲，喝一口冰可乐，眼睛皱起来。

“粒粒牙齿痛吗？那还是不要喝了。”他把可乐拿走。

“粒粒，你作业多吗？辛苦吗？压力大吗？”

“粒粒以后想考哪个大学？”

他毫无头绪地问她好多问题，她不时地摇头、点头，偶尔用几个简单的字来回答。他坐在她的对面，面容清淡得像是什么也没有发生过，仿佛他只是出差很久又回来了，而不是把她丢在电梯外，一个人跑掉。她想问爸你过得好不好，你现在住在哪里，你在做什么，但又觉得好像这样已经算是原谅爸。她张了张嘴，又把话咽了回去。

最终爸还是很犹豫地问一句：“你妈妈好吗？”

“哦，还好。”

“这样啊。”

他们没有再说下去。饭后，他送她回学校。他们在一盏灯光昏暗的路灯下停住脚步。爸将书包交给她，嘱咐道，回去不要和你妈讲我来看过你。爸一边说，一边敲敲上嘴唇。她觉得这场景熟悉，好像是他接她放学回家，催促她吃完那个冰淇淋，对她说，牙齿是粒粒和爸爸的标记。她的心突然化了。快去上课吧，他说。她看着爸，走两步，回头看一眼。快点，要不然上课迟到了。她快跑了两步，跑进校门又转头去看，灯下已经没有人。

她梦见自己的牙齿掉了。有时候是一颗，有时候是整排整排地脱落。牙齿被硬扯掉的痛感好像是真的一样。在梦中她咬一口东西，牙齿哗啦啦地掉下来一排。没有血，她只感觉嘴里有股酸酸的味道，整个嘴都空了。有个人在她前面走着，暗暗的，只有一个背影。她知道那是爸，于是喊起来，爸，不要走。爸，等等我。可是她已经没有牙齿，再怎么喊也发不出声音。她拼尽全力喊一声，接着被自己的叫声惊醒了。

她觉得梦预兆不好，打开手机想查查解梦。房间里似乎有人在用很低的声音打电话。她看看表，已经是凌晨。于是她起床去看，原来是妈站在客厅里接电话。妈看见她，有点吃惊，匆忙讲了几句就挂掉电话。她看出来妈的眼睛里带着点血丝：“粒粒，你爸爸走了。”

她连爸最后一面都没有见到，只是得到一个骨灰盒。她想，爸原来那么大的个子，现在变成这么小小的一盒，简直不可思议。他是不是连牙齿也被烧掉？她想着，惊慌起来，想要打开骨灰盒去看。妈看见了，冲过来就是一巴掌，声音在空荡荡的火葬场里显得很刺耳，搞得全部的人都在看她。

你搞什么？要你爸爸死不安生吗？

她的手抖了抖，骨灰盒掉了下来。盒子被摔开。里面是细细的、掺杂着墨绿的灰黑粉末，也有大小不一的颗粒。她赶忙用手去翻。没有牙齿，什么都没有。她手忙脚乱地将那些灰捧起来装进盒子里。风吹进来，骨灰四散。妈又甩过来一个巴掌。她感觉牙齿里的神经一扯，痛得大哭起来。

蒋志新问她为什么不拔牙。她说自己也不晓得。爸已经过世那么多年，她已经慢慢接受这个事实。爸走后的一个星期她的智齿又开始疯长，牙齿里充满着咸而腥的浊液。妈愁眉苦脸，粒粒啊，你去把牙齿拔掉吧。她含着眼泪摇头。

她想起自己看过的一个小说。女人的丈夫死了。生前两个人关系很好。等到丈夫下葬的那天，妻子的眼睛里突然冒出了一颗血一样的红粒，一直过了很久才消失掉。她明白，那是丈夫留在妻子身上的痕迹。爸没有留一句话就走，他不甘心，所以要她的牙一直痛下去。妈哭了，问她到底为什么不去整牙齿。她只是摇头，不肯说。这好像就是爸买给她的冰淇淋，爸突然站在学校门口，也像是爸敲着牙齿对她说，喏，这是爸爸和粒粒的秘密。

过了好久，才有人通知她们去整理爸的遗物。她是自己去的。妈不肯去，只是把钥匙给她，告诉她具体的地址。她看了地址才知道，原来爸的家真的在她曾经遇到他的那个车站附近。她坐公车到那一站下来，顺着一个巨大的坡走上去。坡旁边有个小小的寺庙，砖瓦青灰色，看起来时间已经很久远。坡后面有一条深深的巷子，一直往前延展着，进入到黑暗深处。那是一排低矮的平房，房子周围种满了榕树。道路两旁的榕树树冠交叠起来，形成巨大的阴影。空气里满是湿漉漉的青苔味。让人感觉冷。

爸住在最尽头的一间。她用钥匙旋了半天才扭开门锁。还未进去，一股浓重的霉味就冲进她的鼻腔，她被味道逼得连退了好几步。好小的一间房，小得只放得下一张床，一个立柜和一把椅子。这些东西几乎已经将房子占满，但她仍然觉得那是空的。

她脱了鞋子走进去。地板上随意地放着两只箱子。她走近了，发现其中一箱装着几件颜色黯淡的海青，另一箱则浅浅地装着几本佛经。她突然很想哭。爸的人生究竟是怎么回事？活了几十年，两个箱子把一生装干净了。她在地上坐下来，拿起那些已经卷页的经书。她以前不晓得爸喜欢这种东西。不过好像有一次，爸在接她回来的路上说，粒粒啊，你知道什么是无尽吗？她嘲笑他突然说怪话，但爸没有笑。他在前面慢慢地走，夕阳映照在爸身上，形成一个巨大的光圈。她在后面看得愣住了。

箱子翻到底部，她看见有一个紫色天鹅绒的袋子。袋子是系口的，很宽松。她晃了晃，里面不知道是什么叮叮作响。她打开袋子，将里面的东西倒出来。

滚出来几颗瘦弱的牙齿。门牙、虎牙、尖牙。牙齿已经发黄。它们东倒西歪地摊在地板上，一眼就能看出它们的主人长着一口烂牙。她呆住。这时候，脑海中爸的形象突然一点一点变得清晰起来。他拉着她的手，给她买娃娃脸冰淇淋。快点吃。这是爸和粒粒的秘密。她将牙齿抛到屋顶上，牙齿不见了，爸和妈哈哈大笑，完啰，我们粒粒要长一口烂牙啰。

她颤抖着手去捡那些牙齿。捡一次，掉一次。等到将它们全部收好，放进袋子里时，她觉得好像已经过去了很长很长时间。

走出爸的房子，她打车去牙科诊所。医生看见她，戴着口罩的脸藏着笑意。妹妹回来了？想通啦？嗯，想通了，来拔牙。上次讲的那几颗全部拔掉吗？嗯，全部拔掉。医生给她打麻药之前她告诉他想要把牙齿留下来。医生皱皱眉头，都烂掉了，要来干吗？她没有回答他，只是闭上眼睛。钻子嗡嗡地响起来，逐渐变远，消失。耳边爸的声音响起来，喏，这是粒粒和爸的秘密。

门

1

时间一到六月，阿梅住的这个城市就陷入了高温的火海。每天不到七点，天就全白了。太阳晃过树顶曝晒在鸣蝉身上，把它们早早地叫醒，由它们的持续不断的叫声开始，撩拨起整个城市人一天焦虑的、节奏不停的生活。几乎每天都是一样，天空白刺刺，看不到半点云彩。太阳把高温投到地上，地面把这温度吸收了，又着急着把所有的温度全部喷发出来，人走在这当中间，好似夹在三明治当中的火腿，两头都要受热。

刚开始发布今夏高温预警的时候，阿梅就已经在网络上买好了各种款式的T恤和超短裤超短裙，西瓜红、宝石蓝、玫瑰紫，各种各样的颜色都有，就像是小孩子吃那种彩虹糖，还没有张口就能感觉到一股甜滋滋的味道，况且价格也不贵，所以她一次买了很多。等到温度微微露出上升的苗头，阿梅就迫不及待地把彩虹穿到自己身上，大摇大摆地招摇过市。每天都穿这么一身亮丽的颜色，心情也会跟着变好。阿梅办公室聚集了一群欧巴桑，成天除了嗑瓜子就是扎堆在一起讲人家的私事，一个个搞得像怨妇，整个办公室负能量超标。阿梅觉得和她们在一起待久了，自己肯定要提早步入更年期。这些衣服可以讲就是因为这些欧巴桑买的，辟邪哦，用这种鲜艳的颜色好逼退她们身上的更年期霉味。唵嘛呢叭咪吽。南无阿弥陀佛。阿梅一边想一边吃吃地笑起来。

结果那些欧巴桑看见阿梅这样穿，就把话题中心转向她。等阿梅从她们身边走过去之后，她们把头就扭去一边窃窃私语，阿梅晓得她们在说自己是妖精，夏天穿衣服这里也露那里也露，恨不得把两只乳都露出来给人看，天生一副下贱相。不过只要阿梅把目光转向她们，她们就会立刻装出很友好的样子冲着她笑。阿梅看见她们这样，恨不得走过去把她们僵硬的嘴角往上提一提，拜托喔，你们要假装也要自然点。

这些欧巴桑们不喜欢她，阿梅一点也不感到意外，反正她也很习惯被别人不喜欢。她妈美凤不就一样。美凤根本就没有把生小孩放在自己的人生计划里面，话讲回来，她的整个人生都没有什么计划，日子浑浑噩噩的，想到什么就是什么，莫名其妙就被人搞大了肚子，想了半天也不确定孩子的爸爸是谁。阿梅的到来搞得美凤措手不及，况且一个小孩生下来要吃奶要换尿布，她连自己都搞不掂更不用说阿梅了，于是她对阿梅的感情就只剩下讨厌。后来有一个跑物流的老板居然看上美凤，也不介意美凤有小孩，愿意帮她养。只不过美凤和他一起了之后还是没改变，整个人就像一摊泥巴，该打牌打牌，该逛街逛街，家事却一点也不沾手。物流老板从失望到绝望，最后忍受不了干脆也跑了。美凤觉得这一切都是因为阿梅，正是因为这个野种，她才没有办法抓住这个有钱人。现在美凤五十几了，照样都还会念，要不是当年命衰怀上阿梅，自己早就可以去和富家子弟享清福，哪里用在这种贫民窟里混吃等死。

阿梅从小没有得到过美凤的疼爱，反倒是那个印象里早就已经变得模糊的物流老板还像真正的阿爸一样疼过自己，谁像美凤，除了丢点钱给托育中心的阿嬷，基本上都见不到人。所以阿梅对美凤也没有什么感情，只要美凤一这样念，她也会张口骂回去，齐美凤你做人要有点良心，话不是长了嘴就可以随便乱讲的！

每次阿梅的话还没有讲完，房间的另一边就响起很吵的电视购物的声音，一个男人和一个女人在电视里面充满激情地推销胸罩，U型罩杯，可以让你的身材更有型！欸，阿梅欸，这个胸罩很好看，可以托胸，你要不要买，不然我帮你买怎样？我看你除了整天上班也没有别的事嘛，不做别的事又不交男朋友，都不晓得你在干什么。美凤的声音晃悠悠地从沙发里面飘出来，好像阿梅刚才讲的话她什么也没听到。她最擅长装傻充愣，每次都是一样。不过阿梅真的不晓得美凤怎么可以这么不要脸，五十好几的人了，给人的感觉还是个十六七的细妹，根本就不懂事。阿梅有时候想，自己上辈子是不是欠美凤，所以要用这辈子来还债。每每想到这个，阿梅都会觉得自己命衰。她觉得自己像妈美凤像女，两个人刚好颠倒过来。

至于办公室里的欧巴桑们为什么不喜欢自己，阿梅觉得不用想也知道。她每天穿得花红柳绿在她们面前招摇过市，欧巴桑们看见阿梅，被迫害症就会齐齐发作，觉得她是一个潜在的二奶。这也很好理解，欧巴桑身上的雌激素一天一天都有在减少，甚至子宫也开始萎缩，而阿梅乳房很挺也没有下垂，整个人就像反义词一样揭着她们的伤疤，所以她们看到她，个个都会提高警惕。阿梅讨厌那种眼光，但是也懒得去质问她们，好麻烦，反正迟早都会习惯。习惯了之后就会觉得没什么，反正又不会掉块肉。阿梅刚来的时候还有点战战兢兢，毕竟是新人，想到以后还要和这些欧巴桑们处好关系，于是一开始的时候，阿梅在这些老女人的注视中过得好似过街老鼠。可是转念一想她又觉得凭什么，自己什么都没做错，干吗搞得像是见不得人一样。这样想开了之后，阿梅的态度就立刻转过来，甚至也开始刻意和欧巴桑们交恶。既然知道没有人会喜欢自己，也就直接摆明了态度和她们所有人为敌。

2

阿梅进到办公室，第一件事就把冷气打开。她最受不得热。一到夏天阿梅觉得自己就好像变成了甜棒冰，就算穿得再少，可是只要一遇热，就会哗哗地往下滴水。如果有汗水黏在身上，阿梅就会觉得自己没有洗干净，这里碰一下那里碰一下，越碰身上越痒，感觉就像起疹一样全身上下没有一处是舒服的。所以，一开始有入夏的征兆她就开始开冷气。整个夏天，阿梅家里的冷气机都在呼呼地运转，电费也似打了催生素，噌噌噌地直往上蹿。阿梅才不管这么多，为了省几块钱把自己热到半死，那才是真的蠢。不过这才是六月，连端午也还没有过，气温就已经这么高，不知道到了七八月会怎样。现在臭氧层年年都在破坏，气温不晓得是不是一年要比一年高。不过这都是科学家的事，就算要担心也轮不到她。

老板还没有来，趁着这个机会，阿梅用钥匙打开了老板房间的门去偷拿他的速溶咖啡。那个速溶咖啡好像很高级，听说是在国外买的，阿梅不晓得是真是假，反正上面印了一排外文，她看不懂。不过阿梅很喜欢那个味道，咖啡和奶精配合得刚刚好，而且入口的时候会感觉很顺很滑，一口喝下去的时候就好像有一根丝带落进喉管，不仅如此，那个咖啡还有一股很长的余香。冲着这个味道，阿梅总是喜欢趁着老板不在的时候去拿速溶咖啡，接着就在回味中度过一个滑溜溜又有余味的上午。

等阿梅拿了咖啡包去茶水间冲好水出来的时候，正好撞见老板晃晃悠悠地从门外进来。老板看起来和美凤年纪差不多，是个秃顶，肚子也很大，估计是平常抽烟喝酒太多的缘故。他推开门，一眼就盯住阿梅的超短裙子坡跟鞋，眼睛随即眯成一条缝。阿梅能够感觉到老板平日里呆滞的眼睛亮了亮，她在心里呸了一声，装作没看见，埋头继续喝咖啡。结果老板挺着肚子向她靠过来，一边还伸手趁机在阿梅的屁股上捏了一把，阿梅，你又偷我的咖啡了是不是?

嗳哟，就喝一点点嘛，老板你不要这么小气嘛。

阿梅冲老板做了个谄媚的笑容，再用肩膀撞了一下他作为回应。老板的眼睛眯得更细了，整个圆圆的脸上就只剩下两条线。阿梅一边僵硬地继续笑着一边在心里骂，老不死，你作死啦，小心到时候报应到你女儿身上。

老板一脸油腻地靠近阿梅，顿时，有一股热乎乎的烟臭混着胃炎飘出来的沤气喷到阿梅脸上，就算办公室里开了再大的冷气，也没有办法吹散它。阿梅的胃立刻开始翻滚起来，好想吐，但是又不能吐，酸酸的味道在她的喉咙里来回翻搅着，甚至带动神经都开始跳着痛。老板趁机又摸了阿梅一把，感觉好像很得意，脸上的褶皱也全都笑成包子皮。不过还好，老板没有停留多久，笑了几声之后便带着一股中年男人特有的腐朽气息闪入了办公室。

等老板进了办公室，阿梅胃里翻腾的那股味道才算停下来。不过每天都要经历这么一次，久而久之，也是会习惯。刚开始阿梅觉得更恶心，老板的手陌生又油腻，硬要贴到自己身上来，阿梅每被碰一下都想要干呕。她想辞职又不太舍得这份薪水，于是又咬牙做下来。经过这一遭阿梅总算明白为什么都把男人乱摸的手叫咸猪手，真的跟猪手一样，抹在身上就好像生吞了一块猪油，时时都想吐。后来日子久了阿梅连恶心的感觉也没有，老板说什么她也直接应，有时候也会迎合他调戏嬉笑，老板一高兴，说不定又发点奖金给她。这样想来也就很容易理解那些欧巴桑为什么会在背地里骂她是贱货。阿梅作为秘书，总在老板面前晃，是个女人都会觉得那是一只狐狸，就算真没味道别人也会帮你闻出一股臊。不过这和她有什么关系。女人真是奇怪的生物，虽然阿梅自己也是女人，但是她怎么也想不明白她们为什么总喜欢把责任归咎于同类。拜托咧，老板那么贱都没看她们哪个出来说几句，那句话怎么讲的，女人何苦难为女人。阿梅猜想，要是欧巴桑们看见刚才这一幕，不晓得又要生出多少事。果然，等阿梅斜着眼睛看出去的时候，一群老女人就在办公室外面指指点点，一迎上阿梅的目光马上就不自然地速速退散，假装什么也没有发生过。看到这个顿时有一股火蹿到阿梅头顶，直冲进她的太阳穴，讲什么讲，有胆你们到我面前来讲，不要在背后装模作样！

阿梅怒气冲冲地把咖啡杯用力往桌上一放，咖啡溅出来一点，但她的怒气并没有散。阿梅烦躁地打开电脑来看，期待着能平静一下，结果网络上全是乱七八糟的新闻，这里出交通事故又死了好多人，那里又检验出来有食品安全问题，再不然就是哪个明星夜晚私会情人当场被狗仔拍到。世界真是没有一天能安宁，每天只要一开电脑，就会有无数乱哄哄的事情跳出来。阿梅看得心烦意乱，即便这些都不关她事，却总让人感觉没希望，就好像她和美凤在一起拉锯一样的生活。拉过来又扯过去，然后僵在那里，不晓得什么时候才是尽头。阿梅想到这里，情绪直接跌进了低谷。她的脑袋里有个声音一直在嗡嗡地响着，像是进了一只蚊子在不停地振翅。阿梅赶紧喝了一大口咖啡，想平复下心绪，没想到这一口喝得太猛，不仅烫到舌头，还被热气呛到，马上被闷出了一身汗。她赶紧把冷气机调低了些，可是仍然觉得热。阿梅从文件里找出了一叠，对折起来扇着风，另一手搭在鼠标上，不自觉地用食指不停地按着左键，滴滴，滴滴滴，于是，网页一个接着一个被弹开了。阿梅也不晓得自己究竟看到了什么。这种感觉让她觉得心里好似有无数个猫爪在挠，她只晓得自己心里乱哄哄的，让她感觉不得停歇。

扇了一会风，咖啡的那股热劲终于过去了点。要是再有个棒冰就好了，阿梅想着，脸上又露起笑容来。谁晓得，电话在这个时候突然响了起来。“呜咦——呜咦——”铃声是特设的救护车声，像催命一样，一浪高过一浪，不用看阿梅也晓得电话是谁打的。还能有谁，不过就是美凤。阿梅买手机回来之后就特地把美凤的电话铃声设成救护车的叫声，让人一听就感觉是要急火火地奔去救命。从设置好铃声的那天起，阿梅就祈祷美凤不要打电话来，她打电话来能有什么好事，还不是真的就和那个铃声一样，叫阿梅赶去救自己的命。就因为这样阿梅才会觉得自己像妈美凤像女，美凤拉的屎要她阿梅跟在后面全部替她擦干净。

电话的呜咦声还在响不停，手机上的光波也跟着铃声一起不停闪。美凤在那边还没有死心。这声音真是让人头痛，整个人听了就会莫名焦虑，全身随之也会燥热起来。阿梅觉得好热，干脆把空调开了最低。风呼呼地吹出来，感觉却是热的。阿梅看了看遥控器，确认没有错才又放下。汗水顺着她的头发流下来，黏嗒嗒地贴在两鬓和刘海上，猛地一滴落进眼睛里，就一阵刺辣的疼痛。阿梅揉了揉眼睛，把手机反过来扣在桌子上不去看它，任凭它自己在响。手机呜咦呜咦地响了一阵，断了，很快又继续响起来，这种声音让本来就很焦虑的阿梅感觉更加焦躁，感觉像是在催债，把人逼到墙角了根本没有退路。

阿梅抄起电话狠狠地按下接听键，吼道，齐美凤你一大早又搞什么！

电话那头传来美凤讨好的口气，阿梅呀，你来东台警局一趟好不好，你来接我啦，你听我讲噢……欸你不要生气嘛，都是秀丽那个八婆，谁叫她那么三八，要不然我不会……

美凤接下来在讲什么，阿梅根本没有听进去。她的声音随着电流一起嗡嗡地传过来，又和电流一起迅速消失掉。又是警局。一年到尾阿梅都不晓得要接到美凤多少个救命电话，十个有八个都是让她去接自己出警局。这个时候的美凤就好像突然记起了阿梅是她的女，也不再念她是衰星，把架子放得好低，为的只是阿梅快一点把她接出去。过往的那些画面在阿梅的脑袋里快快地闪过去，刺痛着她的神经。她只感觉美凤好像是一个巨大的吹风火炉，把热风全部都往自己吹过来。好热，已经是最低温度了，可阿梅还是觉得热。阿梅摸了摸后背，衣服紧贴着皮肤，早就濡湿了。她伸手去拉，衣服肩带似乎带着很多水，又黏又长，像鼻涕，邋邋遢遢的，总是擤不干净，和美凤一样。

齐美凤，你自己搞出来的事情自己处理，不要扯上我！阿梅喊着，直接按掉了电话。电话一挂掉，阿梅感觉好像甩掉了一个包袱，顿时轻松了许多。冷气机呼呼地往外吹着白雾，阿梅一头汗迎上去，冷不丁打了个喷嚏。

3

等阿梅想起来要去警局领美凤的时候，已经是下午快下班了。这期间美凤没有再打电话来，可能是怕阿梅接起电话后会继续骂她。老板很早就走了，欧巴桑们见状也都开始消极做事，计划要提早下班。阿梅坐在办公室里，用眼角的余光看见她们又聚在一起讲七讲八，估计内容无非还是别人家的三长两短，谁家的老公又搞了外遇，昨天晚上老婆大闹了一场等等。欧巴桑们讲得慷慨激昂的，看起来个个都很愤怒，阿梅在心里喊了一声，真的愤怒的话，怎么不去主持公道，跑来这里消费人家的事情，分明是幸灾乐祸。阿梅不晓得她们到底有什么好讲。不过这已经深入她们的骨髓成为她们身体的一部分，就好像每天要呼吸要吃饭，否则的话，一天都会过不安宁。

阿梅一点也不想提早下班，想想看，下了班回去，转几班公车辛苦回到家，人还没来得及喘口气，美凤就跷个脚在那边喊，阿梅呀，今天吃什么。她自己倒是从来饿不着，家里面的客厅地板上，从来都是满满地堆着美凤叫来的各种外卖盒子。每次阿梅一听到她讲这句话，就真的好想把那些盒子全部按到美凤脸上。齐美凤，你在家里一天想吃东西了都会叫外卖，晚上就不会叫一点东西上来吗！结果美凤见阿梅动气了也不起身，只是一脸堆笑地瘫在沙发里，声音仍是慢腾腾的，年轻妹仔怎么这么大火气，阿梅你一定是肝火大，发火太多仔细以后肝会坏掉。我跟你讲哦，街市口有家新开的刘乐仙凉茶，效果超好的，你去喝喝看。美凤一这样讲，就算阿梅想吵架的话也被硬生生地堵回来。吵架好歹也是两个人的事，另外一个人装傻充愣不要脸，她一个人怎么骂得下去，没意思。到了最后阿梅也还是得自己跑去叫外卖或者煮饭。美凤又得逞了，一个人跷着脚窝在沙发里，开始抱着电话订东西。

已经六点了。欧巴桑们都在陆陆续续收拾东西回家。阿梅坐在转椅上一边看着她们，一边漫无目的地摇着，思虑到底要不要去领美凤。好烦，每次都要面对这样的问题。如果没有美凤的话就好了。阿梅私下里不晓得这样想过多少次，是啊，没有美凤就好了。这样的话她就不会有那么多的麻烦。她才二十几岁，应该做的事情就是谈恋爱逛街吃东西，结果她现在在干什么，好像每天都是在帮美凤擦屁股。天底下哪里有一个妈会是这样的，阿梅想不出来。她在电视剧里看到的阿妈形象个个都好温柔，美凤的话，不给你找麻烦就算给你面子了。

阿梅又看了一眼时钟，如果再在这里挨下去，估计会打不到车吧。到时候美凤肯定又在那里念个不停，与其听她到时候跟念咒一样在那里啰嗦个不停，还不如领她回来算了。阿梅这么想着，于是起身收了东西，锁了门也离开了办公室。

傍晚的阳光一点也没有变柔和，反而变得更加毒。阿梅在路边招出租，没站多久又被腾出一声汗。再加上这时候正好是出租交接班，好多空车不顺路的话都不会停，阿梅在路边等了很久，好不容易才招到一辆。她一坐进去就让司机把冷气开到最低。冷气顺着出风口呼呼地往外吹，一波又一波的，阿梅听着这个声音才觉得自己身上的高温往下降了一点点，心里的那种焦躁也慢慢平稳下来。

被堵了三个红灯，又转进了几个巷子之后，阿梅才来到了美凤电话里提到的东台警局。阿梅最讨厌来警局，就算是来领美凤感觉也很差。她穿成这样，每个人都会意味深长地注视自己，好像自己真的做了什么见不得光的事。现在谁不是要避免和警局扯上关系，只有美凤，把警局当娘家一样，每隔几天必须来这里报到。阿梅家附近警局的一些年轻仔因为美凤都和阿梅变得熟络起来，每次在街上看到阿梅都会打招呼，偶尔也会请阿梅出来喝茶。阿梅虽然没有什么朋友，但她也不想以这样的方式去结识，感觉总是很怪。

阿梅问了半天找到前面的窗口，一个新来的小女警接待了她。小女警听阿梅讲来领人，手忙脚乱地开始翻记录，又说要登记，结果也不晓得要先做哪件。阿梅干脆坐下来看她慢慢翻。傍晚了，警局里还是哇啦哇啦的，声音好似一锅煮开的浑水，咕嘟咕嘟地不停翻滚，一边滚一边往外冒着浑浊的臭气。在这里，人人的嘴里都能喷火，只要他们一张开嘴，吹出来的气肯定是热的，就算警局开了再大的冷气也抵不过这么多人一同放出的二氧化碳。小女警手很生，一边翻着档案一边抬起头来跟阿梅讲不好意思，阿梅点点头之后百无聊赖地继续环视周围。有一个女人坐在那边哭诉，好像是被人抢了钱包，警察问她具体情况是怎样，结果她讲了半天也没讲清楚，却只顾着在那里哭，好像要把自己全身的水都哭干一样。现在真是乱套了，就连警局也像菜市。阿梅看着听着，觉得头昏脑涨起来。阳光从窗子照进来，落在警局里的不锈钢栏杆上，反射出一股刺眼的光。阿梅的眼睛被闪了一下，半天睁不开。这时候小女警突然从档案里面抬起头来讲，你是来接齐美凤哦？她上午就已经走掉啦。

阿梅听见这个，太阳穴的两根神经突突地跳起来，美凤这个三八，回去了也不晓得讲一声，害自己大热的天还要绕远路跑过来一趟。她从包包里掏出手机来按了美凤的电话，电话那头响起的声音始终都是“您好，您所拨打的电话暂时无人接听”。电话的提示音不缓不急，好像美凤平时跟她说话时那种无所谓的态度一样。阿梅觉得更加火大了，用尽了全身力量去按电话的按钮，恨不得把那些按钮全部按下去，搞什么啦，齐美凤，快点听电话呀！

按了很久，美凤的电话一直也没有人听。阿梅恼火了，索性把电话甩回了包包里面。她觉得自己真是有病，其实她一早就该想到，美凤在自己这里救不到命自然会打电话给别人，她怎么可能安心在这里待住。美凤的电话没人接，不晓得她又跑到哪里去野了。阿梅站在原地，不晓得是要继续打电话还是应该先回家。有些进出的人从阿梅身边经过，看见她的吊带上衣超短裙，眼神就变得意味深长。看什么看，没见过来警局哦，阿梅斜着眼睛狠狠瞪他们一眼回去。就因为这样她才更加讨厌美凤，她只会不断地给自己找麻烦，而且阿梅骂她，她也全部都应下来，不断地说好啦好啦，可是到头来又不会改，把一切都当作耳旁风。有时候阿梅真的很想把美凤的脑子剖开，看看他的脑子里到底装了什么在想什么。

还是回家好了，美凤这么大个人反正也不会丢。阿梅这么想着，扯了扯包包肩带，走出了警局。天色已经晚了，气温终于开始往下降了些。阿梅衣服上的汗早就被冷气吹干，结成一块块地黏在衣服上。阿梅总觉得背后不舒服，好像有什么东西在硌住自己的背，时不时要去扭一下肩膀。可是这样一动又会招来路人很古怪的目光。这种注视让阿梅心烦意乱，她看见巷口有几辆停靠的摩托车，车主坐在上面抽烟讲话。她晓得那是摩的，于是冲其中一个走过去。她想快点离开这个倒霉的地方。摩的老板让阿梅坐上车，把车子架起来一脚用力压住发动挡踩呀踩，踩呀踩，一直踩到他的身上发出一股馊酸的汗味，车子依然没打着。汗水顺着摩的老板的头流下来，滴到他的眼睛里，害他不得不空出一只手去擦。阿梅看着他，觉得有一股热蒸汽从他身上飘了过来，接着把自己团团罩住，蒸出一身汗。阿梅用手擦了擦，可是却一滴汗也没有。太阳已经落下去了，可是阿梅的头顶还是笼罩着一股刚出浴室的热腾腾的熏热感。树上的鸣蝉被天气闷得停歇不下来，继续狂叫喘气，阿梅看着这样的天气，觉得它越看越似办公室里的那些邪恶的欧巴桑，又憋闷又意味深长，让阿梅生出来一股无名火，恨不得给她们一巴掌让她们直接当面就讲。到底好了没，你倒是快点呀！小姐呀，我已经很努力了好不好，你自己都有在看嘛。不想坐你出去换出租嘛。

阿梅看着长长的巷子，不晓得走出去还有多远才能招到出租，于是只好从车上跳下来看着老板继续在那里踩。西边天空逐渐变得黑起来，好像是在积攒力量爆发一场大雷雨。空气似乎也越变越稀薄了。阿梅站在下面，觉得胸闷，想喊却又喊不出来。从早上美凤打来电话之后阿梅就觉得一天都不顺。她听过一个讲法，说这种感觉是一种气，会聚集的。如果你一早晨开始就不开心，那么这种不开心就会把所有负能量都一起吸引过来聚在一起，搞不好的话就要倒霉一整天。阿梅觉得这种讲法还真是准。美凤一早来了电话之后她的心里就一直憋了一股气，结果一天都在触霉头。阿梅抬头望了一眼天，天上的云越积越厚了。鸣蝉在那头起劲地叫着，一直撩拨着她的心，把她的汗水从额头上落下来一直洇到眼睛里。阿梅被辣得直跳脚，心里一股火就蹿起来烧到头顶，叫什么叫啦！要下雨就快点呀！

4

等阿梅拖着沉重的脚步走到家门口，钥匙还未掏出来，隔着老远就听见从自己家里传出来的熟悉的、充满激情的电视购物推销员的声音。靠咧齐美凤，原来她还真的在家！阿梅不用看也能想得到，美凤肯定又是整个人窝在沙发里，眼睛忙不迭地盯住电视，然后快速记下商品名称，按照电视上面提供的号码打电话过去。想到这个阿梅就觉得窝火。她拿出钥匙迅速扭开门，然后一脚把门踢开。果然，门一打开，阿梅就看见沙发周围乱糟糟的外卖盒子撒了一地。美凤在沙发里露出半个头，嘴里嚼着炸鸡一样的东西咬得咯吱咯吱直响。美凤听见声音连头也没有抬，一边嚼着东西一边含糊不清地打着招呼，阿梅你回来啦。

房间里没有开冷气，美凤买回来的外卖被高温一熏，在房间里形成一股暖烘烘的屏障，让人有点反胃。阿梅本来就憋着一股气，经过这股味道一催化，让她感觉火气更盛了。她一脚甩掉了鞋子，用脚把盒子踢开，以便让自己能够有地方可以站，然后直接把包甩到美凤坐的沙发上，张口就喊起来，齐美凤，你倒是会享受！叫我去接你，靠咧，打电话你又不接，耍人哦?

美凤没有起身，只是慢手慢脚地把包放到一边，慢声慢气地讲，阿梅你又这么大火，你自己说不要管嘛，我就找一个朋友去接我出来啰，反正又不可能在那里待一天嘛。

阿梅被美凤的话噎住，气得在一旁翻白眼。她怎么可以这样，感觉好像都无所谓。美凤对什么都无所谓，但是却要连累这么多人跟在她的屁股后面像傻瓜一样地跑来跑去。难道她天生就是来糟蹋自己的吗？阿梅不晓得美凤打了电话给谁，她认识的人没有几个。美凤这种个性连阿梅都受不了她，还有几个人能够忍得了。除了和固定的牌友打牌之外，美凤其余的时间都是宅在家里电视购物。日子一长，她的性格也就变得更加古怪，只要一出去就会和人家吵，闹到警局，然后打电话给阿梅。今次无论美凤打电话给谁，阿梅觉得不会有什么好人。物以类聚，美凤的朋友能什么好人。阿梅见过美凤的几个牌友，一个叫阿英，一个叫慧秀，还有一个她让别人叫她英文名字 Stephanie。她们的年纪和美凤差不了多少，五十几岁了却依然穿得很暴露，把自己的一副大乳袒露在外。或许她们觉得这没有什么好遮掩。到了这个年纪，她们早就激素减少乳房下垂，可是两只乳却坚强地往外挺着，好像两只膨胀的气球。谁也晓得，这样的乳暴露在外面，和那种寡妇的门口一样，总是容易引起是非。阿梅每每看到她们，总是能够特别明白那些欧巴桑看自己的眼神。

阿梅突然觉得好累。每天的日子好像都一样，工作、回家然后和美凤吵架，她真的想停一停，可是美凤天生就有那种把人惹火的能力。阿梅每次看到美凤一副什么都无所谓的表情，就会感觉自己被挑衅。美凤她是故意的吧，用自己独特的这种方式和阿梅打着消极战。反正阿梅拿她没办法，只能干瞪眼。阿梅想到可能一辈子都没有办法甩脱美凤，就觉得很苦恼。她除了生下来自己之外根本就没有给过自己什么，况且，就算她生下自己了又怎样，她有没有问过一声自己是不是愿意被生下来？

阿梅懒得管了，直接绕过沙发去拎了包包往房间走。谁晓得这时美凤突然从沙发上跳起来，一把拽住阿梅，然后把一罐面霜递到阿梅手里，用讨好的口气讲道，阿梅你看，我还以为自己运气有够衰了，谁晓得回家就发现电视购物有大特价！你看，这个防晒乳，可以防辐射，你每天坐电脑前面，那么多辐射线都射在你脸上，人家不是讲什么皮肤癌什么的，年轻人嘛就要会保养才好。

阿梅这个时候才发现，美凤面前的桌子上摆满了各种各样的瓶瓶罐罐，几乎没有位置可以放别的东西。不用讲，这又是电视购物买来的了。可是才不到一天的时间，她怎么就能买得了这么多。美凤就好像多脚蜈蚣一样，什么东西都往家里拿。阿梅弯下腰，伸手从那些众多的护肤品当中拿了一罐来看。美凤以为阿梅也喜欢，顿时很兴奋，于是又弯腰拿了好些，一罐一罐地给阿梅介绍。她的声音嗡嗡的，在阿梅的耳边一直叫着，吵死了。阿梅忍住胸中马上要冲上来的一口气，打断她，齐美凤，你总共买了多少？

美凤愣住了，模样有点尴尬，没有买多少啦。

那到底是多少。

就买了四套，美凤一边小心地看着阿梅的脸一边赶快补充，阿梅你听我讲，这个真的有优惠，一套 300，买足 1000 减 100……

齐美凤，你有病吧！阿梅指着美凤就骂起来，就算是优惠不是一样还是要花钱买！我拜托你，你乱买东西也要有个限度！你都五十几了，能不能像其他的妈一样正常点！我也想过正常的生活，结果你每次都刷卡来买这么多东西，我的卡全部用来还债！你让我喘口气行不行！

美凤的模样很委屈，声音也压得低低的，我真的没有买很多啦，你看，我这个月都比上个月买得少了……

她的话还没有讲完，阿梅把刚拿起的包包直接摔到美凤的身上。她受不了了。这算什么？炼狱吗？人家讲要成为一个成功的人肯定要经过很多磨难，阿梅不想太成功，她只要平淡地过日子，不要像现在这样受折磨就好。美凤她算什么，以为自己生了阿梅，就可以用这样的姿态来任意做一切事情吗？

齐美凤我告诉你，你搞搞清楚，你要是再买的话，我就和你断绝关系！讲老实话，我真的不想有你这个妈！

美凤傻了眼，睁大了一双眼睛看着她。她的眼睛亮闪闪的，像是想要哭。看什么，装可怜我也不会给你继续买。不过她这样的神情阿梅看在眼里也会觉得很不爽，因为总觉得好像自己是在欺负她，就算有理也占不到上风。电视机还在哇啦哇啦地响着，阿梅也懒得去关，直接绕过美凤去拎了包包往屋里面走。

美凤被落在后面，一直站在那里没有动。阿梅往屋里走着，突然觉得美凤有点可怜。是不是骂得有点太狠了？阿梅一边走一边琢磨着，结果美凤突然想起了什么似的在背后叫起来，阿梅呀，今天晚上吃什么？

阿梅心里刚才涌起的那点可怜被这句话驱散得一干二净，她有什么好可怜，美凤就是这样的货色！狗改不了吃屎！

爱吃什么吃什么，你滚远一点就好！阿梅快快地走进房间里，嘭的一声摔上了门。

5

不晓得几点了。阿梅想。

手机早就没电了，她也懒得去充电看时间。阿梅房间里的冷气机叶片喀拉喀拉地响着，感觉像是被堵住了。冷气开了有一段时间，可是房间里仍然暖烘烘的，可能是快没氟了。窗外像是起风了，老旧的窗子被风吹得砰砰直响。阿梅想起来自己从警局出来的时候就看到天边有一团黑云，估计着不久可能会有一场雨。下一场雨也好，这么热的天，无论是人还是物都感觉焦躁。一场雨落下来，会让一切都冷静些。阿梅躺在床上，从窗子里面看过去，能看到对面公寓里的情况。两幢公寓只是隔了一条巷子而已，却感觉住在楼里的人们根本就是生活在两个世界。阿梅一个人的时候，常常这样躺在床上去窥视对楼的情况。她常看到一个面貌和蔼的女人，应该是单身妈妈，每天下班回来都会给她的小孩做上满满一桌的饭菜。小孩总是一脸兴奋，缠在女人的身边又笑又闹。阿梅看着他们吃饭的样子，似乎都能闻见从对楼飘来的香味。对面房间里的光线是橘色的，一看上去就暖烘烘的，让阿梅觉得心都快要融化了。这种感觉和小时候那种模糊的记忆相似，也许是躺在摇篮里，摇晃着摇晃着就睡着了。

同样是女人，不晓得美凤为什么会是这样。和对楼的女人一比，阿梅会觉得美凤的人生就是个讽刺。

阿梅的记忆里美凤没有对自己这样温柔过。她似乎总是很忙，年轻的时候忙着骂人、打牌还有逛街，到了现在年纪大了不常出门，也没有几个朋友了，就整天忙着电视购物。阿梅小的时候学校开家长见面会，美凤一次也没去过，老师给美凤打电话的时候她就会讲，老师，我很忙的啦，对不起哦，我们家阿梅拜托你多照顾。从那以后阿梅就觉得那个刚从师范出来的女老师看自己的眼神都会不一样，目光里充满了同情和可怜。阿梅看不到美凤，有点想她，但又不是很想见到她。她有点害怕美凤。因为不知道为什么，美凤看到自己总会很大火，待不了几分钟就会开骂，骂她扫帚星，都是因为她自己的运气才会全部散掉。阿梅不明白，既然美凤这么讨厌自己，干吗要把自己生下来。她想着想着就开始哭，美凤听见了就会一个瓶子朝着她扔过来，哭什么哭，哭丧啊，你妈又还没有死！阿梅又赶紧把哭声缩了回去，她怕再哭的话，美凤的声音会把房顶掀掉，就不敢哭了。于是，她只能跑去角落里躲起来，缩在那里祈祷有个人能快点把美凤带走，最好是美凤能自己消失掉再也不要回来。阿梅谁也不敢告诉，她真的在心里面诅咒眼前这个被叫作妈妈的女人能够死掉，无论是什么方式，只要她死掉就好。她死掉的话，可能收留中心会把自己带走，这样，她还有机会到一个一直都没有小孩的家庭里面去过幸福的生活。什么叫幸福？阿梅从来就没有尝过。幸福是不是也有味道？可能是布丁那种滑溜溜又香甜的滋味吧。阿梅记得有一次美凤从外面回来，看见躲在门后面的阿梅，从手里的塑胶袋里掏了掏，拿出一个布丁丢到她身上。阿梅把布丁当作宝贝似的看了半天，最终小心翼翼地揭开布丁的塑胶盖子，用配备的小勺子一点一点地把布丁舀到嘴里，甜滋滋、滑溜溜的，她还没有来得及仔细品尝，布丁就顺着她的舌头滋溜一下直接滑到她的喉咙里去了。阿梅一下子就爱上了那种细腻又甜蜜的味道，也许这就是她想象中的关于爱的或者是幸福的感觉。

不过只有那一次而已。

房门外面电视机的声音渐渐弱了下去，阿梅竖起耳朵去听，很快发现电视机的声音逐渐消失了。接着，美凤的鞋子趿拉趿拉地拖过地面响了一阵，也消失了。美凤出门了。阿梅觉得松了一口气。只要美凤在身边，阿梅就觉得好像暴雨即将压境，周围的气压全部变得低下来，让人觉得胸闷。只要阿梅看到美凤，就会觉得心里面闷闷的，憋着一口气堵在那里，上也上不去，下也下不来。她们可能生来就是一对冤家，注定是要相互讨债，除了这个之外阿梅真的找不出合适的解释来安慰自己。

阿梅觉得有点饿了，打开房门去找东西吃。客厅里美凤吃过的那些外卖盒子还是扔在那里，她也懒得去收，反正客厅属于美凤，她自己看不下去了也会去收，自己何必要管。阿梅一脚踢开盒子走到厨房里拿泡面，用水泡开以后就拿到电视前开始吃。泡面很热，再加上客厅里很热的环境，即使阿梅在房间里吹得稍微凉了些，也马上被闷出了一身汗。不过这种热和之前的热不一样，感觉就像是洗三温暖，人在那个环境里面全身上下的毛孔全部都张开，很通透，不似之前站在外面暴晒一样出一身黏腻的汗水。这样出一身汗，待会再去冲凉，是再畅快不过的事了。

面吃到一半，窗子噼噼啪啪地响起来，开始下雨了。阿梅顺着声音看了一眼，发现窗子一片全部被雨水打得花掉了，水直往下灌。是场澥雨。活该美凤这个时候出去，下雨了，在外面不晓得会怎样。阿梅想着，有点幸灾乐祸。反正她也会找地方躲，不用自己去管。她就跟蟑螂一样，还有谁能比她强悍。说来这也算是美凤的一种本事，要不然她当年都没工作，怎么还有能力把阿梅养活大。即便如此，阿梅也不想美凤这样像鼻涕一样地黏着自己，她自己的生活已经够焦虑了，再加上一个美凤，这种感觉就好像火上浇油。

其实就算美凤像鼻涕一样黏着阿梅，阿梅也大可不必完全顾着她，可以一个人一走了之，何况她和美凤也没有什么感情。可是阿梅还是像个烈女一样一直守着美凤，连她自己也不晓得为什么。阿梅总结起来觉得自己就是犯贱，觉得所有烦恼都是自找的。想到这些她就觉得真正命衰的那个是自己，不仅生下来不晓得亲爸是谁，还要养住这样一个人事不懂的妈，有够倒霉。不过美凤倒是很认得清形势，阿梅骂她什么她从头到尾全部收纳进去，时不时还装可怜讨好她，让阿梅常常感到气瘪。从年轻到现在，美凤整个人的个性好像转过来，突然变得特别能忍。换作以前的美凤，一定会直接爆炸。阿梅不是不记得美凤当年指着自己大骂的样子。可是美凤越这样，阿梅越想去挑战她的极限，于是她骂美凤的狐朋狗友，骂美凤整天乱买东西，不爽的时候故意把东西摔很响给她听。她想看一看，美凤会不会有一天知难而退然后自己走掉。谁知道，美凤每一次都把阿梅所有的怒气怨气吸收起来，第二天又摆出一张无辜的脸问阿梅今天吃什么。阿梅不晓得美凤是存心还是无意，但这种态度总是能够挑起她的一股火，让她的血压噌地一下蹿上来，直接冲到头顶，把整个大脑烧得一团火热。于是她就再也忍不住，对着美凤就破口大骂起来。

阿梅觉得自己在无形中，变得越来越像年轻时候的美凤。

她想到这个，觉得很丧气。她怎么可以变成美凤。阿梅年轻长得又好，而且有学历，以后大好的前途可以挣，哪里像美凤，整天懒散得像一摊泥浆。如果是走在街上，阿梅都会装作不认识她。她真的不想认识她，如果可以的话，阿梅真的想洗白血液里和美凤的关系。她觉得血液里的东西有一些可能是无法改变的，那是在还未出生的时候就已经决定好，阿梅生为美凤的女，就算她再怎么想撇干净和美凤的关系，但是在骨髓里和美凤同样的味道永远摆脱不掉。她迟早会成为美凤，只是时间早晚的问题。这才是她最痛苦的。

雨越下越大了。偶尔会有一两道闪电划破天空映在阿梅的窗子上，很刺眼，让她感觉一阵心悸。不晓得美凤现在在哪里，她这么想着又厌恶起自己来，关我什么事！她爱怎样就怎样啦！阿梅拉过毛巾被捂住了头，把闪电、雨声都隔离在外，以便自己能够快快睡去。

5

第二天早上阿梅是被热醒的。晚上睡觉的时候阿梅没有拉上窗帘，第二天太阳出来就正好照在她的脸上。一场雨过后，太阳好像变得更强了些，整个天都是一片刺眼的光。人抬起头去看一眼天空，再低下头来的时候，眼睛里只会感觉有充血的痛感。阿梅被热醒之后弹簧一样跳起来心里大叫一声不好，她到处摸手机，一看时间，果然要迟到了。阿梅赶紧胡乱找了衣服套上准备出门。临走的时候她特意看了一眼，美凤没有回来。阿梅心里冷笑一声，五十几了还真是会玩，居然学人家搞通宵。她没有时间考虑太多，匆匆锁了门出去。

昨天下了雨，天气却一点也没有变凉爽。阿梅好不容易赶上去公司的车，天气热又加上心急，阿梅沤得全身都是汗。阳光晃在她的眼睛里，让她觉得血压冲上来，脑子都快充血了。明晃晃的光亮照得阿梅眼前一片空白，热浪也一波接一波地侵袭过来，整个人都快要晕了。阿梅只觉得她眼前有好多五颜六色的斑点不停地落下来，像是病毒一样，她使劲晃一下脑袋，结果脑子嘭一下就膨胀起来了。还好，在阿梅没有完全被热晕之前车子到了站。阿梅赶紧从车上跳下来，三步并作两步冲进公司大厅。

她气喘吁吁地冲上楼，这个时候欧巴桑们已经纷纷到齐，用目光齐齐注视着阿梅从她们面前走过，和往常一样带着假笑。如果在平常，阿梅也一定用目光一一瞪回去，可是今天阿梅没有空管这么多。都要迟到了啦谁还有空管她们那些面具脸。阿梅闪过欧巴桑们闪进办公室，抬头一看时钟还有五分钟，马上松了一口气。还好还好。都是齐美凤啦，要不是她，自己昨天怎么会睡不好今天又怎么会起晚。

老板似乎今天也迟了，往常这个时候，他早就坐在办公室里和不知道谁打着暧昧电话。他的表情扭在一起，一副口水都快流下来的样子，阿梅想这肯定是他真的小蜜。欧巴桑们如果知道的话一定会傻眼吧，真的小蜜没有抓住，整天却对着阿梅在这里叽叽歪歪。真是没大脑。

阿梅坐下来，打开冷气想要凉快一下，但不晓得冷气机哪里出了问题，按了好久也没反应。可能是没电池，阿梅想着，给遥控器换了新电池，冷气机还是安安静静地保持着原样。房间的门关着，整个房间就变成了一个蒸笼一样。阿梅在里面待得又热又急，把遥控器往桌子上一摔，结果遥控器落到地上，背后的电池后盖都被摔得掉下来。靠咧，你也来欺负我是吧。阿梅看着外面的欧巴桑们很悠闲地吹着冷气讲着话，心里老不爽，但又没有什么办法，只好从众多的文件里随手抽了一份就拿来扇凉。她坐的这间办公室四面都没窗，只有一个门还可以通风。冷气机一坏掉，阿梅觉得自己坐的地方就变成了蒸笼。她呼呼地拿着那些文件快速地扇着，可是扇出来的风也是热的，让阿梅憋了一头汗。人家说心静自然凉，阿梅觉得说这话的人简直是胡扯，让他来试试看，这种情况下哪里还有心思要去镇定。阿梅热得不行，赶快去把办公室的门打开，让外面的中央空调吹进来点，不然的话接下去真的会熟掉。

这个温度下，阿梅也不想喝咖啡了，热水冲咖啡只会让人感觉更加热。好不容易等温度渐渐降下来点，阿梅才有心思坐到电脑前面来做事。不过经过了刚才那一场热，她总觉得心里有点不安定。冷气机昨天还好好的，但是今天莫名其妙地就坏掉，阿梅总觉得不是个好兆头。但是想想又能有什么事情会发生，那不过是台冷气机，可能只是因为时间太久了出点问题，自己干吗要想这么多。可是不知道为什么，一想到这个，阿梅的心突突地狂跳起来，一直也没有办法安定。这感觉像猫爪一样一直挠着阿梅的心，她坐不住了，拿了杯子，想去茶水间接杯水静一静。

外面的冷气开得好大，阿梅真想直接把办公桌搬到这里来。但是这群欧巴桑整天都在外面说别人的私事，嘴巴好像上了弦一样停不住。阿梅更想不通，老板为什么会请这么多欧巴桑来这里工作，他倒是不怕在这群老妇女里面变成妇女主席。阿梅快快地从她们身边走过去到达茶水间，到了茶水间才猛吸了一口气，她们身上不晓得为什么都散发着一种膏药或者药酒的味道，不过好像这才是她们这个年纪的女人应该有的味道一样，谁像美凤，整天擦很重的香水，又不知道是从哪里买的，总之感觉很劣质，阿梅远远都闻得见那种很刺鼻的香精味。

阿梅倒了一大杯水，快快喝了下去，好爽。她迫不及待地又倒了一杯很快灌下去，这才满足了。阿梅把水杯重新倒满，慢悠悠地走出茶水间，晃进办公室。水的快感让阿梅一早的焦虑一扫而光，阿梅拿着水杯晃悠着进了办公室，老板也还没有来。不来也好，阿梅打开电脑看了几个八卦新闻，觉得没有什么可看的，干脆就点电影来看，反正老板也不在。谁晓得电影没看了几分钟，那个令人心悸的声音又响了起来。呜咦——呜咦——

阿梅神经突突地跳了起来，她觉得紧张，是美凤！早知道就不设这样的铃声了。现在她一听这个声音就会神经过敏，觉得催命的要来了。那个声音在她的脑子里搅啊搅，神经被它向四周撕扯着，快要裂开了。阿梅实在受不了这声音，赶紧把电话给挂掉了。但是很快电话又响起来，声音一波接着一波，似乎比之前的铃声更加强烈。阿梅再挂断，电话再响起来。两个人就好像博弈一样，不停地挂断、重拨，挂断、重拨，阿梅怀疑美凤是不是开始有了强迫症，一定要等她把电话接起来才算甘心。

终于，阿梅还是斗不过美凤，在电话的尖叫声里面把电话接起来喊道，齐美凤，你昨天晚上不回来，一大早的又发什么神经啊！

电话那头愣了一愣，传过来一个低沉的男声，你是齐美凤的家人吗？

阿梅也愣住了，但是很快就反应过来，赶紧在这边讲，不好意思喔，齐美凤是不是又在外面惹了什么事情？

哦，不是的，齐美凤昨天被车撞了，肇事人逃逸了。伤得很重，你们快点到医院来吧。

阿梅手里拿着的电话，啪的一声就掉到了地上。

6

即使时间过了很久，阿梅还是会做同样的一个梦。

她在梦里听见有滴水的声音，就顺着水的声音走过去。谁晓得越走气氛就越诡异。阿梅觉得不对头，于是俯下身子摸了摸积在地面上的水，黏黏的，带着一股腥味。她仔细一看才发现那是血。阿梅被吓了一跳，猛地一抬起头就看见美凤站在不远的地方，身体正滴滴答答地往外淌着血。齐美凤你流血了耶，你知不知道，我在叫你耶齐美凤，你有没有听见啊有没有……

阿梅一直叫着美凤却没有回头，她带着一身是血的身体往前走了，现在走得倒是很爽快，也不想想当初是怎么像鼻涕一样黏着阿梅的。阿梅在她的背后喊呀喊，怎么也喊不出声，胸口憋闷着一口气，始终发不出来。阿梅用尽了全身力气，用力地大喊一声，结果她自己啊的一声从床上坐起来，惊醒了。

天已经开始有些微微地发白了。不晓得现在是几点了。月亮还没有落下去，微朦的月光透过玻璃透进来照在阿梅卧室的地板上，白晃晃的，有点冷。阿梅打了寒战，决定起身去喝杯水。离美凤出事一个多月了，她一直都在做同一个梦，她也不晓得是为什么，可能是上天用这样的方式惩罚她，要她一直照顾美凤到死。

阿梅喝了一口水，好凉，从喉管一直凉到胃里面。这种感觉好像是胃里面落进了一块有棱角的冰，把她软软的胃壁割得刺痛。冷水让阿梅打了个激灵，她一下子清醒了。阿梅再也没有睡意，估计再过几个小时就会天亮。阿梅想想干脆看一看电视把时间熬过去好了。直到这个时候，阿梅才猛然想起来，好像从美凤出事以后，电视就再也没有开过。以前美凤总是坐在沙发上跷着一只脚看电视，常常一手抱着电话一手抱着外卖的零食，回头看见阿梅回来了就会软塌塌地问一句，阿梅你回来了啊，今天吃什么。阿梅真的不想看见她，她每天乱刷卡让阿梅不停还债还要惹是生非，阿梅在心里不止一次暗暗诅咒过让美凤出门的时候被车撞飞，这一次她真的如愿了。

阿梅坐到沙发前面，发了一下呆，总觉得沙发上面还有美凤身上常喷的那种劣质而且刺鼻的香水味道。阿梅呀，今天吃什么。她连忙抬起头来看，结果房间里仍然只是她一个人。阿梅有点想哭。齐美凤，看来你真的是和我有仇，不然的话怎么会用这样的方式来报复我。美凤在家的时候总是抱着电话不停电视购物，刷干净阿梅的卡，现在好了，她倒是没有机会刷卡了。美凤倒下去，安安静静地躺在医院里，身上插满管子，每天都有各种仪器监控着她滴滴答答地在响，不知道什么时候能够醒过来。阿梅每次看到美凤这个样子，心里都会往下沉一沉，她宁愿美凤醒过来继续刷她的卡刷到爆，也不愿意她死赖着躺在这个地方。齐美凤，你听见没有，你快点醒呀！阿梅想着想着，就哭起来。

她突然害怕自己会变成孤零零的一个人。人一旦变得孤单，就像站在黑暗的房间里面，怎么喊都没有人应声。阿梅小时候常做这样的梦，梦见美凤在前面走她在后面追，怎么喊美凤都不回头。阿梅觉得好害怕，她没有爸爸，这回连这个她叫作阿妈的人也不要她了，她是个没有人要的小孩。阿妈阿妈你不要阿梅了吗，美凤还是没有回头。她越走越远，一直到被黑暗吞没掉。阿梅再一哭就会被惊醒。她醒过来总是很害怕，偷偷从床上爬下来去看美凤还在不在。每次阿梅看到美凤穿着一个短裤坐在沙发上看电视，闻见整个房间里飘满了浓重的泡面酱包的味道，就会觉得很安心。美凤还在，她没有走。可是现在不一样了。美凤不会再坐在客厅里。她躺在医院，看上去气若游丝，感觉随时都会被鬼神带走。阿梅穿着防菌服坐在美凤身边，看着她熟睡的面容好像婴孩。她以前从来没有仔细看过美凤，甚至有时候都记不起来美凤的样子。现在她倒是能够仔细看她了，不过没想到是以这样的方式。

阿梅看了看时钟，五点半了。等一会还要去医院看一看美凤。她走到浴室去洗脸，才发现洗脸池的管子坏掉了，放水的时候总是有水喷出来，溅到阿梅的脚上，感觉很恶心。估计用胶带粘一下的话还能再撑一段时间，反正现在也没心情去管。不过以前好像没遇到过这种事。这是一幢老屋，东西坏掉应该很平常，但是阿梅似乎从来没有遇到过。阿梅的脑子里突然闪过一个念头，鼻子猛地酸了起来。是美凤吧！美凤也把这些东西收纳起来，悄悄弄好，然后变回原来的样子。阿梅一直都没有发觉。

去医院的路上，阿梅买了美凤最喜欢的奶茶和蛋挞，即使美凤不会醒，她还是每天都带过去。清早的时候出租很少，阿梅只好坐公交。天还没有完全亮，阿梅坐在车上，只有她和司机两个人，晃晃悠悠地走着，感觉好像又快睡着。等到医院的时候，阿梅已经又睡了一觉醒来。

护士小姐已经对阿梅很熟悉了，看到她也会很自然地打招呼，跟她讲今天的情况也很好唷，你要加油。阿梅点点头。阿梅穿好防菌服以后走进美凤的房间，坐下来，拉住她的一只手。美凤好像在动，又好像不动。她是活着的，仪器显示她的心脏还是在跳，而且很正常，滴答滴答，血压不高不低。但是现在看起来，美凤和死了有什么区别，阿梅不晓得什么时候美凤可以醒过来，可能美凤一辈子也醒不过来，那时候阿梅要怎么办。医生跟阿梅讲过，对这样的病人，要经常跟她讲话才有可能尽早地恢复意识，你是病人家属，就要跟她多讲一点话。阿梅听了觉得很尴尬，反问医生道，我讲什么。医生愣了一下，翻起眼睛来看了看她，好像听到这样的话很不可思议，你们是亲人欸，当然是讲亲人之间该讲的话啦。

阿梅心里面就焦虑起来，美凤真是会给自己找麻烦，就连现在撞车昏迷，也还是要丢一堆事情给她。阿梅她自己平时和美凤都不讲几句话，现在却要她来唤醒美凤，感觉真的好像讽刺。医生还强调说，你们要说一些有共同回忆性的东西，你别以为他们什么都听不见，其实他们都能听见只是不能动，等到能动的时候就完全清醒过来了。阿梅觉得那个医生真是鸡婆，但是碍于他是医生只好使劲点头。她一边点头一边觉得自己真是惨，之前的那种抱怨又全部翻回来，自己为什么要被美凤牵住，她都没有认真照顾过自己。

房间里面好安静，除了仪器的滴滴声外阿梅只听见自己的心跳。她有点紧张。她也不晓得自己为什么会紧张，可能因为是这样面对美凤的关系。欸齐美凤，你怎么还不醒。你快点醒啦，你这样会耽误我很多时间诶。阿梅在这里念着，美凤躺在床上，仍是一脸无所谓的样子在那里睡着，和往常的态度一模一样，把什么东西都收纳起来，但是做不做是另外一回事。她就连撞车了也不会变。阿梅想到这个心里就会一股恨。

她其实很想问一问美凤有没有爱过自己。阿梅有时候会想起小时候美凤在不经意之间丢给她的那个布丁，还有这些天她才发现的那些细微的小节。阿梅给美凤擦拭身体的时候才发现美凤的肚子上有一条裂痕，好大一条，像个蜈蚣，很丑陋地趴在美凤的肚子上。原来美凤是剖腹。不晓得她是一开始就剖还是产不下来才选择剖腹，估计是后者。美凤哪有那么多钱。想到这里，阿梅的心里颤了颤。这样看来可能就不用问了，应该是有爱过吧，不然的话打掉小孩多容易，何必生下来。

美凤住院以后她开始慢慢地习惯做这些事，洗衣、擦身、做护理。之前她为了方便请过护工，但是发现那个护工一点都没有用心去做事，只会在旁边玩手机，后来就干脆辞了护工，自己多花一点时间来做。阿梅于是就没有那么多时间去打扮，好像从那以后，办公室的欧巴桑们也对她慢慢客气起来。阿梅真的不晓得是该哭还是该笑。

阿梅看了看表，该上早班了。

她把奶茶和蛋挞放在她的房间里，讲，齐美凤，我把奶茶放在这里喔，你快点起来啦，不然你都喝不到。她希望美凤能够感觉得到。

走出医院的时候阳光很耀眼地照在阿梅的眼睛里。一早上医院就是满满的人流，每天看病的人都是这么多。有老人，有小孩，有儿女搀扶着父母。阿梅走到路边招出租，想着下午下班给美凤带些什么，可是想到美凤又吃不到，又觉得很丧气。不然来想想美凤醒来以后的生活吧。经过了这么一遭，估计美凤和阿梅的关系应该会改善很多。阿梅想自己要不要改口把美凤叫作阿妈，但是一想这样叫多丢脸呀，想着想着又觉得脑子里混乱起来。上了车之后，出租里面司机放着早上的交通广播，女主播的声音甜甜地响起来，接下来我们放一首曲子，给观众朋友们带来一天愉快的好心情。是最近在流行的一首新歌，女歌手刚出道不久，长得很甜，阿梅不太记得她的名字了。这种声音让阿梅想起布丁那种滑溜溜又甜蜜的味道。等美凤醒过来，两个人去吃布丁一定会很不错。阿梅想着，嗤嗤地笑起来。她把车窗的小窗帘拉下来遮住阳光，然后把头依靠在车玻璃上。出租车就在车潮中晃晃悠悠地继续前进了。阿梅觉得，在这样的颠簸中睡意又上来了些。她的眼睛有些睁不开了。她好像看见自己变得越来越小，小到自己还是幼稚园时的模样，美凤从床上站起来，向她走过来，拉住她的手。她们两个人穿过一扇又一扇的门，旧的门关上，又有新的门打开，一直向远方走去。不知道为什么，心里有个声音告诉阿梅，打开最后一扇门，她们都会看远方有光。抱着这个温暖的感觉，阿梅在晃悠悠的出租里，愉快地睡去了。

阿　兰

1

停电时阿渊正在侍弄筒骨。下班回来的路上他经过超市，看到筒骨很新鲜，决定买一些好弄筒骨黑豆汤。上个星期父亲从乡下拿来了许多黑豆。那黑豆很硬，像是石块一样硌人手。阿渊皱了皱眉。父亲看出了阿渊的心思，说，你别看它硬，这是纯天然的，多吃一点对身体有好处。黑豆补血，你让宋佳好好补补。他说着，叹了口气。

他刚将筒骨焯水去血，正准备将它们放进高压锅里时，电突然停了。外面零落地响起几声女人的尖叫，声音不大，听起来并不惊慌。的确，这幢楼里的人对停电早就习以为常了。一个月来这幢公寓都在间歇地停电，偶尔还停水——这都是拆迁办做的好事。他们挨家挨户地和这条巷子里的住户们谈着拆迁款，大部分人都高高兴兴地拿着钱走了，唯独在阿渊住的这幢公寓楼里碰了钉子。或许是因为不久前电视上才公布过强拆的丑闻，所以，这些拆迁办的工作人员态度都很温和，甚至有些胆怯。阿渊记得，他们当中有一个年轻的小伙子，看起来大学毕业没多久。他羞红着脸挨家挨户地敲门，无一例外地被公寓里的主妇们轰了出来。有好几次，他还挨了打。后来，他没有再来过。接着停电就开始了。

这幢公寓楼是整条南瑞巷唯一一幢还有零散住户的公寓楼。这幢楼究竟有多少年历史，连阿渊自己也说不清楚。他只记得一家人在他的少年时代搬了进来，一直到他读大学、和宋佳结婚，他们家一直就没有换过房子。从公寓出来往前走大约十米，有一个巨大的垃圾转运站。每天晚上六点左右，垃圾车就在巷子口排起长队。清洁工们扎堆聊天，按照次序将垃圾车内的垃圾清理干净。大约要到七八点钟，垃圾才能清理完毕。对此宋佳一直很不习惯。你没觉得这房子里有股腐烂的味道吗？她常常这样说。阿渊觉得她是神经过敏。垃圾站虽然就在门口，但每天都被清理得很干净——毕竟它在城市中心——他也仔细地闻过，根本就没有闻到宋佳口中的那种腐臭味儿。后来阿渊想到，这可能是宋佳为买新房做的铺垫。她早就看好了一处住宅，是临江新建的金榜小区。这小区靠着江，背倚着从小学到高中的三座名校。小区名字也好。“金榜”，让人感觉是一个好兆头。

宋佳是个很有条理的人，无论是什么事，她都提前很久就做好计划。阿渊觉得，这座房子也是她的计划之一。即便如此，他还是坚持着没有走。他有自己的打算。阿渊老早听规划局的朋友说了，市中心要建一条全省最大的步行街。按照规划，南瑞巷就是步行街的入口。以后步行街建设起来，这附近的房价也会如同高烧病人的体温一样，炽热地不断上升。阿渊自信满满地对宋佳说，再等等，等我们拿到了合适的拆迁款，那时再买新房不迟。宋佳坚持了几次，最后见拗不过阿渊，也就默许了。

不过，最近阿渊开始发觉在这屋子里真的有一股腐烂味。这味道和停电的频率一样，只要房间一黑，没过多久，臭味就渐渐地从房间四处渗出来，又慢慢地渗进他的鼻孔里，让他冷不丁地直打寒战。

阿渊把装着筒骨的盆子放到料理台上，翻开抽屉开始找手电。他记得几天前宋佳放了一个手电在厨房里。说来奇怪，宋佳对停电似乎不太意外。上个月她回了娘家，待了整整一个月的时间。刚回来那天，宋佳就遇上了停电。那时她正在洗澡。进入浴室没多久，啪的一声，屋子就黑了。阿渊急急忙忙地冲进浴室，放了一个应急灯在洗脸池上，对不起，我忘记告诉你了，这段时间拆迁办老是掐电源。应急灯惨白的灯光照在宋佳的脸上，映出一个冰冷的轮廓。没关系，她说，能想象得到。第二天，宋佳就到超市里买了电筒、电池和蜡烛，在每个房间里都放上一把电筒。厨房也不例外。但现在，阿渊翻遍了整个抽屉，除了摸到几支白色的蜡烛，什么也没找到。阿渊不想点蜡烛。白色的蜡烛总让他联想到葬礼，心里硌得慌。

他合上抽屉，准备到客厅里找应急灯，没想到，宋佳已经提着应急灯过来了。她抬头看了阿渊一眼，没说话，将灯放在饭厅的桌子上，转身走了回去。

“汤等下就好了!”阿渊不甘心地喊。

“嗯。我先去洗澡。”

宋佳的声音无精打采的，和一个月前的她相比简直是两个极端。上个月，宋佳每天都精神饱满，似乎永远都不会感觉疲倦。不过她向来如此。她对任何事都是兴致勃勃的，像幼童探索未知世界一样，充满着丰沛的好奇心。相反的，阿渊是个沉默寡言的人，他甚至还有些社交恐惧。他们两人是在校友联谊会上认识的。那天，宋佳穿了一身俏皮的红色，在整个会场上乱窜。她看起来像是太阳，阿渊想。没过多久，这轮热腾腾的太阳跑到他身边坐下来，喂，你怎么跟个闷葫芦一样傻坐着啊？

然而现在，宋佳从太阳变成了月亮。阿渊在她身上再也找不到当初那种炽热的气息了。相反地，每次靠近宋佳时，他总能觉出有一股潮湿的、冰冷的寒气从她的骨头深处渗出来，接着灵敏地钻进阿渊的身体。他真希望这一切都是做梦。每天睡觉前，他都祈祷着第二天一觉醒来能看见宋佳满月一样的笑脸。可是每一次他都失望了。阿渊每天都在天还未亮尽时就醒来，这时，宋佳已经不见了人影。他伸手摸了摸宋佳的位置，是冷的。他无精打采地从床上起来，准备去洗漱。经过客房时，他发现宋佳安静地站在里面。她从衣柜里拿出好些婴儿的小衣服——这是几个月前她精心挑选的——用它们轻轻摩挲着自己的脸。很快，她又将这些衣服一件一件地叠好，整齐地放进衣柜里。

她抬起头来，看见站在门口的阿渊，说："早上好。"

"早上好。"阿渊回答。他不敢看宋佳，低着头匆匆地走进浴室。他有多久没认真地打量过自己的妻子了？他不清楚。

阿渊心想着这些，觉得很丧气。他无力地拿起应急灯，突然发现灯下有一张海报。是李志演唱会的海报。这是他在超市门口看到的。阿渊在海报前站了很久，时间越长，越觉得心慌。最后，他一把撕下了这张海报，随后塞进了购物袋。他原来多喜欢李志啊：手机铃声、车载CD，全都是李志的歌。不过，自从宋佳流产后，他再也没敢听李志的任何一首歌。

他没想到自己竟然这么不小心地将海报放在了餐桌上。宋佳看到了吗？阿渊紧张地想。应该没有。她提着灯走进饭厅、放下灯、转身走出去，连招呼也没和自己打，更没有时间低头去看这海报究竟是什么了。阿渊松了一口气。他迅速将海报从桌上扯下，揉成一团，扔进了垃圾箱。

现在，他对炖汤完全失去兴趣了。做晚餐前，他还试图按照宋佳之前所教会自己的一样，认真地准备材料、精心地给汤调味。有那么一段时间，他对烹饪特别感兴趣。这或许因为宋佳本身就是个烹饪好手。这一点阿渊没有想到。结婚前，他们在自己的小出租屋里度过了那么多夜晚，宋佳没做过一顿饭。他们通常叫一份全家桶或者两份快餐，宋佳一边皱着眉头说这些都是垃圾食品，一边大口大口地把手上的食物吃掉。阿渊一直认为宋佳不会做饭，谁知，蜜月回来后，宋佳做的第一件事就是给阿渊做了一桌丰盛的大餐。

"你不是不会做饭吗？"

"我是为了你学的呀！快夸奖我！"宋佳一边笑，一边将身子软在阿渊身上。她像一只刚出炉的面包，浑身上下都散发着热腾腾的、令人垂涎的香气。阿渊转过身，一把将这个暖洋洋的面团揉进了自己的身体里。

现在宋佳对一切都不感兴趣。她在娘家待了一个月，回来之后就没进过厨房（除了拿饭碗以外）。阿渊做什么她就吃什么，他不在家时她就叫外卖。每次阿渊进门，都能闻到一股浓重的地沟油味儿，甚至连吃饭她也是懒洋洋的，看上去好像随时都能睡着。有好几次，阿渊看着她，感觉自己也快睡着了。

笑传染，打哈欠传染，无精打采也传染。阿渊潦草地把骨头和黑豆都扔进了锅里，定好时间。停了电，厨房里很黑，但他不想出去。客厅里同样也是黑的，况且宋佳会待在那里。阿渊盯着从煤气灶里的蓝色火焰，就连它们都比宋佳有生气。厨房和浴室相邻。花洒喷出的水哗哗地在地上流淌着，很快，水声停止了。现在，宋佳连洗澡都变得潦草了。原来复杂的洗澡程序被她简化成了冲凉。水从她的身上流下，她用毛巾在背后划拉一下，又将水关上。一切都简化得近乎粗暴。

2

汤还没好。高压锅刚才响了几次，阿渊关了火，待气散尽之后打开了锅。黑豆还是半生的。他重新打开火，将锅子盖上。

宋佳已经从浴室里出来了。她似乎没把头发擦干净。宋佳从浴室走进客厅时，脚步有一种带水的黏滞感。她进了卧房，很快又走出来，进入客厅。阿渊发现，她又换上了那身黑色的丝绸睡衣。这是结婚一周年时他送给宋佳的礼物。之前她几乎没穿过，说这套睡衣太暴露。的确。睡衣在胸部的位置是一层黑纱。即使有这层纱隔着，人还是能够清楚地看到乳房的轮廓。睡衣很短，裙摆只到臀部。宋佳看到这件睡衣时，羞得立刻将睡衣扔到了阿渊的脸上，“臭不要脸!”她捂着脸说。有好几次，阿渊试着逗她穿上这套睡衣，均被她拒绝了。不过，自打她从娘家回来，她像是着魔了一般爱上了这件睡衣。只是因为热的关系吗？阿渊不知道。每次洗完澡，她都会无一例外地穿上它。穿这身睡衣时，她会配上一双麻底的拖鞋。拖鞋摩擦着地面，发出轻柔的沙沙声。也许是因为停电的关系，宋佳的两条腿白得异常刺眼。她在坐下之前，看了阿渊一眼。阿渊知道这是一个信号。

这段时间她似乎对什么都提不起劲儿，唯独对求欢越来越感兴趣。回家的第一天晚上，她就穿上了这件睡衣。那天没有停电。两个人沉默地吃完饭，宋佳把自己的碗收了，放进厨房的水槽。接着她进了浴室，很快就穿着黑色的睡衣走出来了。她看了阿渊一眼，没说话，径直走进了卧室。阿渊独自坐在客厅里看了一会儿电视。他胡乱地调了半天频道，没找到一个有意思的节目。阿渊有些坐不住了。他总觉得，宋佳给他的那个眼神是在告诉自己她在等他。最后，他从沙发上站起来，去洗了澡，也进入了卧室。

卧室里没有开灯，也没有开风扇。房间里憋闷得像一个蒸笼。房间里很安静的，他能清楚地听见宋佳的呼吸声。她的呼吸黏滞又粗重，带着股焦躁的热。阿渊在黑暗中摸索着寻找灯的开关，宋佳却制止了他。“别开灯，”她说，“你过来。”

她的话带着命令的口吻。阿渊有些迟疑，但还是摸着黑走到床前坐下了。他还没来得及脱掉衣服，宋佳就从身后向他伸来两只手，用一股惊人的力量将他扳倒了。很快，她翻身爬了上来，一股热腾腾的蒸汽立刻将阿渊包围住了。

现在想来，他们两人似乎在蜜月的时候才有过这样频繁的亲密接触。他们的蜜月是在鼓浪屿上度过的。临去之前，阿渊特地订了一间可以观海的民居。推开房间的窗子，海风就带着咸腥味儿扑面而来。风里有微小又粗糙的颗粒——也许是盐——吹在人的脸上有种轻微的刺痛。待在民居里时，阿渊总是喜欢把窗打开，让风恣意地吹进来。

房间里的床是圆形的，周围有一层酒红色的帷幔。风从窗口进入房间，将那层轻而薄的酒红色吹拂得如同一层又一层的海浪。宋佳伏在阿渊的身上，因为冷，她瘦弱的乳紧紧地贴着他的胸口。她的心跳很慌张。海一波接一波拍打着海岸，阿渊觉得，自己和宋佳的身体也随着波浪荡漾了起来。他想起年幼时，每到夜里，母亲总会到客房里缝纫衣服。她将灯开得很暗，暖橘色顺着房间的缝隙渗出来，充满了整个客厅。她轻轻地踩着踏板，那踏板就如海浪一般荡漾起来。阿渊在这样的荡漾声中很快就沉沉地睡去了。

不过，从蜜月回来后，宋佳好像就失去了这方面的兴趣。阿渊尝试着去挑逗她，但每一次都会被她以各种理由巧妙地躲避开。即便偶尔的一两次做爱，她也像是完成任务一样草草了事。阿渊很沮丧。但他没有说什么，他爱她，即使他们已经很久没有亲密地待在一起了。

不，不对。三个月之前，她曾有过一段短暂的热情。接连好几天，一入夜，宋佳就热情满满地爬到他的身边来，像一头小兽一样钻进他的怀里。她又重新变成了蜜月时的模样。现在想来，那只是她为了要孩子而做的准备。这样的热情持续了几天，很快宋佳又失去求欢的兴趣。阿渊没有在意。她只是一时兴起，她还会有一时兴起的时候。

很快，他开始隐隐地感觉到有些不妙。宋佳开始厌食，如果阿渊端着肉或者鱼从她的面前走过，她就捂着鼻子跑开去："端走！端走！"她冲进厕所，很快又青着脸走出来。阿渊赶紧走上去揽住她："我们去医院。"

坐在医院的走廊上，阿渊有些紧张。他在来时的路上突然意识到宋佳这样的征兆应该是怀孕。是的。干呕、爱酸辣，整个人每天都无精打采。女人怀孕的前期征兆就是这样。不过，她不是一直都吃避孕药吗？避孕药也有万分之一的中彩率。阿渊的心提了起来。

很快，宋佳拿着化验单喜气洋洋地冲到阿渊面前："阿渊，我们有孩子啦！"

他的心沉了下去。宋佳用力地捏着他的手掌，他感觉它们也是喜气洋洋的。不知为什么，阿渊的心里涌上来一种怪异的感觉。他突然觉得宋佳这段时间的热情都是阴谋。她不是爱他，她只是想从他这里要一个孩子。一阵恶心从他的胃里涌了出来。

"你不高兴吗？"宋佳似乎觉察出了什么。

阿渊深吸一口气，站起身："高兴，高兴。我们回家吧。"

他拉住宋佳的手低头走出医院。坐在车上，他一路都在发愣。这个即将到来的孩子就像一只突然跳进他怀里的小猫，即使它的身上带有毛茸茸的爱意，但阿渊还是会不假思索地把它扔掉。他升级了，要做一个父亲了。父亲这个词让他感觉惶恐。

什么才是父亲？他不知道。他已经做了二十多年的儿子，但是，他说不明白究竟什么才是父亲。这种感觉让他心慌。

宋佳的脸因为兴奋红通通地发着亮光。她一向如此，心里想着什么，脸上就会立刻显现出来。她兴冲冲打开了车载音箱。“你说，要给孩子起什么名字好？我有预感，这是个女孩，”她翻起眼睛看着车顶，“你这个姓真难起名字。”

阿渊对她说的话提不起兴趣。他把音箱开得更大了些，想把宋佳的声音遮住。很快，宋佳又将音箱的声音关小了。“别开那么大声，我们说说话，”她说。突然，她像是想起了什么似的高兴地喊起来：“叫阿兰！怎么样？你不是最喜欢李志吗？”

阿渊回过神，这才发现音箱里放的是《阿兰》。他第一次觉得这首歌听起来很刺耳。他觉得头越来越疼了，只好潦草地敷衍她：“挺好的。”

那天之后，宋佳迅速进入了一个母亲的角色。她不再打扮自己。每天她都穿着邋遢的运动服在房间里走来走去，像一个待在家多年的全职主妇。阿渊觉得很不可思议。要知道在以前，如果没有在梳妆台前坐上一个小时，她是绝对不会从椅子上起来的。她的肚子还未隆起来，她就已经开始模仿大肚子时走路的模样。宋佳趿拉着拖鞋，在房间里缓慢地踱步。她一手撑着腰，一手扶着肚子，笑嘻嘻地对阿渊说：“像不像？像不像？”

他颓丧地抬起头来看着她。他不得不承认，她撑着肚子走路的模样的确像个孕妇，好像她已经做过母亲似的。

没过多久宋佳又爱上了布置婴儿房。她早早就买回了婴儿床，买了许多动物形状的夜光贴纸。她撑着肚子站着，指挥阿渊将那些贴纸都贴到墙上："贴太密了，左边贴一个，对。"后来，她将自己的被褥也搬到这里来，为了"安全起见"。阿渊没有提出半点异议，一切都按她的意思去办。她只是太高兴了，过一段时间她就会失去兴趣的。阿渊这么想。

可是阿渊却一点儿也提不起兴趣。宋佳每天都在兴致勃勃地为成为一个母亲而做准备，而他，就像是一个旁观者一样冷冷地看着这一切。宋佳越是高兴，他就越发地觉得懒洋洋的。他开始将大量的精力都放在工作上，这样，他就可以减少和宋佳面对面的时间。他回家的时间越来越晚了。回到家后，他总是潦草地吃完饭，很快又进入书房继续工作。宋佳似乎对这一切并不在意。可能她根本没注意过阿渊的变化。阿渊坐在书房里静静地听着客厅里的动静。电视里放着动画片，宋佳不时地大笑出声。有时，她将一只手放在肚子上，低低地说些什么。电视的声音太大，阿渊听不清楚。他有些失落。他站起来，走到房门口："我在工作，你就不能小点声吗？"

宋佳笑嘻嘻地将电视音量调小，然而低低地对肚子说："爸爸生气了，爸爸生气了。"阿渊看着她，心里长长地叹了一口气。他拖着无力的步子走回房间，用力地关上门。

宋佳流产的那天，她站在门口的台阶上向即将上班的他高高地挥手。早晨的阳光打在她的侧脸上，呈现出苍白的、像是回光返照一样的光圈。她的脸色发青，阿渊知道，她昨天又翻滚了一晚上。他突然有些胃疼。阿渊凝视着站在台阶上的宋佳，从车上走下来，走到她面前，紧紧地抱住她。宋佳笑了："你怎么啦?”

他再次抬头看她时，发现宋佳脸上那道诡异的光圈消失了。可能是太多心了，阿渊想。他再次拥抱了她，一头钻进了车门。

3

他拉开消毒碗柜，拿出碗将汤盛上。临端出去前阿渊又尝了一口，豆子依然有些硬。有什么关系？反正宋佳对什么事都不在乎。

宋佳在客厅里冲他招着手，在这儿吃，这里亮些。阿渊端着汤走了过去。其实哪里都一样。客厅里比厨房要暗。应急灯放在了厨房，所以，宋佳在桌子上点了一排白蜡烛。阿渊走进了才发现，烛泪在桌子上堆积了厚厚的一层，它们被火光映出一股尸青色。阿渊打了个寒战。他将汤碗放在桌上：“我去拿灯。”

“没关系，就这样将就吧。”宋佳说。

阿渊放下碗，随便坐在了地毯上。宋佳拿起汤勺，尝了一口，说了句“有些淡”，接着又继续吃了。他们两人安静地坐着，安静地吃着，尽量都不发出响声。两人如同商量好了一般，谁也不愿意打破现在的安静。时间一长，阿渊就觉得房间里渗出宋佳所说的那种“腐烂味儿”。他坐在地毯上，宋佳坐在沙发上，这姿势让他觉得有些压迫。黑暗中，他无法看清宋佳的表情。其实从她流产开始，她脸上的表情就没有变过：似笑非笑，仿佛面瘫。

他从来没想过她会流产。即使他曾恶毒地期望她会因为一个不小心而失去孩子，但他知道，这也只是“想想”。

他记得是接近吃午饭的时候。谈判还没有结束，秘书突然从会议室外闯进来，悄悄地塞给他一张纸条。他低头看了看纸条，上面写着几个字：“家里电话。”他没在意。估计是宋佳。快到了饭点，她问他回不回去吃饭。谈判的时候他关了手机，所以她就打到这里来了。他告诉秘书转告宋佳，等谈判一结束他就回去。秘书犹豫地看着他，半天没有出门。“快去呀!”他有些生气了。没想到，没过几分钟秘书又回到了会议室。谈判的另一方有些不快，阿渊看在眼里，有些着急，但也无法将怒火丢到秘书身上。秘书再次将纸条递到他手里。他怒气冲冲地打开它：“是你岳母。”他开始感觉不妙。阿渊找了个借口跑出会议室，给岳母打了电话。电话那头，岳母的声音一直在发抖：“宋佳从楼梯上掉下来了！你赶紧到医院来!”

他慌张地向岳母解释，现在他正在谈一宗大生意，实在走不开。等谈判一结束他立刻就去医院。他还未来得及将话说完，岳母就将电话掐断了。

放下电话时他整个人都昏昏沉沉的。他的胃剧烈地抽搐着，脑子发涨。他想重新走回会议室，结果还未走到门口，他就摔倒了。秘书赶紧把他搀扶起来。他摇摇晃晃地走了几步，终于还是没有进去。阿渊努力定了定神，转身冲进了电梯。

他到医院时已经晚了。岳母脸色发青。她站在门口，拦住了想要进病房的阿渊："你原本就没想要这个孩子，不是吗？"

他没办法反驳。他很心虚，更无法直视岳母的眼睛。他能感觉到岳母盯着他的目光是冷的，那眼神简直是要把自己吃掉。她说："出院后，宋佳回我那里住一个月。"

"好的，好的。"他一直点头。

他的胃再次剧烈地抽搐起来。他突然意识到，这是孩子求救的信号。他无视了它的求救，只希望谈判能顺利结束。这时，电话响了。阿渊低头一看，是秘书。他无力地拿起电话，秘书在电话那头告诉他，谈判失败了。阿渊的心一点一点地沉了下去，他不知道自己是什么时候把电话挂掉的。他只觉得，自己的心空了。阿渊茫然地在走廊上走了几步，又懵懂地下了楼。直到后来，一个穿着蓝色制服的护工拦住了他："别往前走了，再往前面就是太平间了！"他停下来，抬头向天花板上看去。墙上挂着一个用旧了的灯箱，灯光暗暗的，笼罩着一层尸青色的光斑。他的胃又开始抽搐了。

宋佳不在家的那个月，他常常在半夜走进她为孩子准备的婴儿房。墙壁上，宋佳贴的那些夜光墙贴闪闪发光。光是幽蓝色的，像无数只眼睛。有时阿渊会用脚去踩踏婴儿床的床沿。那是一条弯曲的原木，像是缝纫机的踏板一样，一踩就发出催人入睡的吱吱声。或许是因为放了婴儿用品的缘故，阿渊总是能在这间房子里闻到温柔的奶香味。偶尔他也会拿出宋佳堆积在柜子里的用品，一件件摆在床上，又一件件依次放回去。但是，那些模样温暖的小衣服摸起来总是很冷。

宋佳回来后没提过孩子一个字，她甚至连自己要回来也没有说，无声无息地就回来了。阿渊下班时看到她吓了一跳。她很冷静，嘴巴微微向上提了提："你不高兴我回来吗？"

"我高兴，"他赶紧说，"你应该给我打个电话。"

"我自己回来也没什么关系。"她转身进了客厅。

阿渊追上去，一把拉住她的胳膊："宋佳，孩子……"

她面无表情，语气冷静得有些恶毒："孩子嘛，没什么，就和韭菜一样，割掉了之后还是会重新长出来的。"

她存心恶心自己。阿渊难过地想，但他又能怎么办呢？这是他应受的惩罚。

她没有再说过关于孩子的一句话。阿渊害怕触碰她的神经，也从不去提。也许时间长了，宋佳的心情就会渐渐地好起来。阿渊乐观地想，他们两个人还年轻，只要跨过了这个阶段，他们一定又会像从前一样快乐地黏在一起。他们很快又会有孩子的。这一次，他一定不会再这么惊慌失措了。他会和她一样为为人父母做准备。

带着这样的想法，他每天都在努力地讨好宋佳。他上网查找各样的段子，以便回家后说给宋佳听。不过很快，阿渊就发现自己所做的都是白费。宋佳对他所说的，丝毫不感兴趣。她常常两眼发直地看着他，像是什么也没有听懂。阿渊被她看得浑身发毛，只得把那些笑话全都憋回了肚子里。不久，阿渊又发现，宋佳把婴儿房里的那些墙贴通通用刮刀铲掉了。她是趁着阿渊不在家的时候干的。房间的墙壁被她铲得凹凸不平，接着又被她潦草地用腻子封上。她没和阿渊打招呼，就把婴儿床送给了一个他们共同的、即将生孩子的朋友，直到朋友打电话来致谢时，他才知道这件事。阿渊想问问她为什么，但最终没问出口。他觉得自己没有权利这么做。

现在，每当他看到那间空荡荡的、曾经的婴儿房，心就像被人用力扭了一把。他原以为宋佳将房间里关于婴儿的一切全部除掉是因为她想尽快忘了这件事。他发现自己错了。她不仅没有忘记——她每天都会悄悄地去整理那些婴孩的小衣服，她甚至用无声的方式时刻提醒着他：你是杀死孩子的凶手。

4

电仍然没有来。这一次停电的时间比以往的任何一次都要长。看来，拆迁办的人和这幢楼的住户一样，也做好了长期作战的准备。人们挨不住酷热，楼上开始有人粗暴地咒骂。阿渊站起身，走到窗前将一溜的窗子全部推开。即便如此，房间里仍热得像是桑拿房，湿漉漉的，满满地飘着黑豆汤的肉腥和两人身上的酸味。

阿渊重新走到桌前坐下。宋佳默默地喝完了汤，起身又到厨房里盛了一碗。回来时她仍坐回到沙发上，一句话也没有说。阿渊觉得自己的心被揪住似的疼。这段时间，他越来越发觉自己要求宋佳留在这里是个错误的决定。如果他没有坚持，宋佳就不会从楼梯上摔下来，也就不会有流产，更不会有今天这样的局面。相反的，现在他们应该坐在金榜小区宽敞的房间里，看着窗外静静流淌的环城河。夏日的夜晚，河岸上亮起一排炫目的霓虹灯。偶尔有风吹过，河面就泛起许多层粼粼的褶皱。阿渊出神地望着暗绿色的河面。宋佳坐在他身边，头依靠着他的肩膀。她拿起阿渊的手，放在自己已经隆起的肚子上。突然，肚子高高地凸起一块。阿渊和宋佳都愣住了，很快，他们反应过来，迅速地相视而笑。

然而现在，他只能坐在这里忍受酷热带来的煎熬。房间里可怕地保持着安静，谁也没有开口说话。一个多月了，他们两人的对话仅止于早晚的问候及饭桌上间歇的谈话，话题不会超出每天的工作内容。如果这一切都结束了，接下来就是没有尽头的寂静。或许，他们都在有意识地致力于避免和对方说话。宋佳是没话可说，而他则是因为心虚，他害怕面对她。有好几次，他认真地想要和宋佳谈一谈，但当他看到宋佳时，他的话又被堵回去了。宋佳的脸上没有任何表情。他觉得他应该主动和她讨论孩子的事情，但她似乎并不想听。“是你想太多了，”她总是这么说，“我说过，孩子就像韭菜一样……”

“你能不能别那么说?”他愤怒地打断她。

她耸耸肩，继续做她的事了。

现在他仍然害怕和她说话。他知道，宋佳的心里有一颗巨大的毒瘤，如果没办法将它连根拔起，那么，他们之间这样的状态将会一直持续下去。他真希望她能哭一场。用力地哭一场比任何心理治疗都有效。如果她哭的话，他可以陪着她一起哭。他早就想这么做了——他的心绷得紧紧的，只需要轻轻一触他就会痛哭失声。到现在为止，他还没来得及哭一哭。失去孩子让他很长一段时间没有回过神，宋佳回来之后，他们总是客客气气，关系比同居的房客更加寡淡，他和宋佳都忙着避免和对方相处，早就忘记了哭是什么。也许她应该痛打他一顿，甚至她可以提出来和他离婚——这比现在的这种状态要好上百倍。

阿渊回过神来。他抬起头，发现宋佳正在注视着他。阿渊有些尴尬，干笑了几声，说："我刚才走神了。"

宋佳看着他，噗嗤笑了。她的笑声很脆，像是嘴里正在嚼着一颗刚成熟的苹果。她笑了。他有一个多月没有听见过她的笑声了。他认识她的时候她就是这样笑的，一直到一个月以前，他的生活里处处充满了这样的笑声。现在，这笑声让他感觉陌生又熟悉。他松了一口气。

宋佳往阿渊的碗里看了一眼，向他倾过身来："你吃完了吧？那我把碗收了，你到房间里等我好吗？"她说罢便站起身，不由分说地把两只碗摞在一起，端着它们向厨房走去。

阿渊颓丧地站起来，往卧房走去。宋佳的笑声只是昙花一现。房间里漆黑一片，只有路灯照射进来的黯淡的光点。它们零散地铺在地上，像是婴儿房里宋佳贴过的墙贴。不过她早就把墙贴清除得干干净净，墙上到处是铲子留下的疤痕。阿渊不忍心看，于是再也没有进过那个房间。

宋佳从厨房里走出来了。阿渊凝神听着，听到她的麻底拖鞋摩擦着向卧室靠近。很快，一个细长的黑影出现在门口。影子开口说道："啊，刚才我把碗洗了，所以弄了这么久。"

"没什么。"阿渊干干地说。

宋佳走到床边坐下，解开睡衣外的小披风，躺下来。她拍了拍床，冲背对着她的阿渊说：“你为什么傻坐着？躺下来吧，我们说说话。”

阿渊感到紧张。他知道，她要做的不是“说说话”。至少不是通过嘴来说话。她每天都在用心地把自己变得越来越沉默，甚至都很少用嘴来说话——她总是用身体表达自己的心情。她每次都没精打采地在他身上待很长时间，这让他感觉很疲倦。有一度他曾以为宋佳是想再要一个孩子，所以，即使他再疲倦，也还是努力配合着她。每次求欢结束，阿渊还没有恢复过来，她就起身走出房间，进入浴室，待上一段时间再出来。阿渊后来才知道，她是去浴室吃避孕药。

她究竟想要干什么？阿渊说不清楚。但是他能体会到，宋佳就是用这种方式在向他抱怨。只是，她为什么不直接说出来呢？

他想着，疲倦地躺下来。宋佳将身子向他这边挪了挪，一股热气立刻扑了过来。他感觉更热了。于是，他赶紧往床边挪了挪位置。宋佳敏锐地察觉了，她一把拽住他的手：“我们说说话，我们已经很久没有认真说过话了。”

他的心紧了一下。他有一种不祥的预感。这段时间以来他的感觉变得越来越敏锐了，就像一个突然失明的人在习惯黑暗之后能变得异于常人地敏感。阿渊已经习惯了他们之间无法正常地对话，现在，宋佳要打破这个局面——即使这是他一直所期待的，但他还是感觉慌张。

她要和自己说些什么？阿渊焦急地思忖着。自从习惯了无对话，他觉得自己一并也失去了对话的能力。他也努力过，但是，宋佳懒洋洋的态度让他放弃了。她也许并不需要他的安慰。她有那一间婴儿房就足够了。她定时走进去，将哀伤放进去，然后再走出来正常地生活。无声的生活对于目前的他们来说也许更好，他们都可以把对方当作一个陌生的访客。他想着，手冒出了一层冷汗。

她是要提离婚吗？这是阿渊能想到的最坏的结果，也是唯一的结果。自从她回来后，阿渊一直在猜想她什么时候会向他提出来，但她只是专心地沉默着，什么也没有说。现在，她终于要提出来了。阿渊的心渐渐地沉了下去。比起离婚，他更愿意她像现在这样用沉默来折磨自己。至少这样还能证明她不能将他们的过去放下。有一天她连折磨自己也不愿意了，那么，他们就彻底结束了。他不想和她离婚。他爱她，并且，他还没有将亏欠她的补偿给她。

“宋佳，我对不起你，”他哽咽了，“我不会和你离婚的。”

宋佳愣了愣。很快，她将一只手伸过来，捏了捏阿渊的手掌。她的手掌湿漉漉的，像是沾满了黏稠的糖浆：“你为什么会这么想？”

“我知道，你对我很失望。”他着急地打断了她，翻身坐起来。宋佳也坐了起来。她转过身，直视着他的眼睛。宋佳的眼睛不像过去那么有神了，这可能是因为一个月以来她每天都只会盯着手机看。比起和他说话，她更愿意看手机。有时候，他甚至觉得他是和一只能够走动的手机一同生活着。不过，他看着她的眼神一点一点地黯淡下去，什么也没做。她会好起来的，只是她需要时间。如果她愿意跨过这道坎，那么她总会跨过去的。如果她不愿意，他就算花费再多的力气也没有用。他这样安慰自己。

他迎着她那双无神的眼睛，感觉全身都在颤抖。他伸手搂住了宋佳，低声说："我知道错了，我对不起你，孩子的事情……"

她轻轻地把他推开，看着他。她捏了捏他的手，说："我说过，这件事情是你想太多了。"

"你能不能别这么说？"他有些绝望。

"你为什么要这样想？"宋佳的声调有些感伤，"别这么想。其实我只是想问你，为什么你要把演唱会的海报扔掉呢？"

阿渊蒙了，他觉得自己的脑袋被重重一击。她看到了那张海报。她早就看见了，但她还是不动声色地在他对面坐了这么长时间。他这样想着，心焦虑地跳起来。汗水顺着两鬓流下来，把头发弄得湿嗒嗒的，这种感觉像是猫爪挠心。他能隐约感觉到宋佳接下来要说什么。霎时间，他像一只气球一样迅速膨胀起来了。气球表面被过多的空气撑得闪闪发亮。

果然，她低低地开了口："你应该去听这场演唱会。以前你就很喜欢他的歌。孩子的名字不也是这样来的吗？"

说到这里，她的眼睛重新亮了起来。在黑暗中，宋佳的眼睛像钻石一样闪闪发亮。她将他的手紧紧地抓住。阿渊看着她，眼睛黯淡下去。他松开了宋佳的手，站起身，向她精心布置的那间婴儿房走去。他走进房子，关上了门。啪的一声，房间突然亮了。来电了。窗外传来一阵欢呼声。阿渊呆立了数秒，伸手把开关关上。房间里新涂上的腻子在黑暗中闪闪发亮。到处都是闪亮的白色斑点，像之前宋佳所布置的那些夜光的墙贴一样。阿渊和衣躺在地上，仰头看着它们。他感到如释重负。他长久地凝视着它们，直到眼睛发酸，眼泪顺着他的脸流下来。胸中的气球随着泪水砰的一声爆炸了。

这一刻，他终于能够放声大哭。

因父之名

真实地讲，舒明朗每年最讨厌的日子有两个，一个是三月五日的学雷锋日，另一个是九九重阳节。三月五日学雷锋，离家不远的曲塘小学里，总有一个低年级的班级主动提出要到他家里来学雷锋。到了重阳，形式依旧，只不过学雷锋的对象变成了街道办事处。小学生会干点实事，擦擦窗子、打扫卫生，打扫完了一边敬队礼一边对他道爷爷再见。重阳前夕，则是一队街道办事处的干部哓哓叩门。来的时候他们会带着一点大米或者花生油，偶尔也有慰问金，用抄光荣榜的红纸包成红包模样，颜色让舒明朗感觉辣手。末了，领导握住他的手，紧紧地，拍拍他，两人便都对着镜头笑了，如释重负。不久，他就会在社区的办公室里看到自己的照片。神色木然，两颊深深陷下去，凹出骨骼的轮廓。舒明朗有些怔，感觉自己像是首次在镜中看到影像的一头小兽，对反射出的自己充满了敌意。

最近他们又换了新花样，把这叫模式创新。他们先是派来工作人员，将小区里六十岁以上的独居老人一一做了登记。登记结束没多久，工作人员就纷纷带着保姆上门，说这是社区给独居老人的福利。保姆的劳务费由社区统一负责，工作内容是为独居老人们打扫卫生，做饭，做家务。小区的其他独居老人都毫不犹豫地接受了。对于最难搞的舒明朗，只得由妇女主任亲自上门。有好几次了，她带着一个女孩在家门口等他，企图让他接受这个新政策。舒明朗不知道社区为什么这么执着，就算是福利，带上了强迫的味道，总是令人反胃。妇女主任带来的那个女孩才二十出头，一副懵懂的模样，究竟谁是谁的保姆，还说不定。

再说，他的身体还算健康，不需要保姆。

每天下午三点，舒明朗都会准时到小区里的恒温游泳池锻炼身体。这几年莫名掀起了游泳的热潮。无论是夏天还是冬天，浅水区里几乎每天都满满地装着前来学游泳的小学生。孩子们一律戴着泳帽，穿连体泳衣，让人分不出究竟是男孩还是女孩。

大多数时候他并不游泳，只是在水里泡着。泡在水里让舒明朗感觉轻松。跳跃的水花声，沉入水底时耳边响起的嗡嗡的水流声，这些声音安静，柔和，仿佛世界就只剩下他一个人。游泳馆里一片碧蓝。也许是池底瓷砖的关系，水看起来也是澄蓝色，让他想到海。刚入伍时舒明朗在海岛上当兵，他看得最多的就是海。那时候的海不像现在——四处都是灰蒙蒙的，不时地翻上来肮脏的水草，甚至垃圾。他印象中的海是一片澄碧，就如同游泳池的水——蓝得饱满却又湿漉漉的，让人感觉不太真实，仿佛一碰就会有一窝蓝色喷涌而出。傍晚，巨大的火球渐渐坠落，溅出几抹红色，消失在海平面上。蓝色变成橙红，接着，新一轮的墨蓝将整个天空包围住。星星布满天空，像散落了一地的珍珠。有时候他们会坐船出海。他们不是海军，许多战友都因为受不了海浪的颠簸，在船上争先恐后地呕吐，但是，水的味道让舒明朗感觉平静。他倚靠着船舷，任由略带腥味的海水泡沫扑满他的脸。他闭上眼睛，感觉有一股温柔的睡意慢慢升了上来。

泡至疲倦时，他会在游泳池里慢走几个来回，这是他唯一的运动方式。他不跳广场舞。一群人在小区的空地上摆上一个破烂音箱，跟着节奏魔性地摇摆身体，像是在进行一种古怪的仪式。他每次看到广场舞的队伍，总是会加快步子走开。他也不散步。河滨的散步大道上熙熙攘攘全是人，草地上坐满蹭网的民工、情侣，狭窄的过道则被牵着狗的女人占满。因此，他更钟爱泳池。即便泳池里充满着小孩子吵吵嚷嚷的叫声或笑声，但由于耳朵时常进水，喧闹声的分贝就降了下来，像是远在千里之外一样。

他正在想尽办法让自己尽可能地活得久一点。这几年，他越发分明地感觉到自己老化的路径。开始是褶皱，接着是斑，然后是臭味。衰老终究是不可避免的。他感觉身体就像是残留着火星的炭，虽然还在挣扎，但熄灭是迟早的事。前几年，他在社区体检中检查出来有冠心病。医生嘱咐他不可过于劳累或激动，否则，一心肌梗塞，什么都玩完了。后来他在某电视台的养生节目上看到游泳能增强心肌功能，便立刻在小区游泳池办了年卡。

他还不能死，至少目前不能。

十年前他的女儿死了。她自作主张地和一个蠢货结了婚，到头来却被那个蠢货给杀了。那个姓林的男人是个瘦削、长相阴郁的人。他的眼窝很深，眼白太多，瞳孔太小，有两道很深的法令纹。据说这样的人心事很重。舒明朗不假思索地反对这桩婚事。女儿说，你还没见过他本人，还没了解他，你为什么不同意。她表现出来在乎那个男人多于在乎自己，这让舒明朗烦躁又愤怒。他于是说，不用说别的，我看他不顺眼。女儿说，是我和他结婚，为什么要你看得顺眼才行。舒明朗说，我吃盐多过你吃米，你听我的没有错。你要是和他结婚，除非和我断绝关系。女儿没再回应，直接把电话挂了。

两三天后，舒明朗接到了那个男人的电话。他们的对话简单明了。男人向舒明朗介绍了自己的工作和家庭情况，说一定会给女儿幸福，请舒明朗同意两人的婚事。身为男人，他太清楚同类的那一套了。他说，你是做生意的，无商不奸你知道吧。我不相信你。男人说，你见到我的话，一定会对我改观的。舒明朗说，我只相信经验。男人沉默了一会儿，说，我一定会和你女儿结婚的。就算是为了你这句话，我非和她结婚不可。

后来他们真的结婚了，没有请柬，只是发来一条短信作为通知。他气急败坏地打电话给女儿，声称要断绝关系。女儿说，我没有什么好遗憾的。

这一点她倒是毫不犹豫。她在各个方面都很像他。他们拥有同样的脸型，同样的大小眼，拒绝听自己不想听的话。舒明朗第一眼看到她时就惊呆了：这是一个小号的自己，一个异性的自己——他从没想到血缘竟是这么有趣的现象。他视她如珠如宝。妻子去世后，他发誓绝不打她。现在看来是他错了。如果当初他能狠狠地揍她几顿，她就不会那么目中无人，那么，接下来的许多蠢事都不会发生。

葬礼是由女儿的朋友们操办的。他们问他要不要再看她最后一眼，他拒绝了，只是等着领取骨灰。当骨灰交到他手上时，他下意识地用手掂了掂，很轻，甚至不如她出生时的重量。女儿近一米七，一百三十多斤的一具肉身，现在全部装在这个尺来见方的小盒子里，不比一张纸更沉。他突然觉得，被烧掉的是他自己。

警察给他看死亡现场的照片。女儿的致命伤在头上，头被撞了一个巨大的窟窿。女儿身上布满大大小小的瘢痕，有的是紫色，有的已经开始发青，甚至变黄。脸上、身上、腿上，到处都是。最后，警察给了一个结论，女儿虽然长期遭受家暴，但死是一场意外。因此，凶手被判了无期徒刑。

舒明朗慢慢地说："杀人……不是要偿命吗。"

"他有自首情节，"警察犹豫着说，"而且认罪态度很好，所以判了无期。"

"无期的意思是，以后表现好，还可以减刑？人命是不是太不值钱了？"他低吼道。

警察愣在那里，手忙脚乱，不知道该如何回答他。舒明朗提出了上诉。但法庭维持了原判，只是将补偿金额又提高了些。审判结束时，庭警将那个男人架着带出法庭。走到门口时，那男人突然停下了脚步，回过头，长久地注视着舒明朗。那是一种古怪的表情，脸扭曲着，却像是在笑。舒明朗冒了一身冷汗。他知道了，女儿的死是那个男人对自己的报复。

他大喊道："看到没有！他在笑！他是故意杀人！"

有无数个夜晚，舒明朗在梦里看到男人从腰间抽出皮带，女儿则像只没头苍蝇，无能地在房间里逃窜着，尖叫声淌满了这个房间。舒明朗大声吼道："光躲有什么用！你打他！打回去啊！"他用力挥舞着手臂冲上去，被什么东西弹了回来。他惊醒过来。

舒明朗睁开眼睛，起身，在泳池里慢慢地走着。越到水深处，他的步子也就变得愈加漂浮起来。阳光透过游泳池的窗子照射进来，只在水面上留下一点微弱的余光。泳馆里的窗子很高，几乎和天花板平行。窗口小而方，莫名让人想起监狱的天窗。

那男人被关在第四监狱。这几年，男人因为表现好而不断被减刑，由无期变成二十年。女儿活了还不到三十岁，这个男人服刑的年限甚至比她的生命还要短。难以置信。舒明朗唯一能做的，是和他继续耗下去。为此，他每周都会固定在周四前去探视。男人总是拒绝见他，一次也没有例外。熟了之后，狱警会问他，看的是谁人啊，每个星期都来，是家里人？舒明朗说，久病床前都无孝子，是亲人怎会坚持来，只有仇人才会来。但是，每一次，男人都会拒绝和他会面。他也从不坚持，只是让狱警传话，或者给他送自己的体检报告，为的是告诉那男人，他还活着，他会等到他出来为止。

舒明朗忍住胸中即将迸发的胀气，深吸一口。游泳馆里充满着消毒水的味道，意外地让人觉得清新，仿佛能漂洗一切。他在池子里走了几个回合，又倚靠在池子边看了看学游泳的小孩。直到皮肤被泡得发白了，他才从泳池中起身上岸。

在浴室里简单地冲了个澡，换好衣服，舒明朗趿拉着拖鞋走出游泳馆。馆外起了很大的风，将贴在他身上的衣服鼓起来。

天色阴沉晦暗，空气里透着厚实而温热的湿气。他加快步伐，走进小区单元。在电梯里遇到邻居时，他点个头算是打过招呼。他猜想，小区里的大多数人都把他看作怪人，尤其是社区的妇女主任，每一次她上门时都会败兴而归。她是个身材虚胖的女人，眉毛淡而短，像是古画中的唐朝仕女。她看起来很精明，并且很乐于在背后传递八卦。也许每一次在舒明朗这里碰了钉子之后，她都要回去和她的同事和小区的妇女们宣传，那个克死一家人的老头子，真是不识好歹。不过，这也不排除是自己在女儿离世后的众多幻想的迫害之一。

舒明朗用脚趾紧着拖鞋走出电梯。妇女主任看见他，精神起来："舒爸爸。"

他又看到了那个女孩。女孩是典型的南方少数民族长相。她不是第一眼美人，但周身呈现着一种隐隐的媚态，仿佛需要有人挖掘似的。

舒明朗顿了顿，上前开门，尽量心平气和地说："我跟你们说过了，我不要保姆。我也没钱雇保姆。"他走进房子，两人紧紧跟着。他不想让她们进屋，又不好直接把门关上，只好把两人让进来站在玄关处。

"舒爸爸，这是社区的福利政策，是免费的，"她语速很快，像是憋了一口气似的，"这不仅是我们为独居老人提供的福利，也是一个再就业帮扶计划。一方面为老人做一点实事，另外一方面也可为一些待业妇女提供工作，获得经济独立，更好地保障自己的权益。"

"我对你们做什么不感兴趣。再说，既然是福利，我也可以不接受吧。”

他上下打量着那个女孩，女孩也毫不客气地打量着他。她才二十出头，可妇女主任把她称作“妇女”，仿佛别人不知道她的工作性质似的。女孩的头发很细，头顶已经开始冒油，脸上也泛着油光，加上肤色暗沉，使她看起来像是一头海豹。

“你有二十几了吧，还要社区帮你找工作？”

女孩鼓着两腮，没有答话。他继续打量她。相比大多数本地人，她的身材要略胖些，看起来像是浮肿。舒明朗注意到，女孩的胳膊上、腿上，有几块如同拼图形状的伤痕。

他指着那些色泽不一的斑纹问：“这怎么回事？不是生病吧？”

“不是，不是，”妇女主任边答边岔开话题，“我还是建议舒爸爸接受我们的帮扶计划，其他的老年人都接受了，也和这些保姆相处得很好。我看你也是一个人嘛，上次体检，心脏也不大好。有个保姆在家，有点什么事，也方便点。再说了，反正也是免费的。”她的口气听起来像个产品推销员。

闻此，他下意识地按住胸口。他看向那女孩。女孩看了他一眼，迅速低下头去。他一怔。女孩眼睛里的什么东西揪住了，让他感觉很熟悉。他想要看得更清楚些，女孩却一直低着头，只是盯住自己的脚尖。他想再确认一次。

妇女主任见他不语，趁热打铁：“要不然先做几天，实在不愿意再说吧。”

舒明朗沉默片刻，开口：“你叫什么名字？”

“刘带娣。”妇女主任代答。

一个听起来充满受难感的名字。

“你多大了?”

仍是妇女主任:“二十一了。”

他转向妇女主任:“接下来还要做什么?”

“没有什么了，就签一个文件就行。”妇女主任笑起来，从随身带来的手提袋里拿出一份文件。舒明朗随意浏览了一遍，确认不需要付钱后，在上面潦草地签了字。妇女主任收好文件，补充道:“可以住家，也可以每天来，时间舒爸爸你来安排。”

舒明朗走到门口，将门推开更多些。妇女主任识趣地走了出去，仍保持礼貌的微笑。舒明朗对女孩说:“上午来吧，来的时候先打电话。”

到了正式上工时间，刘带娣提前给舒明朗打了电话，准时来了。她干活认真、仔细，和她的长相一样干净利落。在准备午饭前的空隙里，她会搬来厨房用的板凳，靠着沙发坐着，和舒明朗一起看电视。她比较喜欢综艺搞笑节目，遇到好笑的地方，会旁若无人地哈哈大笑。舒明朗惊讶于她的笑声。她的笑声精力充沛，像一头未曾涉世的小鹿。干活时，她把袖子和裤腿都高高地挽起来，露出滑亮的胳膊和小腿。她的声音从厨房飘进过道，又从过道漫到阳台上。高兴的时候，她的嘴里会哼一些本地的山歌，歌词直白得让人不好意思。有时，听到刘带娣的脚步逐渐向客厅靠近时，舒明朗突然有些害羞起来。这感觉就像是意外看到了女儿发育时的身体一样，心里像是被撒了一层辣椒粉，热辣辣地胀开了。

时不时，舒明朗在路上看到某个年轻的女孩从他身边笑着经过，就会想起刘带娣。其实她们并没有什么共同之处，如果非要说有什么相像的话，只有笑声了。她们并不太聪明，却成天乐呵呵的，仿佛没有什么事能烦扰到她们。

时间长了，两个人变得亲密些。没事的时候，两人就搭着话聊一聊。像她的名字展示的一样，刘带娣是家里的老大，下面还有三个妹妹和一个弟弟。她十五岁以后就没有读书，没钱是一方面，更主要的是因为她根本读不好。她先是到了镇子上打工，在那里认识了她老公王栓。她认为两个人到了可以谈婚论嫁的时候，把一切和家里挑明了。除了她自己，全家没有一个人同意这桩婚事。母亲毫不掩饰地说："你要找个有钱的，未来好帮衬点你弟弟。这个男人什么都没有，到时候有得你后悔。"刘带娣懒得和家里人起任何冲突。在一个清晨，露还很重的时候，她听到院子外头传来浑浊的马达声。她穿着拖鞋跑出去，看到王栓骑着摩托，摩托后座上绑着他的编织行李袋。他对她说，和我一起走。刘带娣毫不犹豫地收拾了几件衣服，留下一张纸条，坐着他的摩托上路了。清晨里清新的水汽和汽油味混合在一起，变成一种令人兴奋的味道。

舒明朗说："你后来和爸妈联系过没有？"

刘带娣脸上浮着兴奋的红晕："没有怎么联系。"

"这样不对，你爸妈会担心的。"

"反正他们也当没生过我这个女，我还管他们干什么。"

舒明朗见过王栓几面，是王栓上门来找刘带娣，大多数都是问刘带娣要钱。王栓长得黑、干、瘦，仿佛生来就像是受过难似的。偶尔他来时舒明朗不在家。待舒明朗回来时，王栓坐在沙发上，将身子仰过去和他打招呼："舒伯，你好呀。"他将句尾的"呀"抬高音调，变成颤音，语调就变得轻佻起来，让舒明朗很反感。他想和刘带娣说不要再让王栓上门了，又觉得也许她会不太高兴，最后也就不了了之。

他从没向刘带娣问过王栓是干什么的。不用问也知道，他的穿着，他说话的语气，无疑是个烂仔。就拿王栓来问刘带娣要钱来说，他倒是毫不客气，"给点钱来。""快点。"刘带娣也从来不问理由，总是乐呵呵地掏钱给他，语调里带着些许讨好的意味："够不够?"模样倒像个溺爱孙辈的祖母。刘带娣的身上有股莽撞的热情，或许正是因为这个，她从来不用脑子思考——和他女儿一样，什么也看不透，令人替她着急。

"王栓到底干什么的?"舒明朗忍不住问，"怎么总问你要钱?"

刘带娣满不在乎地说："他现在没有工作嘛。"

他莫名有些恼火："男人总问女人要钱就不是个男人。没有工作，你叫他出去找啊。这样算怎么回事。"

刘带娣不耐烦起来："舒伯，你管好自己的事嘛。"

舒明朗看到过王栓打她。有一次，他站在阳台上，看到王栓和刘带娣从楼道走出来，两人推搡了一会儿，王栓一个巴掌打在了刘带娣的脸上。刘带娣捂着脸，在原地愣了数秒，又加紧脚步跟上去。还有一次就在他的家里。舒明朗在书房里听到响亮的一声耳光，等他跑出去，王栓已经不在，刘带娣则红着脸在一边继续干活。他站了片刻，转身回房。那天剩下的时间，他顶着热辣的心脏躺在床上翻来覆去，久久不能入睡。

“我倒是蛮好奇，王栓哪点好?”

刘带娣的脸上露出近乎崇拜的笑容：“好浪漫的……反正我觉得好。”

“浪漫有什么用，”他嗤之以鼻，但没表现在脸上，“好吃懒做的。他不是还打你？上次我看见了，就在楼下……”

刘带娣拉下脸来：“舒伯，你当着我的面说我老公不好，什么意思嘛。”

他说：“有了错误就要及时纠正。跟着他，不会有什么好日子的。现在你还年轻，离开他，还可以遇到很多好人。”

她不屑地翻着白眼：“叫我离婚，你没有事吧？再说，你又不是我爸，管这么多鸡毛。”

血液冲上舒明朗并不通畅的血管，他感觉脑子嗡嗡作响，气急败坏地喊起来：“我要是你爸，早就打你一顿了!”

刘带娣耸耸肩，把抹布往茶几上一丢：“幸好没有你这种爸。”

她哼着歌走开了，歌声里有挑衅的味道。她把抹布丢在桌上，拎起破旧的环保袋，连招呼也懒得打就走了。舒明朗冲上去打开门，气急败坏地喊：“有你哭的时候，到时候你不要来找我。”

走道里传来她空旷的声音：“我连我爸都不找，哪个会找你。”

没有人回应。他沮丧地走回房间，软在沙发上。他真想揍她一顿。二十年前他就该这么做，但他没有。这足够让他后悔了。有的事情，就应该在还没有恶化的时候及时制止，他想，等过了十年、二十年，她们最终会感激他的。

刘带娣这样顽固，必得有确实的例子才能够打动她。没有什么例子要比他切身经历过的那件更能打动人了。他看着女儿的照片这样想。于是，他下了决心，要带刘带娣去监狱探监。十月的一个星期四，等刘带娣将家里的活干完之后，他对她说，请她陪自己出去一趟。他没告诉她要去哪里，只是说要去一个地方办点事。刘带娣虽有疑惑，但仍然答应了。

进入十月了，城市仍然热得像个火炉。通往监狱的公交车没有空调，人们不得不将窗户敞开。风是热的，吹得人心里焦躁。刘带娣皱着眉头，脸扭曲着，仿佛有谁在背后拧她。舒明朗看着她。她一边喘气一边呻吟着，用手支出脑袋，靠在窗子上。车子每颠簸一次，她的脑袋就在车窗上磕一下。

下车后，两个人慢慢地从山下往上爬。天气热得让人不想说话。等走到监狱门口，刘带娣停住脚步，警惕地问："舒伯，来这里干什么?"她睁大了眼睛，仿佛对面站着的就是一个罪犯。

"等下你就知道了，你跟我来，"舒明朗说，"听我的不会错的。"

"讲清楚再走。"她站在原地不动，一边说一边指着他，"我没有那么蠢。"

舒明朗没有作声，向刘带娣走过来。刘带娣看看他，转身就走。走了两三步，她撒腿跑起来。舒明朗欲追，跑了两步，剧烈的心跳让他不得不停下了脚步。他站在原地喘着粗气，在衣服口袋里摸索着救心丸，掏出一粒，吞下。他就着路边坐了下来，呼呼喘气，好一会儿才平静。他向着路的延伸方向看去，刘带娣早已没了踪影。路面无人。阳光将石子路照得惨白，悠悠地散着热气。他颤抖着站起来，往山下走去。他既愤怒又沮丧。她究竟是怎么回事？怎么就不肯相信他？并且固执地相信一个像打牲畜一样打她的人？简直难以置信。

他回到家，门仍是反锁着。刘带娣没有回来。他坐下来，给她打电话。没响两声，电话被挂断。再打，对方已经关机了。他在脑中搜索词汇，颤抖着按出字符，想要使自己显得严厉些。可是，信息发出去，语气就变了，像是请求复合的男友一样迫切而积极。“你相信我，我是真心地为你着想。”“看到短信以后，给我回个电话。”“给我回个电话，免得我担心。”

一连几天，没有人给他回应。为此，他不得不打电话给社区，妇女主任说刘带娣已经电话来请过假，说是这几天发烧严重，想在家里休息一下。她还补充道：“我们已经安排另外一个妹仔去顶替她了。”

舒明朗说：“不用了，等她生病好了再来。”

夜里他辗转反侧。到了早上，他在蒙眬中听到门口微有响动，立刻从床上跳起来开门。门外无人。他沮丧地回到房里，躺在床上。除了躺着，他不知道自己还可以做什么。刘带娣仍然没有回复他的短信。每天她的手机都开机，但就是没有人回复。刘带娣不会来了，他想。如果刘带娣能回来的话，他会想个合适的办法，不会再硬碰钉子。

次日从游泳池回来时，舒明朗注意到门没有反锁。他高兴地打开门，看到了歪倒在门口的刘带娣的鞋子。舒明朗有些激动，又有些害羞。他花了半天才顺利把鞋子脱下来。刘带娣从房间里走出来，手上滴着水。她像是什么事也没发生过一样笑着："舒伯。"

"……阿娣来了，你发烧好了?"他尽量控制着自己，好让声音听起来不会太颤抖。

"好了，"刘带娣说，"我煮了饭了。你等一下哦。"

"哦，好的，好的，"他激动地应着，坐到饭桌前。刘带娣的身影在房间里飘着，陆续端出几个菜。她将盛好的饭放在舒明朗面前，摆好筷子。接着，她在舒明朗对面坐了下来。

他们像一对吵完架的父女一样很快就和好了。父女之间本来就不该有太大的仇恨，他庆幸地想。刘带娣像往常一样，乐呵呵地在家里打扫卫生，歌声在整个房间里流淌。她对这间房子熟悉的程度，好像她生下来就在这里似的。舒明朗看着她，心变得柔软起来。他突然想到，只有把她放在自己的保护之下，王栓才没有办法再欺侮她。

"你讲什么?"刘带娣听到舒明朗的话，惊讶得张大了嘴巴。

"我是说，"他控制着声音，让它听起来更和缓，更温柔些，"我想认你做个干女儿。"

刘带娣嗤笑起来："舒伯，你搞什么嘛，想起一出是一出，你这样好吓人哦。"

"我非常认真，"他对她的质疑有些不快，"我也没有女儿了，跟你也合得来。这样不是蛮好吗?"

"那你收别人做嘛。收我做干女，到时候人家说我图你的钱，我背不起。”

他着急起来：“你做了我的女儿，我才能保护你啊。”

“我挺大的一个人，干吗要你保护？”

他走上前，拉住刘带娣的胳膊，想让她坐下来。刘带娣嘶的一声，倒抽了一口冷气。她像是想起什么，把手抽回来。他突然注意到，刘带娣的袖子没有像往常一样挽起来。舒明朗眼疾手快，将她的手拽回，一把将她的袖子捋到小手臂上面。他惊呆了。刘带娣的手臂上凸出来好几条红色的痕迹，很明显，这是被人用什么东西打的。他将她的手往脸上又凑了凑，想要看得更清楚些。刘带娣的手腕在他的手中用力扭了两圈，挣脱了。她转身要走。舒明朗扑上去，按住她的肩膀，喊：“你手上怎么回事？王栓打你？”

“没有。”她冷冷地说。

“我又不是瞎的，你看看，你看看，”他重又捋起她的袖子，指着伤痕道，“这些不是打的，是什么？他打你你不会还手吗？”

“这不关你的事。”她白了他一眼，将手抽回来。

“所以我说要保护你，你看看你现在的样子，怎么能保护你自己呢？”他气急败坏地喊。

她扬起头来，说：“我的事不用你管。”

“你求我，我也不会管！”他跺着脚喊起来。

刘带娣像是什么也没有听见一样，径自走进厨房。她将水开得很大，水流声哗哗地击打着水槽，声音让人烦躁。她似乎是故意似的，用力地摆放着盘子。他在客厅里气喘吁吁地生着闷气。烦闷和失望涨满了胸口。她和她女儿一样，表现出来在乎男人多过在乎自己，对待真正爱她们的人反倒像个不相关的人。

他平静了好久，慢慢地走到厨房里。他看着刘带娣的背影。她背影的棱角呈现出一种决绝的意味，让他觉得沮丧。

他说："我是关心你，这都是为了你好。"

她用力地冲洗着盘子，用低沉的声音说："用不着。"

他捂着胸口，沮丧地走出去。他从不畏惧任何暴力。如果谁敢这样对他的话，他就和他们拼命。在这一点上，无论是女儿还是刘带娣，她们一点也不像他。原来，基因再相似，总还是有不可避免的弱点。他还想说什么，但失望占据了他整个人。那天他没有吃饭，能做的唯一一件事就是躺在床上生闷气，刘带娣什么时候走的，他也不知道。等他感觉饿的时候，夜色已经盈满了整个房间。饭菜被罩在防蝇罩里，他打开看了看，仍然没有胃口。他倒了一杯酒，坐在黑暗中慢慢地喝着。他回想着今天和刘带娣说过的每一句话，确认自己并没有说错一句话。他对她很失望。女儿这样对他的时候，他感到的更多的是愤怒，而不是失望。或许正因为刘带娣在他面前，这种失望来得更直接猛烈。如果她不纠正错误，他绝不会原谅她。他恶狠狠地想着。狠劲过去，一股沮丧又重新漫上来，包围了他。

接连好几天，他都没怎么和刘带娣说话。刘带娣和他打招呼，他点点头就算是回应。有时，刘带娣像是故意要讨他开心的样子给他讲一些趣事，他也简单地敷衍过去。她看起来似乎有些失望。有好几次，他看到了，她的眼圈略微有些红肿。看到他时她总是想要说些什么，但他不给她任何机会。他必须惩罚她一段时间，让她认识到她所做的有多么荒唐。

在此期间他还去了一趟临市旅游。此时正值一个巨大的国际博览会，他决定去看看，最主要的目的是离开刘带娣几天，让她好好想想自己究竟错在哪儿。但他并没有在临市待太久。博览会上人山人海，而他太久没有参与过这样的场合，喧闹声让他感觉焦虑。但他仍然不忘在博览会上给刘带娣买了一个礼物——一个缅甸玉镯，不算贵，他准备在适当的时间拿给她，作为她承认错误的奖赏。

临返程时，他给刘带娣发了短信，告诉她他回家的具体时间，让她打扫卫生。

他到家的时候，刘带娣表现出一种怯生生的慌张感。她看到他，立刻把行李接下来。她紧紧跟在他后面，好像随时等着他发号施令。他确信她认识到自己的错误了。于是，等到吃饭的时候，他拿出了那个镯子，递给她。刘带娣来来回回摸索着镯子，低下头，吸着鼻子，半晌才说："谢谢舒伯。"

他说："我觉得你会喜欢的。"

他开始对她说在博览会上看到的一切。许多东南亚国家来的人，卖各地的美食。小孩子在博览会上吵吵嚷嚷，每个人的嘴巴都塞得满满的。刘带娣看着他，两眼出神，像是在听，又好像是忘记了什么事，正努力回想着。

舒明朗说："小刘，你怎么了？"

她沉默了一会儿，开口道："舒伯，我想和你说个事。"

舒明朗有些紧张。他颤着手放下筷子，做出冷静的样子：

“有什么事?”

“上次你和我说的事，我想了想，”她说，“我觉得你说得有道理。”

“哪个事?”

“就是我老公王栓。”

他松了一口气，高兴起来了。他之前对她的失望烟消云散。他的脸上不自觉地浮现出笑容，声音也变得愉快起来：“你看，你想清楚了吧?”

“是的，我想了很久，想清楚了。”

她掀开袖子，给他看身上颜色深浅不一的伤痕。有一些已经发白，看起来像翻肚的鱼。她说不知道为什么，他好像总是看她不顺眼似的。如果没有钱给他，他的脾气就会更暴躁。

“家暴！这是家暴!”舒明朗拍着桌子，“你有没有找过妇联，或者报警?”

“这有什么用，反正他们也只是调解调解，个个都是看笑话的。”

“那你准备怎么办?”

“所以我来找你了嘛。”她低下头，像是不好意思似的，“舒伯，你看我该怎么办?”

他的心稳定下来。现在，局面已经被他掌控住了。她及时醒悟，这样他就不会对她太过失望。她还年轻呢，他有足够的时间去纠正她，训练她，让她变成一个完美的人。他想着，平静地将他考虑了已久的事情说了出来：“照我看，你还是和他离婚比较好。一味忍让是懦弱的表现，这只会更纵容他。”

“离婚啊……可是离婚了以后我也不知道要去哪。”

“这样，你先从家里头搬出来，可以先到朋友家去住两天。”

“我没有什么朋友，”她有点犹豫，“再说，去了也不会受欢迎吧。”

舒明朗毫不犹豫地说：“那你来我家，我这里有空的房间。你回去收拾一下，明天就过来。以后我再帮你找律师。”他说得激动起来，眼睛闪闪发亮，两颊逐渐泛出桃红。刘带娣坐在对面，若有所思，仿佛在掂量他的话的分量。她用一种复杂的眼神谛视他。那是一双黑而深的眼睛，缺乏光芒，让人无法看透。舒明朗觉得她似乎在颤抖，于是向刘带娣靠近了些，用手扶住了她的肩膀。果然，她的肩膀微微起伏，像是呼吸还未完全恢复的运动员。为了让她安心，他赶紧说：“如果你决定好了，你就住我家，房间可以马上收拾出来。”

“谢谢你，舒伯，”她站起来，话说得很缓慢，“真是太感谢你了，没想到社会上还有你这种人。”

他多喝了几杯酒。他给刘带娣也倒了一杯酒，刘带娣喝了一半，脸上就飞起了浅浅的桃红。酒精的作用让她比平时更多话些，但并没有提到王栓打她而给她造成的伤害。她说她是在镇上的某个饭馆里打工的时候遇到王栓的。她是服务员，王栓是常客。有一天，王栓请她出去吃饭。他们到了一家小饭馆，王栓自作主张地点了几个菜。当她夹起一片卤味一样的东西时，王栓笑嘻嘻地看着她，说：“你晓得这是什么？”

“什么？”

“这是夫妻肺片。”王栓笑嘻嘻地说，“你知道我是什么意思吧?”

刘带娣将剩下的半杯酒倒进嘴里，笑起来，看起来有点蠢：“舒伯，你说是不是很浪漫。”

这哪是浪漫，简直是要流氓。他冷冷地说：“我看你喝多了。”

饭毕，他将刘带娣送到门口，看着刘带娣像鸟雀一样消失在楼道里。门关上时，他觉得心脏在有节奏地加速着，让他有些透不过气。他推开窗子。温热的风吹进来包裹着他，让他升起睡意。他走回房间，躺在床上。一种莫名的复杂情绪包围着他，让他激动，又有些不安。他转头向窗外看去。一幢高楼刚建设到一半，卡车在黑乎乎的泥土上行驶着，发出吭哧吭哧的声音。到房子落成那一天，这幢房子将会住进来上百来个家庭。家庭这扇门后面，不知道将藏匿起多少不为人知的辛酸。他再次确认，他这么做是对的。过去他没能帮到自己的女儿，这足够让他后悔一辈子的。这一次，他不想再后悔了。

估摸着刘带娣快到家了，舒明朗发短信问她是否已顺利到家。过了好一会儿，刘带娣回复说，我很好，不用操心了。

短信里带着一股满不在乎又自以为是的味道，仿佛一切都是理所当然的。或许，正是因为知道自己即将解脱，她有些兴奋得不知所已了。他也为她高兴。带着这样的满足感，他早早入睡了。

第二天，他醒来时窗外已经阳光刺眼。工地仍在施工，几台挖掘机用吊手铲起泥土，放进卡车里。工地的凹坑处积着泥浆，阳光照在本来就有些发红的泥土上，显现出一片血样的色彩。舒明朗盯着看了一会儿，觉得有些想吐。他看了看钟，已经十点了。他扶着墙走出卧室，发现刘带娣还没有来。也许还没准备好。终于要离开了，会有许多东西需要收拾。对于一个年轻的姑娘来说，舍与离不是一瞬间的事。他坐在沙发上坐了一会儿，决定先去泡个澡。

浴室里充满了温热的水雾。因为没开排气扇，水雾让他头晕。他试试水温，仍嫌烫手，于是又添了些冷水。正欲脱衣入池时，他听见门外传来钥匙转动房门的声音。必是刘带娣来了。舒明朗心下一喜，立刻拉开浴室房门走了出来。

刘带娣走了进来。她像往常一样拎着干瘪的环保袋，手里没有其他多余的东西。看到舒明朗，她干笑了一下，转过身去将门开得更大了些。行李在外面，他想着，快步走上前去。

房门被拉开。他愣住了。一个人从门外慢悠悠地、如同侵略一般走到舒明朗面前，几乎要挨着他了。有一瞬间，他怀疑王栓要打他。

王栓无赖地笑着，用他熟悉且厌恶的腔调和他打招呼："舒伯，你好呀。"

他没有回应。

"舒伯，今天我跟阿娣来，就是想和你说，今天她做完最后一天，不干了，"王栓说，"我找到工作了。"

"找到工作了。"舒明朗重复道。

"对，找到工作了。找到工作了嘛，就不让我们阿娣干了，让她在家里享清福。疼老婆的才是好男人嘛。"

“是啊。”他说，声音有些发颤。他回头去看刘带娣，她站在一旁，并不看他。王栓向她使了个颜色，说：“阿娣，你先去干活嘛，我和舒伯讲几句话。”她翻眼看了看王栓，又看了看他，起身走了。

他莫名慌张起来。

王栓向他靠近了两步，凑到他的耳边上，轻轻地说：“我知道你在想什么，老流氓。”

“你什么意思?”

“叫我老婆和我离婚，搬来你家，你什么意思?”王栓拍了拍他的肩膀，脸上的表情洋洋自得，“都懂的，就不用明说了。你虽然老了，也有需要嘛。不过，我老婆只会和我住在一起，她舍不得离开我的。”

王栓说着，抬起左手，一边翻转着手掌一边打量着。片刻，他停下来，将手伸向舒明朗，说：“你看我这只手怎么样。”

那是一只厚实的手，布满了茧，看起来很坚硬。舒明朗心里一惊。

“我的老婆嘛，我想摸就摸，想打就打，”他抬起眼睛看着舒明朗，“你管什么呢?”

舒明朗的心烧了起来。他的嘴唇开始颤抖，手也在颤抖，但却像被什么东西扯着似的，怎么也抬不起来。半晌，他憋出一句话：“希望你对小刘好点。”

王栓说：“我的老婆，我当然会对她好。我就是来告诉你，以后不要掺和我们的生活。”

“这是你的意思，还是小刘的意思?”

“当然是我们的意思，”王栓嘲弄地笑着，“那句话怎么说，夫妇同心，其利断金，哈。”

他走到门口，停下来，转头一笑。那样的笑容熟悉又恶心。关上门的一刹那，一副熟悉的笑容挤进舒明朗的脑子里来，他想起来了，那是在法庭上，那个姓林的男人在即将被押出审判庭时，停住脚步，转头看着舒明朗，笑了。

舒明朗感觉头皮发麻。他回想着刚才发生的一切，每回想一次，脑子的热度就会上升一分。他是个白痴，被这一对夫妇耍了。刘带娣根本没想离婚。他们要他，是因为他是一个年近七旬的老人，没儿没女，也挥不动拳头。她和那个男人联手，将自己的心脏踩在脚底，当着他的面炫耀给他看。像是突然进攻的蛇一般，愤怒感迅速击中了他，让他眼前直冒金星。

阳光照在大厅乳白色的地砖上，发出惨白的光。因为颜色太浅，地砖上的一切污垢都被放大了。他注意到，茶几前方的地砖上有几片黑色的、黏稠的污渍。他走过去，用纸巾去擦那些污垢。很厚，很硬，像是已经在那里一段时间了。在此之前他从没注意过。他站起来，脑子支配着他关上窗子，将门上了锁。他回到沙发上端正地坐下，喊道：“刘带娣！刘带娣！”

刘带娣不慌不忙地从房子的深处走出来，手上湿漉漉地黏着泡沫。他以为她会带着歉意走出来，但她没有。她若无其事地走到茶几对面，面对着舒明朗，问：“干什么?”

泡沫水顺着她的手掌滑下，落在垫茶几的地毯上，很快被毛纤维淹没了。每落下一滴泡沫，舒明朗的心就抽动一下。他保持着坐姿，指着地砖上的污渍说：“你看那里，这么脏，你怎么打扫的?”

刘带娣顺着指向随意扫了一眼地板，说：“哎呀，等一会擦了就行了。”

舒明朗说：“你现在就找个东西擦干净。”

刘带娣翻了个白眼：“我现在忙着，没有空，等下我一起来弄干净。”她斜剜了舒明朗一眼，甩了甩手，径自往来处走过去。她的嘴嘟嘟囔囔的，但没有发出任何声音。就在她的身影即将消失在走廊里时，舒明朗起身从两个沙发的缝隙之间蹿了过去，一把揪住了刘带娣的衣领。她T恤领子上的扣子被拽开了，红色的乳罩带子暴露在外面，但他没有松手。刘带娣愣了愣，一把将衣领拽回，叫起来：“你干什么，神经病啊，死老鬼!”

舒明朗说：“你把那里擦干净。”

“你聋啊，说了等一下我会擦的。”

“现在就擦。”他重复道。

“你是不是听不见啊?”她怪异地笑着，很快又板起脸，扯着嗓子一个字一个字地喊道，“我——说——等——下——擦!”

她的“擦”字还没有完全出口，舒明朗抬起手，一个巴掌挥了过去，正打在她的脸上。她的脸迅速红了。她呆住了，眼睛大睁着，像两颗黯淡的球。舒明朗用热辣辣的手揪住了她的领子，紧紧地揪着，学着她的样子暴喝道：“现——在——就——去——擦!”

这一声长喝将她的魂拽了回来。她瞪着他，眼睛快要暴出来了。他的腿立刻挨了一脚。他还未反应过来，接着是手，还有脸，仿佛无处不在。眼前这个二十多岁的女人，像是个五六岁的女孩一样挥舞着手臂。拳头出现在他的脸上，他的胳膊上，他的腿上。身上火辣辣地烧着，像是着火了一般。她像野猫一样胡乱舞动着爪子，发出即将作战一般的、骇人的尖叫。口水从她嘴里喷了出来，溅到他的脸上。他晃动着脑袋，以避开她的拳头。用一只手捏住她的下巴，从胸口喊出沉闷的一声："我叫你现在就去擦!"

刘带娣像是被噎住了一样呃、呃地叫着，脸色由红变成紫红，接着变成更深的紫色。她的脚在地上蹭着，不断地踢在他的脚上。她握住舒明朗的手腕，试图将他的手从自己的下巴上拿开。她的手汗津津的，软塌塌的。伴随着单薄的叫声，她的嘴像中风病人一样往外漏出口水。她开始咳嗽，而咳嗽使得她的呼吸更加急促了。

舒明朗低吼道："叫你听话的时候就要老老实实听话。"

她未回答他，而是拼命用同样的方式拧着他的手臂。她的眼睛瞪得更大了，嘴张成巨大的口型，气伴随着口水不断地呼出来。他必须让她认错。不过，就算她认错，他也不会原谅她。就算求他也不行。他咬了咬牙，将手的位置挪到她的脖子上。她的脖子在手心里颤动着。她开始挥舞手臂，带着游丝的气幽幽地骂着："放开……死老鬼……死老鬼……"

一股突然迸发的力量灌入到舒明朗的手臂里来。他感觉自己的手紧紧地锁住了眼前的女人。他听不见她的呼喊。愤怒让他涨红了眼睛。视线开始变色了。他看见，面前这个满脸紫红的女人不是那个二十多岁的保姆，而是自己气急败坏的女儿。

她奄奄一息，但仍用全部力量瞪大着眼睛，嘴里骂个不停："老流氓……老畜生……"

他从来没见过胆敢骂父亲老流氓的孩子。自己的父辈中不可能有这样的孩子，他的同辈中，也没有见过这么忤逆的孩子。没有什么比这个更能扇他一个耳光了。

他终于意识到了。一切都是他的错。如果她是个儿子，他一定会毫不犹豫地揍她的。这都是他的错。她不听话的时候就应该揍到她听话为止。正因为他从不揍她，这就成了她的护身软甲，于是，她就可以轻易地蔑视自己的父亲，像踩垃圾一样把他踩在脚底。

他必须让她知道厉害。

他对女儿说："今天我要让你知道知道，什么话该讲，什么话不该讲。"

舒明朗将另一手抬起来，连同刚才的那只手一起，紧紧地拎起女儿的脖子。女儿的脸已经变成了紫色。她的气息越来越弱了。她的腿仍在踢着他，但几乎感觉不到。他抓住她的腿，将她往自己身下一拉。她瘫倒在他的两腿之间。她的脑袋撞在地上，发出沉闷的一响。他骑在她的身上，腾出一只手来，揪住她的头发，拎起了她的脑袋。他将她的脑袋用力向地板撞上去。一下，两下，三下。她终于把嘴闭上了。他松开了手，直视着那双仍然瞪着他、却已经无力的眼睛，喘着粗气说："你自己在这里好好想一想。"

他大口吸着气，走进卧室。心跳因激动而杂乱地起伏着，他需要保心丸。舒明朗在抽屉翻找了一会儿，只找到两个空瓶。

他捂着胸口，返身回去。电视机柜下的抽屉里还有几盒未拆过的保心丸。他深呼吸着，平复着心跳，拖着步子重新走入客厅。

客厅的角落里，一个女儿半躺半坐地靠在墙棱上，双手无力地垂着。像是闪电一样迅速地，一连串画面蹿进他的脑子里，变成一组流畅的图。他看到，他手下的女儿一点一点地褪去颜色，露出刘带娣的模样。她用力挥舞着手臂，但很快失去了力量。接着，她整个人从他的手里滑了下去。

她躺在那里，一动不动。舒明朗的心包剧烈地收缩着，像是被人击打的沙包一样怦怦乱撞。他踉跄着奔过去，将刘带娣的头抬起来。正午的阳光像探照灯一样惨白，将刘带娣菜皮一般泛黄的脸色照成干枯的色彩。黏稠的血液从她的发间流下来，沾满了舒明朗的手。他的心剧烈地收缩着，让他慌张地推开了眼前的这具躯体。毛巾。他的脑子里蹿过这个词。舒明朗扶着墙，踉跄着起身，跌跌撞撞地向浴室跑去。

浴室里的雾气还没有散。他拉开浴帘，想要伸手去毛巾架上拿浴巾。他努力向身后够了几次，但没够着。他看了看满池子的热水。来不及了。他穿着拖鞋直接跨了进去。浴缸尾部的斜面阻挡着他，让他不得不将身子倾斜一些，以便顺利拿到毛巾。他将身子往前探着，探着。

脚下突然一滑，舒明朗扑倒在了浴池上。他的头正磕住浴池的棱角。一股沉而厚的疼痛包围了他，让他头晕脑涨。他的身子不自主地向浴缸里头滑下去。水漫了上来。浴室里的雾气飘浮着，像是和煦天气里飘浮在天空中的云一样缓慢。他看见水漫上了他的身子，漫过他的头顶，覆盖住了他的眼睛。温暖的水刺痛着他，让他不自觉地流出眼泪。在这样的温暖中，他的心跳渐渐变得慢了，更慢了。阳光照在浴池里，留下断裂的光斑。舒明朗仰面躺在浴缸里，能够清晰地看到浴缸另一侧墙面上的钟。时间静静地走着。他在恍惚中看到女儿，看到刘带娣，看到监狱。他无力又沮丧地想起来，今天是星期四。

无言的山丘

对面有人。

黑暗中小心翼翼地飘来一道光线，如同苏娜幼年时常见的鬼火。没错，是他。苏娜熟悉他的一切：他略显佝偻的身材、走路时过分用力的脚步。即使灯光微弱，这一切仍然显露无遗。他向她走来时身体左右颠簸着。前些日子查干从马上摔了下来，弄伤了左腿。医生说如果恢复得不好，他可能会瘸。医生这么说的时候，查干面无表情，一副什么都无所谓的样子。回到家，他拒绝休息养伤。一旦可以行走，他就毫不犹豫地跃上了马背。苏娜觉得，他是有意要把自己弄瘸。

黑影越来越近了。她盼望着他可能迟疑、站住，然后转身离去，但他还是坚持着前进。黑暗中传来鞋子摩擦草地发出的簌簌声。

他一定会走过来的。他们必然会面对面。苏娜想。

几乎整个夏天都没下过一场好雨。雨总是零零散散的，偶尔来一场，土地还没润湿就停了。空气里四处都是尘土颗粒。苏娜骑马时总忍不住低头去看马蹄踏过的草地。现在，草已经开始发黄，土层尴尬地暴露在外，看起来马上就要开裂了。

快入秋了。游客从上个月起开始减少，也许大部分是天气的缘故。希拉穆仁昼夜温差太大，很多中原来的游客无法适应。有许多次，苏娜在睡梦中被游客的敲门声叫醒。他们哆哆嗦嗦地站在门外，向她索要棉被。说到底，还是因为这儿的旅游设施不健全。旅行社对外声称游客们可以在这里看到广袤碧绿的草原。“大口喝酒！大块吃肉！体验蒙古包与草原味道！”吉雅拿给苏娜看的宣传单上就是这么写的。游客们并不知道，干旱的天气持续了好几年，过去那些一望无际的绿色早已消失，只剩下一片巨大的、夹杂着绿星的黄土坡。还有蒙古包——不过是些蒙古包形状的客房罢了。苏娜看着宣传单，有些犹豫地问吉雅：“这样真的行吗？”

吉雅满不在乎：“有什么关系，谁都知道出来旅行就是要受骗的。他们就喜欢被骗。再说了，你们周围不都是这样做的吗？”

游客们傻乎乎地以为能住上原始的蒙古包，兴致勃勃地来了，接着失望而归。游客越来越少了。苏娜和查干的住宿生意冷清了下来，附带着的骑马和照相生意更不用说了。每天，苏娜醒来后，躺在床上计划一天内要做的事。但很快，她就沮丧地意识到自己根本无事可做，除了喂马。查干则每天都窝在马场旁边的蒙古包里——这片草场上唯一真正的蒙古包——对着电脑翻看网络搞笑小说。一开始他还会出门清扫马粪，偶尔也牧马。现在他连门都懒得出。“反正也没人来，”他打了个哈欠，“吉雅快一星期没来过了吧。”

他假装漫不经心地提到吉雅。她知道，其实一连好几天查干都在拨打吉雅的电话，这几乎是他唯一提得起精神来做的事。不过，电话总是没人接听。于是，他只好每天都懊丧地蔫在蒙古包里，心情沮丧地看搞笑小说。

以往就算是旅游淡季，吉雅也会一个人驱车来到他们的草场。有时她带着行李，会在草场上一连待上好几天。她一来，苏娜就轻松多了。吉雅翻身跃上那匹和她同名的栗色小母马，动作像她的短发一样流畅利落。到了晚上，苏娜、吉雅，还有查干三个人坐在蒙古包里喝酒，喝奶茶。房梁上的灯泡在每个人的脸上映照出一股微醺的嫣红。饮毕，查干拿出马头琴，吉雅开始唱歌。在灯光下，吉雅的头发闪耀着一种奇妙的柔光，像初生婴儿那种撩人欣喜的胎发。苏娜看着她，不禁笑了。

“九天了。”她纠正他。

吉雅一没音讯，苏娜就再没接待过大批的游客。客房闲置下来。厨子无事可做，每天都在和服务员们打闹。专门唱祝酒歌的牧仁和托雅一同向苏娜请假。苏娜不同意：“那客人来了怎么办?”牧仁满不在乎：“谁知道什么时候会有客人呢?”

查干从电脑前起身，很快又在弹簧床上躺下：“随便吧，反正日子总是过得没数。”

苏娜没答话，走出蒙古包，向马场走去。几匹马被随意地拴在围栏里，无精打采的。唯有吉雅在看见她时会热情地打鼻息。苏娜走过去，轻轻地抚摸它的脊背，它则温顺地用头来磨蹭她。吉雅身上满是生涩的泥土味道，背上的马鞍已经很旧了。之前有个女游客就抱怨说马鞍上有一股臭味。苏娜托着她硕大的屁股，将她从马背上搀扶下来。待她嘟囔着走开以后，苏娜靠近吉雅，吸了吸鼻子，的确闻到一股陈旧的灰尘味儿。苏娜之前没注意过这些，她骑马时从不放马鞍。她拉着辔头，控制着马前进的速度。高低不平的马背在苏娜的两腿间摩擦出一种粗糙又令人兴奋的痛感。每每这时，她就会将自己的上半身伏倒在马背上，闻着它们身上略微腥臭的气味。

这段时间她常常梦见吉雅。梦的内容每次都差不多。黑暗中，吉雅拨开雾气走到苏娜面前，用她那双鹿一样机灵的眼睛打量她。她张开双手拥抱苏娜，将她融化，和自己成为一体。苏娜在吉雅的身体里，感受着吉雅活泼的心跳，感受着她湿润的呼吸。一股热辣辣的情欲突然从她的两腿之间蹿上来。接着她就醒了。

吉雅将头搭在苏娜的肩膀上，很快又抬起头，轻轻地顶她。它的额头上有一撮白色的绒毛，眼睛如同吉雅一样聪明又深情。苏娜将头靠在它脖颈上时，它总是静静地站着，眼睛里闪烁着一种闺蜜分享心事时才有的认真神情。

吉雅驮着苏娜走过成排的客房，爬上小土坡，向草原深处的小山丘走去。每当她牵着它独自出门时，它就会自觉地往那个方向前行，仿佛早就知晓她的心事似的。一路上它走得缓慢，让苏娜感觉自己在逐步进入草原的心脏。到了目的地，苏娜翻身下马，松开缰绳，让吉雅随意在周围散步吃草，她则倚靠着土坡躺了下来。

这是一个和煦的天气，适合骑马散步。一望无际的草原、蓝天、流动的白云。这些始终不变的景色构成一幅恒久的图画。苏娜喜欢长时间地凝视蓝天，看着云朵从一条小狗变化成一片连绵不绝的山丘。云总是很白。她想起自己曾经在网上看过一首诗："天上的白云真白啊/真的，很白/非常白/……"那段时间这诗被炒得很火，但许多人都说这根本不是诗，查干也是这么说的。他盯着电脑屏幕哈哈大笑起来："这也叫诗？这样的东西我也能写！"但苏娜明白，人只有到了词穷的时候，才会只剩下感叹。

流产后苏娜更喜欢独处。自从她发现了这个地方，每隔一两天，她都会骑马前来，在这里待上一会儿。这是个再普通不过的小山丘，半球形，周围杂草丛生，使得它看起来像一座坟茔。苏娜到现在仍清楚地记得发现它时的情景。那天早上她和查干吵了一架，因为他做事时总是懒洋洋的，带着股让人愤怒的敷衍态度，但查干总是把一切都归结于没有游客："我们这么卖力干活有什么用，又没有客人，要想赚钱得先把客源找到才行。"他说这话时脸上流露出一股自作聪明的神情，仅这一点就足够让人恼火的。当时苏娜正在网上查看她发布的帖子。她问过一些同行，他们告诉她必须联络一个导游。只要付给他们一定费用，他们就能固定地给她带来客源。

帖子发出去好几天了，但始终没有人回复。苏娜每天都将电话拿起放下好几次，通讯记录始终是空白的。查干将一切都看在眼里，却仍然还是若无其事地坐在一旁，有时候就干脆躺着，仿佛一切都与他无关。

"你能不能别总是干躺着，想想办法！"

他躺着没有动："想得到的话就不躺在这儿了。"

苏娜站起来，把椅子带倒了。她想冲上前去把查干揪起来，狠狠地打上他几个耳光，但她没有动。她看着查干那种近似无赖的表情，突然觉得很沮丧。她叹口气，掀开门帘走了出去。苏娜走到围栏前，发现马群被随意地拴着，甚至有几匹躺在地上，看起来像是要生病了。唯有吉雅，感觉到苏娜过来的时候就立刻竖起耳朵，随后将头转向她。苏娜走上前，解开它的绳子。她用手轻轻拍打着吉雅的脖颈，它则用湿漉漉的鼻子顶她。一股酸涩钻进了苏娜的鼻子，她虽然努力控制着自己，但眼泪还是止不住地落下来。她不知道自己为什么要哭。她越是这样想，眼泪就越控制不住。吉雅冲着她发出一声安慰的嘶鸣。苏娜拍了拍它，将它牵了出来。

在此之前，苏娜从来没有想过要做旅游生意。养马及简单的照相生意已经够她忙的了，况且她并没有心情去做这些。草场上四处是开发商们建设的蒙古包形状的客房，他们正在招承包人。查干对此很感兴趣，每天只要有空，他就会钻进那些开发商的房间里，过好长一段时间才会出来。再出来时，他的脸红通通的，眼睛里充满了兴奋的光。

“现在这样子就挺好的，为什么要承包？万一有风险怎么办？”

“能有什么风险？我们总不可能一辈子养马吧？你不腻吗？反正这种生活我是过够了。没有钱，什么都没有！如果我们把客房承包下来，就算以后不想做，也可以把它们再承包出去，在家里待着也能赚钱！”

查干说这话时带着一股不容置疑的坚定语气。苏娜虽在犹豫，但也开始注意那些成排的客房，装作不经意的样子从客房门前经过。已经装修好的客房敞开着门，墙壁雪白，如新生儿一样新鲜。苏娜注视着这些房间，想，也许查干说的没错。

“到底怎么样？他们说如果我们再不承包，他们就转给别人了。”

“好吧。”

一开始查干挺有兴趣，什么都会顺着苏娜的意思做。他在网上帮着苏娜订购床单、被罩，把拍摄的照片冲印放大，挂在客房的房间里。他从来没抱怨过什么。

一切准备妥当之后，查干兴致勃勃地等了一个月，只见到几个零星的自由行游客。收入基本上来自给游客们骑马照相的生意。从他们的蒙古包出发，到草场附近的一根旗杆处，大约两三百的距离，来回一趟能赚几十块。钱很好挣，可以维持生活。但光靠这个不行。想到他们为此付出的巨额的承包费，苏娜总感觉头疼。而查干——他早就放弃了。每天他都懒洋洋地坐在蒙古包前，大部分时间在打瞌睡，只有游客来骑马时他才会抬起头。他这种态度令人抓狂。不知道是否因为天气干燥的缘故，苏娜感觉脾气越来越暴躁了。查干在任何时候，因为任何原因都能够将她心里的爆竹点燃。现在，唯一能让她感觉舒服些的就是骑马散步了。马慢腾腾地在草原上踱步，而她则把脑子清空。风吹过她的耳侧，云在她的身边流淌。苏娜感觉自己成了这幅景象中的一部分，一切烦恼都消失不见了。

等她回过神时，吉雅已经驮着她来到了一个之前她从来没有来过的小山丘。她愣住了，过了半晌才从马背上跳下来。她向四周张望着，发现能看到他们骑马终点的旗杆。他们没有迷路。苏娜松了一口气，回转过头打量这个山丘。更准确地说，这只是快被草淹没的土包。它看上去像一座坟，苏娜想。她走上前去，用手轻轻地抚摸它。坟墓。有一天，自己也会躺在类似的地方，慢慢地变干，腐烂，最终将自己归还给草原，和草原一起成为永恒。她想到她的孩子。它没有机会入住坟茔。它离开之后，苏娜将提前做好的小衣服烧成灰，埋在草原上。那么大的一片草原，草疯长起来，她就再也找不到孩子的下落了。

那天苏娜在山丘上坐了很久，一直坐到太阳即将下山。她骑着马慢悠悠地返回草场，将要下马时，她看到查干和一个女人站在蒙古包前说话。苏娜把马拴好，走到他们面前。查干指着身旁那个留着短发，皮肤黝黑的女人说："她说是看到你在网上发的消息以后过来的。"

女人露出两颗芸豆一般大小的门牙，眼睛里流出未涉世般的纯净感："我是来应征的，我叫吉雅。"

现在，这座山丘已经被苏娜围上了一圈蓝色、白色、黄色的布条。蓝天、白云、土地，这才是她真正拥有的一切。她依靠在它的身上，感受土地传来的热腾腾的感觉。没有风，一切都是安静的。她想，也许这片土地才最了解她。

长生天会原谅我吗?

你犯了什么罪?

我也说不清楚……也许我一开始就错了。

长生天会原谅真心忏悔的人。

真的吗?

苏娜揉了揉潮湿的眼睛。她注意到，这一回山丘周围的腥气又重了一些。可能附近也会有牲畜经过吧。上一次她就在这里看到了马粪。也许下一次她该带些生石灰。

吉雅是个能干的导游。托她的福，生意很快走上了轨道。有时她会带来一些有钱的客人。每每这时，她总是带着狡黠的笑容和苏娜咬着耳朵："都是有钱人，他们花钱没数的，你随便开价！"当然，苏娜并没有这么做，但她仍然在心里感谢吉雅。

没有游客的时候，吉雅也会独自前来。有时只是简单地和他们吃一顿饭，有时候她会带着简单的行李，在苏娜他们的客房里住上一两天。她们一同牧马、散步，更多的时候会在一起打扫。她们会花掉大半天的时间。吉雅抱着用过的被褥从客房走出去，很快又抱着新寝具走进来。为了方便，她换上短裤，露出两条黑而油亮的腿。苏娜坐在一旁，一边套枕头，一边打量吉雅。她的步子轻巧巧的，带着一股由衷的快活。

吉雅专心致志地折着被单。此刻，她正笨手笨脚地试图将床单的尾部折成直角，以便把它们掖在床垫底下。苏娜已经教过她很多次了，但她仍然没有学会。这时，那个精干利落的女导游消失了，变成了一个牙牙学语的小娃娃。吉雅注意到苏娜在看她，不好意思地笑了。苏娜看着她，心里涌上来一股甜蜜的柔情。她想，如果她的孩子没有死在腹中的话，恐怕已经学会走路，正跃跃欲试地想要来帮她的忙。想到这儿，苏娜站起来，走上前去，用手从后面环住吉雅："要这样折，先折一个三角，然后……"

客房打扫完毕，苏娜和吉雅会一同躺在新铺好的床上休息。

阳光透过窗子照进房间，洒在床上，将两个人烘烤得暖洋洋的。被子刚被暴晒过，散发着紫外线的香气。吉雅躺在床上，惬意地用背摩挲着床单，发出沙沙的响声。屋外的声音渐渐远去了，只有呼吸有节奏地在房间里回响着。苏娜听着这些，渐渐涌上来一股朦胧的睡意。突然，吉雅从床的另一侧挪过来，将头靠在苏娜的肩膀上。她温热又潮湿的呼吸喷在苏娜耳边，让她感觉痒痒的。她突然有些害羞起来了。她小心翼翼地往后挪了挪身子，确保吉雅不会察觉到这些。相反地，吉雅倒很喜欢这样的亲密。她将一只手穿过苏娜的手臂，另外一只手紧紧环抱住。

我没有爸爸，也没有妈妈，我是被奶奶养大的。

……你的父母呢?

我不知道。我听奶奶说，他们在我很小的时候就已经死了。

这样啊。

吉雅的声音像溪水一样平静。她说得那么轻巧，仿佛这一切都与她无关似的。她的坦白让苏娜有些不知所措。苏娜看着天花板，长吁了一口气。空气尴尬地凝固着。苏娜看着吉雅，凝视着她的精干利落的短发，突然生出有一种想要搂她入怀的冲动。吉娜抬起眼睛，看见苏娜看着她，于是将身子又向她靠了靠，将脑袋枕在苏娜的胸前。苏娜有些害羞起来。她将头抬高了一些，深深地吸了一口气，试图将自己有些夸张的呼吸声压制下来。

“我听查干说，你们曾经失去过一个孩子，是吗?”

是的。她至今仍然记得失去的苦楚。满地的血。她仰躺在地上，无能为力地看着天花板。她的意识正在逐渐模糊，但她仍然能够感觉到痛。生命流逝的痛。她知道，她的生命正在一点一点地流走，她会渐渐脱水，最后变成一具尸体。

吉雅的身子在颤抖。她抱住苏娜的手紧了紧："我明白的，我都明白。"

苏娜注视着吉雅的眼睛，感觉自己被一股暖流贯穿了全身。她张开双臂，将吉雅揽进怀里。有那么一瞬，她感觉自己像充电一般，身体突然就充盈起来了。

你知道吗，你身上有妈妈的味道。

妈妈的味道？

对……我可以亲亲你吗？

那是一个令人战栗的吻。她还没有反应过来，吉雅湿漉漉的嘴唇已经贴到了她的嘴上。苏娜吓了一跳，连忙推开了她。吉雅抬起眼睛看着她，睫毛快速地翻动着，露出一个做了坏事得逞一般的笑容。她用被子捂住嘴，吃吃地笑起来。很快，她如同一条蛇一样再次蹿进了苏娜的怀抱。这一次，苏娜没有再躲开。她感觉自己无法动弹了。她艰难地张开双手，将吉雅瘦小的、火热的身体紧紧揽住。有一股热辣辣的东西从她的下身经过，张开，绽放，像一团重新被点燃的火焰。苏娜闭上了眼睛。

那天晚上苏娜惊讶地发现，因流产而停经一年的她再次来潮了。她看着内裤上一道猩红的血迹，莫名地感觉很羞耻。她有些恼怒地扯下内裤，将它放在热水下使劲冲洗。血迅速在水池里晕染开来，变成了肮脏的泥红色。眼泪不自觉地顺着苏娜的脸流了下来。她用力擤了一把鼻涕，甩在水池里。她想了想，走回到房间，找出几张旧报纸和一个黑色的塑料袋。苏娜用报纸将尚未清洗干净的内裤层层包裹住，再用塑料袋扎上。接着，她恶狠狠地将它扔进了垃圾箱——和早上她与吉娜收拾出来的客房垃圾丢在一起。

苏娜重新在床上躺下来，眼睛呆呆地看着天花板。刚才折腾了一阵，她有些渴了。她伸出手摸了摸自己的嘴唇，发现它们已经冒出了粗糙的皮。她懒得起来倒水，只是伸出舌头舔了舔下嘴唇。湿润的、柔软的触感。她想到了吉雅。吉雅那么专注地看着自己，一动不动，接下来，苏娜也无法动弹了。吉雅的目光能把人给锁住。可是她为什么要这么做？是为了好玩吗？不，她的眼神那么认真，不像是开玩笑。不会有人开这样的玩笑。也许那只是朋友间的一个亲吻。苏娜听说，现在有很多亲密的朋友流行这么做。它并没有别的意思，只是告诉对方“我们很亲密”，或者，她只是想缓和一下当时的气氛。又或者，是因为她在自己身上找到了母亲的感觉。“你身上有妈妈的味道。”吉雅是这么说的。苏娜在心里反复地念着这句话，多念一遍，这样的想法就更加确定一分。她突然有些沮丧。可是，这样的沮丧又让她感觉惊恐。难道她在期待着什么吗？苏娜这样想着，感觉有什么东西从背后蹿了上来，像是无数的蚂蚁穿透了她的皮肤。她在床上翻滚着，试图将身上的这种痛痒感摩擦掉。突然，一股暖流热辣辣地从她的双腿之间淌下来。她焦虑地掀开被子下床，走进浴室。水哗地从龙头里倾泻而下。草原上设备不好，水需要很久才热。但是，她已经顾不得这么多了。她一头扎进了水里。

此刻，查干正小心翼翼地将手电的灯光调得小些，更小些。不知道刚才是不是错觉，他感觉站在山丘后的苏娜似乎回了头。他不太敢确定，但为了保险，他还是把灯光调得暗了些。

气温越来越低了。他原以为很快就可以回来，因此，出门前他只是潦草地披了个外套。他感觉冷。在黑暗中，查干能清楚地听见自己嘴里冒出的嘶嘶声。为此，他不得不尽量压低并延长自己的呼吸，以免发出太大的动静而惹苏娜注意。他已经记不清自己跟丢她几次了。有好几次，他快赶上她的时候，只是一个不留神，苏娜就如鱼一样迅速融入了黑暗里。等他回过神，周围除了虫鸣，风声，远处传来的动物嚎叫外，什么也没有。这种感觉，就好像是他一个人被遗弃在这片荒野之上。可怕的寂静。这才是最令他害怕的。

苏娜没有再前进。查干顺着身边的一个土坡倚靠下来，等着她下一步的行动。他有些累了。这不仅仅是因为生理上的——几个月前他摔伤了腿，到现在也还没有好利索——他想，也许苏娜知道他跟在她后面，但是，她任由着他胡乱猜测她的心意和行动，从来不作出任何解释。他已经不记得有多久了，好像是从他们失去了第一个孩子开始，她就变得越来越阴沉。无论做什么，她总是面无表情。加上身体虚弱的关系，她的脸总是呈现着一股病态的青紫色，看起来像是一具死尸。为了安抚她，在夜晚，查干轻轻地爬上床，亲吻她，抚摸她。这是他能想到的最直接的安抚方式了。他们会以亲密的方式交合，融为一体，忘掉从她腿间流走的那个生命。他想，他们能够创造一个新的未来。但苏娜无视了他的热情。她直挺挺地躺在床上，仰着脑袋，任由他在她身上移动。她僵硬的身体让查干觉得自己很下作。他软了下来。于是，他翻身下床，找出弹簧床打开，重新躺下。

那一夜他无法入睡，他想到他们失去的孩子，想到苏娜死尸一样青紫的脸，想到接下来的每一天中，他可能都要继续这样捱下去。无数的可能性在他脑海中飘浮过去，让他不自觉地打寒战。快天亮的时候他才好不容易蒙眬入睡。等查干再醒来时已经是中午了。他睁开眼睛，起身下床。等到完全清醒，他才突然意识到房间空了——苏娜趁着他睡着的时候把自己的行李都搬了出去。

他们失去的那个孩子，查干执着地认为是个女孩儿。老人们说过，如果怀孕期间女人的皮肤变得越来越好，怀的一定是个女孩。怀孕的日子里，苏娜的脸光滑得像一颗鸡蛋。她脸上那些因大风留下的粗糙的痕迹一一褪去，原本黑红的皮肤逐渐发亮，变白。查干高兴地想，他要有一个小公主了。他计算着女儿来临的日子，想象自己把她打扮成一朵花儿。但是……他想着，闭上了眼睛。

苏娜也许并不知道，承包旅馆是他为了改变现状所做的最后的努力了。他太累了。他尝试过要和苏娜谈谈，但她的表情让他却步。苏娜每天都和马待在一起，抚摸它们，和它们说话。只有在这个时候，她的脸上才会出现一点勉强可以称之为笑的表情。查干开始嫉妒那些和她头抵着头的马。她对它们有那么多话可以说，可是，面对他——一个活生生的人，她无视他，仿佛他根本就不存在。他连畜生都不如！查干忿忿地想着这些，到了再喂马时，总是带着一股恼怒的怨气。吉雅热情地走过来，用脑袋顶他，喷出一口气。查干一把推开了它。吉雅无法理解他这种毫无缘由的愤怒，于是，下一次查干再来的时候，它也是冷冷的，甚至冷不防地会冲上来咬他一口。

直到吉雅出现。那天苏娜的心情一如既往地差。她在房间走来走去，脚步声充满了焦虑。接着，她就将矛头转向他。她指责查干总是吊儿郎当，所以才会把许多事情搞砸。他知道她话里的意思——就是因为这样，孩子才会没有的。最后，他忍不住了。“你是不是想吵架？”他冲她大声吼道。话刚喊出来，他就后悔了。苏娜没有接下去，只是看了他一眼。那甚至连看一眼都算不上，感觉像是在菜市场买菜，眼睛一路往前看过去，不会在不需要的东西上作任何停留。

苏娜出门后，他一个人仰躺在弹簧床上望着屋顶发呆。大口大口的气直冲上他的喉咙，让他不得不大张着嘴喘气。她究竟为什么要这么做？流产，流产关他什么事？她摔倒不是他的错。他不在家，那也是因为苏娜让他出门去拿东西。他扛着一大堆一次性洗漱用品走进房间时，苏娜正躺在地上，被一摊浓稠的黑血液包围着。他吓傻了。直到旁人提醒，查干才记起来医院这回事。他冲到医院，但已经晚了。

他都没有责怪她无法保护好孩子，她有什么资格埋怨自己呢？他自认为自己做得已经足够了——他毫不犹豫地把所有的责任都揽到了自己身上，并千方百计地想要讨好她，但她并不领情。瞧瞧她看他的眼神。她根本没在看他，而是透过他将目光飘向更远的地方。

他站起来，又躺下去。这个空荡荡的地方让他感觉冷。直到现在，他仍然无法适应这里的空荡感。有很多次他都想要和苏娜认真地谈一谈，但是，当他看到她那张略带着青紫的脸，他退缩了。他想，苏娜看起来像一个鬼。她的脸已经从怀孕那时的红润变成了干枯的青紫色。她的魂已经不见了。

他想到这儿，重新从床上起来，走出蒙古包。太阳已经西斜，草场被阳光染成了一片柔和的金黄色。查干将目光向远处伸去。茫茫的草原，只有一根旗杆孤独地立在那儿。他没有发现苏娜的影子。要去找她吗？他叹了一口气，走到围栏前牵马。等他走出来时，他看到一个短发的女人向他走过来。她看起来比苏娜要小，看起来像个大学生。女人笑着向他打招呼，露出两颗略微有些大的门牙："打扰一下，请问苏娜家在哪儿？"

"她不在家，你是？"

"啊，我是看到网上的帖子然后找过来的，"她从包里掏出手机，将它递给查干，"喏，这儿，听说你们要找一个导游？"

查干想起来了，这件事前几天苏娜曾经提过。他将马的缰绳随意套在围栏的木桩上，问道："你是导游？"

女人点点头。

"那你先进来等一会儿吧，她应该快回来了。"

他想指引方向，准备迎她进门。他刚要撩起帘子时，身后传来了一阵哒哒的马蹄声。苏娜回来了。她拴好马，走到他和那个女人的面前。女人不慌不忙地做着自我介绍："你好，我是看到网上的帖子才来的，我叫吉雅。"

"请进。"苏娜说。

那天晚上，苏娜和吉雅谈得很愉快，她一直保持着愉快的笑容，看起来并不像是因为有客人而强作出来的。她的脸被橘色的灯光映照出一种微醺般的红润。这才是她原来的样子，查干在心里感叹着。吉雅发现他在看着她们，趁着说话的空当，她转过头来冲查干做了一个鬼脸，但很快又不好意思地笑了。查干也被她逗笑了。

从那以后，吉雅就经常出现在这里——大部分时间是为了工作。有时，她也会自己提着行李到这儿来住上几天。他们有的是客房，并不担心她没有地方住。吉雅总是和苏娜待在一起。她们一起骑马，打扫房间，也会走进查干的蒙古包里喝奶茶。咸香的奶味在蒙古包里浓浓地升起来，在每个人的身上缭绕。阳光顺着门帘在地上流淌着，像金色的牛奶。吉雅略微黝黑的皮肤在阳光的映照下，透着羊脂一般的滑腻感。查干看着她，不自觉地捻了捻手指。

她总是带着笑容的，一种原始的、本真的笑容。如果你只看她的脸，你会以为她还是个孩子。查干第一次看到她时就是这么想的。吉雅身上的精力也好像孩子一般，永远也用不完似的。她带着游客进入草原，和苏娜一起收拾房间，甚至还有精力在人手不足的时候和查干一起为客人唱祝酒歌。这时，苏娜就会给吉雅穿上那套她只穿过几次的礼服。接着，查干提着马头琴，和身后跟着提溜着裙子的吉雅一起走进客人吃饭的房间。他原以为她会紧张，但她一开口他就知道自己的担心是多余的。

她唱起来了，声音像鸟雀一样明亮。查干注意到，在唱歌时，吉雅大而亮的眼睛反射着灯光，显露出一种含情脉脉的光泽。有时候，她将目光转向他，害羞地在他的脸上轻轻啄了一下就跑开了。查干的心里涌上来一股暖洋洋的感觉。

一曲终了，一个女游客鼓着掌站起来："唱得真好，你们是情侣吧？"

吉雅笑着挽住查干的手，把他从椅子上拽了起来。整个房间都在鼓掌。灯光晃着查干的眼睛，再加上游客们的哄笑声、掌声，他莫名地兴奋起来了。他能感觉到自己在笑。有多久他没有这样笑过了？如果不是因为苏娜的话——他哆嗦了一下。苏娜也曾经是这样活泼的，想到这儿，他勉强维持着笑容向客人们行了礼，略带匆忙地走了出去。

吉雅很快跟着跑了出来，拽住查干的胳膊："你怎么了？"

他不知道。他想起了苏娜。流产之后她就变了，变成了行尸走肉。

吉雅松开了他的手："我……能为你做些什么吗？"

帮他劝劝她，让她重新好起来吧，这就是对他最大的帮助了。他看着吉雅，看见她的眼睛在黑暗中闪闪发亮。她咬着下嘴唇，好像在思考些什么，但最后她还是抬起头，愉快地答应了他。

事情不知道是什么时候开始的，查干没有发现任何预兆。

你怎么啦？

我，我爱上了一个人。

爱上人是一件好事啊。

可是，他已经结婚了呀！

那……那个男人呢，他怎么说？

我也想知道，所以我想跟他问个明白。

这一切都是他和吉雅在车上说的。那一天，仿佛是苏娜让他和吉雅一起出来买东西。他记得是吉雅开的车。一路上，查干几乎都在打盹，很快就在颠簸中睡着了。车子经过一个坎，剧烈地震颤了一下。查干被颠得醒了过来。他揉了揉眼睛，才发现车已经停了。这是一个几乎陌生的地方。黄沙随着风卷起来，一路向着前方飘去。没有人。远处，偶尔有一道孤烟垂直升起，但很快又消失不见了。查干将头转向吉雅。吉雅整个人正趴在方向盘上。他伸出手，将她扶起来，接着她就哭了，说出来的话让查干不知所措。

查干惊慌地和吉雅对视着，身体逐渐发热。他打开了车窗，却又因为风沙而不得不把窗子关上。车里诡异的气氛让他坐立不安。吉雅还在哭，但哭声已经渐渐小了，似乎平静了一些。他想，也许自己应该安慰她一下。他从车里的纸巾盒里抽出一张纸，递到吉雅面前。这时，她抬起了头。她的眼睛已经肿了。查干犹豫了一会儿，将手伸过去，把吉雅眼角的眼泪擦拭干净。

他就要把手收回来的时候，吉雅一把抓住了他。他从来不知道，一个女人的力量可以这么大。查干看着她，不再动了。他的眼睛开始模糊起来。他朦胧地看见，吉雅像一条蛇一样向他扑了过来，将他缠绕住了。这是一条温暖的蛇，和苏娜不同。查干闭上眼睛，将苏娜的影子拨开了。这一刻，他感觉野草丰沛地生长起来，紧紧地将他包裹住了。

后来他开始常常咀嚼这件事，仔细地追寻任何一点能显露的细节。仿佛真的有那么一些事。吉雅轻轻飘过来的眼神，她像流水一样的眼睛。在客人面前，她也毫不羞涩地向他们暗示她和查干才是一对儿。他这样想着，得意地笑起来。很快，他又从床上跳起来，左右打量着。他突然想起来苏娜早就已经搬出去了。查干松了一口气，倒在床上，哈哈大笑起来。多好啊。吉雅到这儿来的时候穿着总是简单轻便：无袖的上衣或者吊带背心，超短裤，毫不掩饰地露出四肢，仿佛只是为了显示她的年轻。她向他走过来，柔软得像一条蛇。蛇将查干层层缠住，他感觉快要窒息了。一股快感冲上了他的头顶。

苏娜会知道吗？她应该会看出来吧？查干的脑子里突然冒出这样的念头。不过，她看起来好像对一切都并不在意。他原以为如果她知道的话，脸上的表情至少会变一下呢。查干突然泄了气，沮丧地缩成了一团。

当你发现你的丈夫一反常态地小心，你就知道事情不对了。

苏娜倚靠在山丘上，向天空望去。星辰寥落。在以往，她总是能看到密密麻麻的，如同丝带一般相连的星斗。查干回到家时扣子扣错了，头发整齐得有些过分。他看见她，笑了，脸上的肌肉不自然地颤抖着。他没办法说谎。她和他结婚时就发现了这一点。她预感有什么事情已经发生了。趁查干不在的时候，苏娜打开了他的手机。他的习惯仍然没有变。由于记性不好，查干总是把记不住的东西写下来。以前用本子，现在改用手机了。苏娜数着那些记事本的日期及他说的谎话，不由得笑了。她想，男人总是原地打转。

那一段时间，吉雅总是无精打采的，也许是因为查干总是躲着她的关系。查干以牧马为借口，或者干脆待在朋友家里一整天。吉雅和他擦身而过，脸上流露出失望的神情。也许他自己并未察觉到这一点。她的脸憔悴多了，脸颊明显地削下去，露出两道深深的凹痕。她和苏娜记忆当中的那个姑娘不一样了。她印象中的吉雅露着两条光溜溜的手臂和小腿，快活地在房间里走来走去。接着，她们在床上躺下来。她在苏娜的嘴上猝不及防地留下了一个吻。

苏娜下意识地用手摸了摸自己的嘴唇。那个吻对于吉雅而言也许并没有特别的意义——这是她想了很久之后得出的结论。她是个活泼淘气的姑娘，也许她喜欢用这样的方式来表达亲密。但这对于苏娜，却完完全全地不同了。这个吻深深地印在她心上，让她每天都期盼着吉雅的到来。这种期待让苏娜觉得既害羞又甜蜜。当吉雅准时出现在她面前时，世界就重新进入正轨了。

她抬起头来看着吉雅。她一副若无其事的样子，一边折着床单，一边哼着曲子。苏娜能听出来，她的声音带着颤抖。即便如此，她还是努力地哼着，并且提高声音，好像这样她也能跟着快活起来。苏娜看着她单薄的身体，真想要走上前抱抱她。

上天真是爱作弄人。她曾祈祷让查干离开自己。这个令吉雅失魂落魄的男人令她感觉恶心。在失去孩子后的无数个夜晚，他一次又一次爬到她的床上，亲吻她，向她求欢。她任由他爬上来，任他摆布自己。他怎么能做出这样的事来？他们的孩子才失去没有多久！当她发现查干手机里的那些短信，她在心里暗自庆幸，这回，他终于可以离开她了。什么都没有发生。他是个胆小鬼。

苏娜站起身，向吉雅纤弱的身体伸出手。吉雅触电一般地转过身，很快又换上笑容："吓我一跳。"

"休息会儿吧，我们聊聊。"苏娜说。

吉雅把手中的床单放下，顺势坐在了床上。她看起来对聊天并不感兴趣。苏娜看得出来，她还在努力撑出笑脸。"你最近看起来心情不太好。"

"啊，没什么。"

苏娜注意观察着吉雅的脸。她垂着眼睛，双唇紧紧地抿着。就算只是坐在身边，她也能感觉到吉雅的肩膀在颤抖。也许将她揽入怀里会更好一些。可是她又担心，如果她碰到吉雅的肩膀，她一定会放声大哭。

"究竟发生了什么事？"

"没什么，都是些小事。"

她假装若无其事。苏娜看着她强忍伤心的样子，感觉难过。吉雅不愿意告诉她自己的心事。吉雅不再是那个与她身心一体的姐妹了，就好像那摊血，急于从她的身体里逃走。

“其实我知道是什么事。”

吉雅的肩膀颤抖了一下：“……什么事？”

“你和查干……”

苏娜还没有说完，吉雅就迫不及待地站了起来。她的眼睛闪烁着，逃避着苏娜的目光。泪水从吉雅的眼睛中迸流而出。苏娜惊慌起来。她无意让吉雅难过的。

“我不是想怎么样，我们那么亲密，我的就是你的……我们可以三个人在一起，好好生活……”她期待地看着吉雅。她会明白自己的。她们两人那么亲密，她愿意看到吉雅和查干能够幸福。听到这个，她会高兴起来吧，接下来她一定会给自己一个亲密的拥抱。

她注视着吉雅。她用力地喘着气，恶狠狠地甩开了苏娜的手。“装什么圣母，”她恶狠狠地说，“让开！”她一把推开苏娜，想要绕过她走出客房去。吉雅一个用力过猛，被床角绊倒了。她挣扎着重新站起来，踉跄着向门口走去。她的步子颤抖着，像是一朵随风飘荡的云朵。很快，她再次摔倒了。苏娜冲上前，想要将她抱起来。吉雅的身子紧紧地缩成一团，像一只干枯的虾米。

她全身都在颤抖，她在哭。鼻涕和着眼泪一同流下来，黏在苏娜的衣服上。苏娜紧紧地抱住吉雅，感觉到自己也在跟着颤抖。血从她的腿前流过，热辣辣的。血如同泄闸一样喷涌而出，将地板染红了。苏娜能感觉到吉雅的体温。她在降温。她潮湿的呼吸喷在苏娜的脸上，苏娜能感觉到，她越来越虚弱了。

她看起来多么痛苦啊。苏娜清楚地知道这种痛苦。肚子像绞肉一般地疼痛。生命跟随着血液不可抑制地往外流淌着，渐渐干枯，结束。那个未知性别的生命当初是不是也一样痛苦？她们曾经紧紧地相连着，肉、皮肤、血液。可是，它被生硬地剥离了出去，像是脱离了树根的枝叶，渐渐地变黄、枯萎，直到消失。

想到这儿，苏娜站了起来。她将被子从床上拖下，她将它盖在吉雅身上。她轻轻地用手拍着她，嘴里唱起从前母亲给她唱过的童谣。吉雅的眼睛蒙眬地眨着，像是要睡着了。苏娜将被子的边缘折起来，重复着那些妇女所教给她的——先将脚包上，然后再把被子从两边裹起来。她轻轻地摇晃着吉雅的身体，将留在她额头上的那块被角拉下来，静静地盖住了她的头。

眼睛现在已经完全适黑暗了。查干将灯灭掉——苏娜在对面已经燃起了一堆火。借着火光，他能清楚地看到苏娜的一举一动。她用一根木柴将火堆拢紧，再把最后一根柴火扔进火里。火星炸裂。空气里传来燃烧木柴才会有的香气。苏娜坐下来，身子倚靠着土丘坐着。她从身边拿起一包东西，将砖块一样大小的物体依次投入火中。是黄纸？她在祭奠谁？他疑惑地打量着她。纸灰混着沙粒飞过来，把查干呛得直想咳嗽。他强压着嗓子里的阵阵刺痒，很快就憋出了一泡眼泪。在眼泪的作用下，对面的一切更加清晰了。他看见苏娜拿起了仿牛皮袋，往火堆里倾倒。火一下蹿了进来，几乎将她整个人都遮住了。是酒。一股怪异的味道紧接着来了。味道……像是经血。

我好几个月没来那个了。

什么？

我怀孕了，想想办法！

他愣愣地看着吉雅。刚才他走神了，没听清她在说什么。现在，她的上下牙齿紧紧地咬合在一起，咬肌高高地凸出来，露出一副凶相。她从牙缝中重新挤出了这几个字，牙疼般地嘶嘶喘气。接着，她用力在查干的手背上拧了一把，恶狠狠地重复道，想想办法！

想办法？怀孕？别开玩笑了。有多少女人都喜欢用这个来威胁男人，她们以为男人都是软心肠的傻瓜。查干冷笑起来。不过，这如果是真的，苏娜会怎么想？查干抬起头，发现吉雅向苏娜走过去了。她脸上的凶恶表情一扫而光，仿佛刚才什么也没有发生。她在苏娜对面坐下来，笑吟吟地将杯子递到苏娜面前，由她给自己倒奶茶。也许是发现他在看她，苏娜放下壶子，瞥了他一眼。不带任何感情的一瞥。上天真会开玩笑，它让苏娜失去孩子，让她像对陌生人一般对待他——不，对着陌生人，她都会微笑——接着，它又让另一个人怀上他的孩子，并把她们安排在同一个房间里。这一刻，他倒真想看看苏娜知道这件事之后的表情。查干幸灾乐祸地想，她会怎么做？会哭吗？她不会的。她会将目光掠过他，仿佛什么都没有听到，什么也没有看到。

接下来的几天他都在发呆。吉雅急切地想要从他这里得到一个答案，他只好借口牧马，或者躲去朋友家里待着。他不想看到她乞求的神情。一旦感情变成乞求，总是让人不自觉地想要逃跑。

后来吉雅就没再来过。查干联系过她，她没有回复。他准备给她一笔钱，带她去做流产手术，他甚至想好了，等她流产过后，他一定要想办法让苏娜和吉雅解除合作关系。无论苏娜会说些什么，以后会怎么待他，他都决定要这么做。要知道，面对着死水总比面对着一颗随时都可能爆炸的炸弹要强得多。但他并没有来得及这么做。吉雅没有再来。她的手机一开始还是开着的，但很快就关机了。无论如何这是件好事。

我犯了罪，我做了不可饶恕的事。

苏娜开始说话。她说话的语气像是面对着老师的学生。她将头深深地埋在锁骨上，两手紧紧地捏在一起。查干小心翼翼地往前探了探身子，用力眨了眨眼睛。这一次他确认了，苏娜对面根本没有人，她只是在和这座山丘说话。

我只是不想她再一次经历我的痛苦了。我知道那种痛。生命从你的两腿之间不断流走，你根本没有办法抓住它。我知道她一定能懂的。这样，她就不会再痛了。

查干沮丧地听着。血，流产，死。他不关心这些。他在意的是，苏娜宁肯将这些隐秘的沉痛告诉给一块石头，也不肯告诉自己。他想象着可能有许多个夜晚，苏娜趁着他睡着以后，独自出门。或者骑马，或者步行，她一个人来到这座小山坡前坐下，像对着闺蜜一样说着悄悄话。她和吉雅也是这样亲密。

她和吉雅总是待在一起，亲密得像是同一个人。查干嫉妒她们之间的那种亲密。也许让吉雅怀孕是他故意的？查干的脑子里突然冒出这个想法。他要破坏她们之间的亲密，告诉她，只有他才是应该让苏娜依靠的人。

“……我怀孕了，想想办法！”吉雅恶狠狠地命令他。

查干突然想起了什么。他在脑子里迅速搜索着苏娜说过的话。他的心剧烈地跳动起来。难道是？

“查干。”苏娜站了起来。她居然笑了。

此刻，他手中电筒发出的光芒如冰冷的剑一样照在她的身上。电筒周围冒着一股薄薄的雾气，仿佛只是为了证明天气的寒冷。苏娜正对着这束光，没有办法看清查干的表情。刚才他叫了一声，从草丛里站了起来。但这一刻，他并没有走上前来，似乎也并没有走上前的意思。苏娜清楚地看到，电筒的光上下颤动着。她能够感觉到查干的喘气声中带着慌张与焦灼。他会怎么做？冲上来抓住她吗？她不知道。

此刻，查干能感觉到自己的手在颤抖。因着这颤抖，手电的光颤巍巍的，在苏娜身上映照出大小不一的光斑。在夜里，她的脸被这样的光一照，看起来更像是一个鬼。他向她的脚下看去。火哔叶地响着，时不时崩裂出一丛火星。火光将周围的草地照得分明。山丘附近，四处都是星星点点的白色斑痕。他注意到，在苏娜的脚下，有一层向外凸起的土块。那里光秃秃的，草还没来得及重新长出来。他想起来了，前几天苏娜一直在找生石灰。他原以为她只是要为马舍除臭。

风将不远处的旗杆吹得呼呼作响。在黑暗中，风传递着两个人的呼吸。他们隔着草丛站着，却又能清楚地听到对方的呼吸。查干透过黑暗注视着苏娜，苏娜也注视着他。时间静静地流淌着。他们都在等待，等待着对方首先行动。

拯救乳房

拿体检报告那天，天气热得能把人榨出水。下班以后，阿梅迫不及待地换上了吊带背心超短裙，但还是闷出一身汗。最后她只好打出租车去拿阿妈的体检报告。相比之下，阿妈从家里去医院要比阿梅从公司去医院方便得多，她出门只需坐两站公交就可以直接到医院。但是，也不知道她究竟哪根筋搭错了，偏偏让阿梅绕大半个城市去取自己的体检报告。如果阿妈看见自己穿成现在这样，一定又是一张扑克脸，她总喜欢说阿梅在外面待了几年，不晓得是跟谁学的，一件衣服这里也露那里也露，一副要勾男人的样子，不检点。阿梅每次听见这个就会和她吵，是又怎么样，现在人人都这样穿，谁还像你一样，里外包得像个荷叶粽。阿妈听见阿梅这么讲，撇撇嘴，低下头去收拾东西，但嘴里仍念个不停。

即使穿成这样，阿梅还是觉得热。都傍晚了欸，怎么阳光跟正午时候一样强。阿梅坐在车里往外看，觉得路上的行人都在往外蒸腾出一股热气。阿梅看着他们，觉得自己好像也被扔到了那片白光底下暴晒，汗全都聚在额角黏住发根。她急忙翻包找纸巾，然后不停对司机说把空调开大点。司机不满地从观后镜里递过来一个眼色讲，小姐你看看清楚呀，这都是最低温度了好不好。

这才是五月，太阳就热得像个火炉一样，不知道到了七八月会怎么样，温度肯定要比现在还要高。现在阿梅明白了，电视里整天都有环保主义者在讲臭氧层破坏气温升高，看来是真的。

出租车卡在下班的高峰期里，一下走一下停，司机干脆熄了火等在那里。他没头没脑地说了句估计还要堵很久喔，听下歌怎样。说完他也不管阿梅回答就直接开了音响。车里的音响超烂，像年久失修的水管，咔咔咔的，邓丽君甜甜的“你问我爱你有多深”在这里听起来都像鬼叫。阿梅听得心烦，又不好讲，只好伸长了脖子去看前面马路，靠，又是红灯。阿梅都不记得自己数了多少个红灯了。车子一被红灯卡住她就在心里骂阿妈。两站路的事，她要是自己来这个时候早就可以回家了，何必搞这么麻烦。窗外的喇叭哔哔哔地响个不停，阿梅的脑子里也跟着哔哔哔的，像是有人在她的脑袋里面敲键盘。她心下焦虑起来，下意识地捏起手指，把自己的每个关节按得啪啪响。司机一听到这个声音，回过头来看了阿梅一眼说，小姐，很厉害唷。

阿梅也记不清自己是什么时候形成这个习惯的。好像是她翘家那年，一个街头的阿飞教她的。当时她觉得这声音很酷——香港电影里不是都这么拍吗？黑社会老大在威胁人家的时候就会把指节按得啪啪响，虽然他的脸都被阴影遮住，但你还是能感觉到他向你走过来，接着，镜头里就开始响起一阵惊声尖叫。阿梅就想要这种效果。一个人在外面，如果不装得狠一点，总是会吃亏。不过很快，她最初的意图就被彻底改变了。

阿梅常常一个人坐在黑暗的屋子里，房间里很安静，加上隔音不好，她总能听到隔壁房间里夫妇的情话、争吵，甚至管教小孩的声音。这个时候她就会想起阿妈，在家的时候有火至少还可以向她发，但是现在阿梅变成孤身一人，没有人可以听她讲，只有把手指按下去，听见它们用响声回应自己，这样才不会那么寂寞。

终于，堵车的长龙开始移动，阿梅坐的车也就很快拐进了医院。等阿梅一推开车门，一股热浪立刻迎面扑过来，她禁不住这股来势，马上被捂出一头汗。阿梅脸上的粉底被浸湿了，汗水一蜇，又痒又疼。她摸摸口袋，纸巾已经没了。阿梅往四周看看，发现医院门口有人在派传单，于是赶紧跑过去抢了几张。平时她最讨厌被派传单，因为觉得不想要的东西又硬要塞给你，逻辑和强盗一样。但现在她顾不得这么多了，天气这么热，传单至少还可以用来扇凉。阿梅拿到传单后，立刻把它们对折来扇凉，没想到扇出来的风也是热的。热乎乎的风让她身上的小吊带更加贴身了。阿梅恨恨地扯了扯肩带。内衣的隐形塑胶肩带也被汗润湿了，紧紧地贴在她的皮肤上，一拉就发出带水的啪啪声。有人从阿梅的身边走过，听见这声，便用怪异的眼光看她。特别是有个肥婆，年纪和阿妈差不多大，她看了一眼阿梅，撇撇嘴，眼神中充满了嫌弃，阿梅啐了一口，心里想，看什么看，你想要还没有咧。

体检报告要在体检中心取，阿梅在门诊大楼里转了半天才知道体检中心和急诊中心在一起，于是又踩着高跟鞋噔噔地跑回急诊中心大楼。急诊中心里挤满人，小孩子的哭闹声，护士推车的滚轴声，各色人种叫喊疼痛的声音混杂在一起，简直烩成一锅乱粥。急诊大厅里开足了冷气，可阿梅还是觉得热，甚至热得有些发晕。阿梅绕着急诊中心找了一圈都没有找到体检中心的标志，一个医院设计得像个迷宫一样是要死啃。各种声音还在不停地冲进她的脑子里来，阿梅觉得更热了。汗不停地顺着她的额角往下掉，都是那个老太婆，好死不好让我来拿体检报告，自己却在家里面躲清闲！阿梅怒气冲冲地跺着脚跑到咨询台，体检中心，就在那个验血站的旁边嘛。护士小姐指了一个方向给阿梅。阿梅这才发现原来她绕了几圈都把这个地方错过了。

她赶紧拿着单子冲过去领体检报告。叫什么，王美娟？你等一下我找一下。来，王美娟来。很快就有一只手把体检报告从窗口递出来交到阿梅的手上。阿梅看不到交递人的相貌，只能看到她的手。那女人戴着一只医用橡皮手套，因为手比较瘦小，所以手套看起来空荡荡的。阿梅看着这双手，总觉得有点不祥。这怎么看都像是一双老人的手，好像临死之前奄奄一息。阿梅把体检报告拿在手上，有些不安起来。她看着阿妈的体检报告，发现“王美娟”几个字写得很难看。阿梅忍不住，干脆直接把体检报告拆开了。

体检报告一共几个部分，阿妈血压有点高，这算正常，人年纪大了通常血压都会高，还有血脂、胆固醇，这些结果像是多米诺骨牌，一个结果异常其他的也逃不掉。不过这都很好解决，少吃点猪肉多去运动下就没事了。吓死了，还以为会怎样。阿梅松了一口气，可是接下来的一项结果就刺到阿梅的眼睛。

这是乳房的检查，她看得不太明白，阿梅看着上面的意思，好像是说阿妈的乳房里面有肿块。

有肿块是什么个意思？是不是乳癌啦？阿梅一想到这个吓得差点没坐到地上。她赶紧又把报告递回到窗口里，问，不好意思我问一下，这个乳房肿块什么意思？什么叫什么意思？就是检查出来里面有肿块啦！要进一步检查，看是恶性还是良性啦！欸我就是问一下你这是什么态度嘛！我又不是医生，你要具体问你该去问医生啊！很快，写着阿妈名字“王美娟”的报告从体检中心的窗口冷冷地被扔了出来，孤零零地放在上面。这一次阿梅没有看到那双手。

急诊中心的空调也许越开越大了，阿梅不再觉得热，甚至觉得有点凉。她觉得自己穿的衣服确实少了点，阿妈看到现在的自己一定是讲活该。急诊中心里还是像菜市场一样，人来来往往，门口时不时经过一辆救护车，呜咦呜咦地叫一阵，很快又开走。回去要怎么跟阿妈讲，讲阿妈你可能得了乳癌，所以你要跟我去医院检查？她怕话还没有跟阿妈讲完，阿妈的魂就吓得去了一半。都是她啦，不然的话阿梅多少还能有点心理准备。阿梅脑子里嗡嗡响，脚步也乱了。快走到门口的时候，她撞到一个擦着浓烈香水的女人。医院里空调冷冷的，把这股味道带着寒气卷进阿梅的鼻子里。

前调是橙花香，中调是玫瑰香，后调是檀木香，再混合着又腥又凉的消毒水，形成一股怪异的味道，这气味阿梅终生难忘。

美娟在沙发上坐着，感觉自己热得快晕了。这时她才站起来，走到厕所里简单地冲了个凉。出来之后她打开了风扇，觉得爽快多了。家里有冷气机，她就是不开，不像阿梅那女仔，下了班把鞋往门口一甩，第一件事情就是开冷气。不当家都不知柴米贵，美娟看着从冷气机里跑出来的冷气都感觉肉痛，不知道那些冷气一跑出来，要跟着跑掉多少钞票。但是美娟不敢当着阿梅面这样讲，阿梅会讲她只会算计钱。美娟不想算计也不行，她脑海成天里只有一群数字在跑，西兰花要六块一棵，鸡蛋也快有六块一斤，想吃点海鲜，价钱就像打了催生素一样，噌噌地往上蹿。现在又讲吃有机蔬菜好，美娟也想买点给阿梅，但是看看价钱又却步了。看起来一模一样的蔬菜，不过打上了"有机"二字，马上就升值了。美娟真想自己也是有机的，这样的话她六十岁，还能去给人家当保姆带小孩赚钱。可是现在保姆也要高水平，不仅要会家务还要会英文，像美娟这样讲普通话都还有口音，谁会去请她。

所以美娟除了会做家务之外几乎是废人一个。她退休之后就很少和以前的朋友联系，连妹妹美秀也一样。她觉得也没有什么好联系，除了出来喝茶和逛街之外，再没有别的事好做。时间长了，就让人觉得厌倦。再说女友们现在都有孙仔，出来的时候拉拉扯扯，坐下不到半点钟就被媳妇叫回去，跟保姆没两样。美娟的生活于是渐渐安静下来，她很少出门，现在到处都是宅男宅女，美娟觉得自己就是一个老宅女。

本以为生活一直会清静下去，没想到阿梅一回来，她的生活全都乱了套。阿梅之前一个人翘家跑出去混了几年，回来的时候头烫成一个爆炸的蘑菇，美娟越看她越像发廊妹，心想生了她就要教，就叫阿梅把头发弄回来。谁晓得阿梅当自己在唱独角戏，听美娟讲完了，只甩下一句话，你凭什么管我，不要以为你生了我就有权管我一辈子。美娟被阿梅的话噎回来，后来干脆不屑说她，但是心里闷闷地憋了一口气。阿梅明白得很，知道美娟心有不满却又不嘴上说，于是每每都挑衅她，似乎不把美娟的话逼出来她就不会罢休。想到这里，美娟就觉得自己命不好。当初老公一看美娟生下来的是个女，刚好有了借口和情妇跑了。美娟只好一个人带阿梅。阿梅生下来又没奶吃，不是因为美娟没有奶，是因为美娟乳头小，住院医生帮她用吸奶器挤了三天，乳头都吸破了，美娟痛得直哭。医生就开始骂，哭什么哭，再哭更没有奶了。美娟于是又不敢哭了。奶水好不容易吸出来，可是阿梅天生又是一个塌鼻头，用尽了力气也喝不到美娟的奶。阿梅就一直哇哇哭，早晨哭，晚上哭，不分时候都在哭。到了后来变成只要听见有小孩哭，美娟就觉得那个是阿梅。阿梅一哭，美娟的乳就开始胀痛，奶水很自然地涌出来，浸湿美娟的衣服。她听不得阿梅哭，最终决定给阿梅喝牛奶。医生说，你想清楚唷，母乳喂养比较好。

美娟说，我就是不想让她再受苦。

谁晓得她出去个几年变成这样，不仅脾气越来越差，而且花钱似流水。现在阿梅在百货公司里卖香水，工资不算少，但也不能这样挥霍。前段时间流行彩虹色，结果阿梅买内衣就买全了七个颜色，说要穿着彩虹去上班，这样才够性感。结果买回来，又嫌颜色太亮会透出来，把买来的内衣全都丢在了一边。

美娟觉得可惜，想捡来穿，但是罩杯又不合适，只得任由它们晾在衣柜里。美娟想想，觉得阿梅在外面几年除了花钱之外好像什么也没学会。阿梅回来的时候，美娟打开门看见她，愣了一愣，两母女点个头算是打过了招呼。只要回来了就好。两个人像有默契一样，对过去只字不提。

一想到这些美娟的乳就开始痛。可能是心痛吧，心和左乳靠在一起位置太近，所以到尾美娟也搞不清楚究竟是哪里痛。她常常都觉得乳痛。不过病痛这种事，忍忍就过去了。花钱买那么多药来吃，到最后不是一样要吃死。医院就是一个无底洞，人进去注定都是要死。街口卖鱼蛋的阿萍那么健康，有个什么伤痛就去看跌打，其他的就到中医店去拿几服药，几十年来不也这么过了。结果后来去医院就检查出有肝癌。阿萍自己讲没事，吃几服中药就好，但她的子女就千方百计把她拖去医院，管子和仪器在她身上插了一大堆，结果没多久阿萍就过世了。阿萍住院的时候美娟去看她，病房里的冷气呼呼地在美娟身上，把她的汗毛全都吹得竖起来。阿萍躺在床上，脸色蜡黄，看见美娟来了应该是很高兴，但她说不出话，只是向美娟伸出一只手。美娟本想把她的手接过来，可是一想阿萍得的是肝病，又把手抽了回去。阿萍的女很聪明，马上把阿萍的手放回到被子里面，讲，阿妈我知道你看见美娟姨心里欢喜，但是你不要这么累，你听美娟姨跟你讲。美娟看着阿萍的脸，乳又开始痛，她想着阿萍原来那么靓女，如果不说她是鱼蛋妹都不会有人信，可现在她的身体皱巴巴的，好像一颗被泡烂的鱼蛋。美娟看着阿萍，听着她身边的那些机器滴滴答答有规律地在响，顿时觉得很悲凉。她鼻子一酸，也来不及讲阿萍我再来看你，就直接捂着脸夺门而出。

美娟还没来得及去看阿萍第二次，阿萍就被孤零零地推进了停尸房。美娟觉得，阿萍就是被那么多管子和仪器给害死的，如果阿萍还是在街市口看跌打、看中医，肯定还会多活很多年。有了这个经验，无论如何她死也不肯去医院。一听要去医院美娟就胸痛，阿梅看她这样就讲她神经病。要不是阿梅这一次死拉硬拽把她弄去医院做体检，她才不要去。搞什么体检，就是白花钱。美娟觉得，花上千块钱在医院里转一圈，还不如她平时买膏药喝凉茶。上千块，可以买多少膏药和凉茶。美娟想起来又觉得乳痛了。她觉得应该和阿梅谈一谈，谈谈应该怎么过日子，谈谈如何为将来打算。不过阿梅向来对这些不感兴趣，之前美娟也提过，阿梅一听到这个就要和她吵，说你就是因为这样才一辈子穷到死，人要知晓怎么花钱才晓得赚啊。美娟觉得阿梅的话似乎也有道理，于是话又噎在喉咙口，最终还是没讲出来。

刚想到这里，阿梅就顶着一脸热气从外面进来。她看美娟没开冷气，张嘴就喊，讲过多少次，阿妈我们又不缺钱，你开一下冷气是不是会死……阿梅说到这里，像是突然想起什么一样，自己抽了自己一嘴巴，然后扯起包包的肩带直往房间里冲。美娟愣了神，直到看见阿梅进了房间才想起来问，阿梅呀，晚上吃什么呀。

吃个鬼，不吃了！房间里闷闷地吼出来一句。

不知道又发什么神经。美娟冲着阿梅紧闭的房间撇撇嘴，站起身来去厨房找围裙，准备煮晚饭。

阿梅一回房间里马上就开了冷气，刚吹了两分钟又觉得胸口泛上来一阵麻。她打了个寒战，赶快把冷气关掉。阿梅的脑海里一直晃着乳房肿块四个字，于是就开计算机连上网络去查有关的信息。网络上信息繁杂，大多是有人在提问有了乳房肿块要怎样办，还有普及究竟乳房肿块是什么。阿梅看着这些专业术语，觉得什么也没有看明白。她依次打开了许多链接，觉得上面讲的和体检中心那女人讲的没有什么两样：肿块有恶性也有良性，要确认的话还是要去医院。

阿梅想到还要带阿妈去医院就觉得头痛。之前说去体检，好像要了她的命。阿妈体检回来就开始念，花上千块去被医生这里捏一下那里照一下，还要去抽血，我自己还要去吃补品补回来，还不如把钱给我去看中医。阿梅听了就有气，又懒得和她吵，吵来吵去都是那些内容，她自己都烦，于是干脆把电视音量调到最大挡把阿妈的声音遮住，她讲她的，阿梅就只听着电视轰隆隆地响，有种很爽的报复感。

不过阿梅想不明白阿妈怎么会长肿块。网络上讲一般生气郁闷的人才会长肿块，癌不是也这样吗，阿妈自己认识的那些中医也是这样讲，郁结不舒身体里面才长那些奇怪的东西，不然的话为什么整天叫你要开心。阿妈的脾气慢得要死，哪里会郁闷。真要长肿块，也是阿梅这种脾气的人长才比较合理。

阿妈开始在外面叫吃饭，阿梅不想继续考虑这件事，于是关掉了计算机。她慢腾腾地挪着步子到桌前坐下来。天气开始有些闷，不知是因为没有开冷气还是快要下雨，阿梅往窗外望了一眼，似乎也真的看到一团乌云逐渐聚拢过来。阿梅又开始觉得热了。这幢屋结构不好，是西晒，一到晚上西边就积聚大量的热，把整个房间熏得像个烤炉。阿梅的吊带背心上后脊湿了一大块，黏嗒嗒的，像一件没有晾干的衣服直接贴在自己身上，让阿梅恨不得一把将衣服扯掉。这时候阿梅总会羡慕男人，热的话可以直接赤膊，女人因为有乳，总不能直接把这两乳也露给人家看。

阿妈坐在对面不紧不慢地吃饭，时不时地冒出来一句，今天的鱼做得不错，你多吃点。除了叫阿梅吃饭，阿妈也不说话，闷声不响就像个葫芦。一个人坐在那里一整天，也可以不发声，阿梅心下不客气地想如果她是阿爸当初也要在外面找女人，每天面对着这么一个死气沉沉的女人，就算阿妈长得再靓女，阿爸原来有再多爱，到最后也会全部被磨平。阿梅被这安静逼得坐不住，于是起身走到客厅里去开电视。不管电视里放的是什么，有点声音至少不会觉得这个家死气沉沉的。谁晓得一开电视又是丰胸内衣广告。广告里有三个年龄不同又愁眉苦脸的女人，都说自己很苦恼，因为自己的乳不够大。因为乳不够大，她们要不然找不到真爱，要不然就是老板不重视，把女人的乳说得很重要。就是啊，这个社会哪有那么多真正的女强人，女人有乳的话还可以多一个本钱。阿梅自己就有一副大胸，卖香水的时候她都晓得多把西装领往下拉一点，这样男顾客也会更多一点。

等坐回到饭桌前阿梅又想起检查报告的事，她想干脆直接和阿妈讲了，反正也是迟早的事："阿妈，你什么时候得空跟我去医院一趟，医生叫你去检查。"

阿妈没有抬头，一边低着头夹菜一边闷声说："我讲过的，你有那个钱不如给我去看中医。"

阿梅看见阿妈这个样子火一下蹿上头顶，整个脑袋嗡隆一下变得火热，好像被放在炭火上面烤。这个老太婆，就是固执到死，虽然每天看上去都很平静，但不知为何，这状态让人看了就有气，能一下子把人点燃，恨不得让人直接冲上去就和她吵。

"没得商量！你去也得去不去也得去！"阿梅直接把筷子拍到了桌子上。

阿妈翻了翻眼皮，低下头继续吃饭。阿梅看见她这样更恼火。汗水顺着她两鬓黏腻地流下来，像蜗牛带着黏液从她两鬓爬过去了，弄得她很焦躁。西晒的太阳往饭厅更靠近了些，让她觉得更热了。空调一直没有开，在饭厅里坐久了，阿梅觉得自己全身上下都是一股馊味。这味道一阵一阵地钻进阿梅鼻子里，让她感觉自己就好像一个巨大的垃圾箱。都是阿妈啦，天气热，又不开冷气，省钱省钱，到尾省下几个钱？

阿梅两腿一推椅子站起来，椅子蹭着地板哗啦一声响。她推开碗直接走出饭厅，末了又转回头来对阿妈讲："我再讲多一次，没得商量。"阳光大咧咧地照着，丝毫没有减退的意思。阿梅恶狠狠地瞪了一眼窗外的太阳，结果很快又被回敬了回来，白刺刺的阳光刺痛了阿梅的眼睛，在她的瞳孔里面留下一连串混乱的色彩。

美娟看着来来往往的人群，再看看身边拉长着一张脸的阿梅，不敢多说话。她真的不喜欢医院，尤其是阿萍死在医院里之后，美娟对医院就更没好感。医院有什么好，医生大笔一挥开的全是化验单，不是验血就是验尿，超声波 CT 核磁共振，没有病也会查出一点来。再说了，来一趟医院要是没有个上千块，哪里出得去。阿梅就是吃饱撑的才会来医院，可这些话美娟不敢对阿梅讲，一讲阿梅就要和她吵。

美娟手里捏着排队号，25 号，估计还要一段时间才能排到她。医院里的消毒水味很重，直冲美娟的鼻子。这种味道让美娟觉得不吉利，让人联想到停尸房，阴气重得很。科室里坐了好多人，各个年纪的人都有。这么大年纪了还要来看乳，让她觉得有点羞。可阿梅就说她这里有问题，医生叫她来检查。美娟想乳能有什么问题，除了平时有点痛，而且究竟是乳痛是心痛都还没有弄清楚，阿梅就把自己弄到这里来，搞得她坐下来的时候觉得人人都在盯住自己看，有人在私语也有人似在窃笑，美娟觉得她们是在冲自己，顿时脸热到脖子根。阿梅似乎什么也没感觉到，找个位置叫美娟坐下，接着自顾自就站起来去看排队排到哪。

阿梅推开医生的房门去看，却被医院的实习生推出来，欸你这个人怎么就这样闯进来，会不会排队啦。阿梅就很不满地指着门板开始吼，看一下怎么啦，谁叫你们这么慢。她的声音又尖又厉，喊一声弄得整个科室的人都把目光调转过来看她，美娟觉得好难堪，只好把身子缩成一团，紧紧靠在自己的位置上。阿梅喊完了扭着屁股走过来，讲话还是一股火药味，靠，我都看见那个护士带人插了不知道多少个队，这样等都不知道等到几时，看一下还不许，真是没天理！她把包包往旁边的空位上一甩，拿着美娟的病历本顺手就开始扇凉。医院里的冷气开得很足，况且阿梅像往常一样穿着吊带小短裤，这样穿能有多热。可是她偏要扇得哗哗响，好像全世界只有她最热。美娟看见她这样，觉得乳又开始痛，真想坐得离她远点。

阿梅一定是肝火旺，不然不会成天地发火。美娟觉得阿梅应该跟自己去看中医，开几服中药来吃吃，把火泄掉，年轻女仔有这么大火气，以后肝肯定会坏掉。阿梅小时候性格不是这样，她小时很乖很听话，听话得甚至让美娟担心，怕她到了学校以后被同学欺负。后来果真是这样。阿梅被打了也不敢告诉老师，只是带着一脸花回到家。美娟逼问了很久，阿梅才断断续续地说出真相。美娟气不过，叉着腰找到对方家里去，阿梅却拉着她的衣角怯生生地躲在后面，仿佛做错事情的不是别人而是她。到了现在情况就完全调转过来，仿佛阿梅是妈她是女，美娟什么都要听她的，否则的话就会被骂。美娟不敢和她吵，她怕阿梅又翘家跑掉。老公跟着情人跑，女儿跟着阿飞跑，好朋友阿萍也被医院搞得没了命，丢下她一个人归西。美娟不知道自己是不是因为上辈子造孽，所以要用现世来还，于是一生都在经历被抛弃。为了不让阿梅再次翘家，美娟事事都让着这女仔，反正她已经年老，在这个世界上活不了多少时日了。吵来干什么呢，忍忍就会过去。没想到，她越安静，阿梅的脾气就越暴躁，像颗炸药一样一点就爆。

刚才房门打开的时候，美娟瞥见里面坐着的医生是个男人，她咽了一口口水，心突突地跳起来，乳又开始痛。怎么是个男人？不过之前谁跟她讲过，有名的医生好像都是男的，妇科都有男医生别说是看这个。她想到等下要把自己的乳拿出来给那个男医生左右仔细打量就觉得原先本来就痛的地方更加胀痛起来。这回是连着心一起扭打在一起，好像谁把她的心脏当作抹布一样在不停扭，仿佛要把里面的水全部扭干。美娟想先忍一下，可能忍一下就过去了。在家的话贴几贴膏药也许就好了，可现在是在医院，什么都没有，所以美娟才不想来医院，一来医院就倒霉。她捂着左乳俯下身来，用全身的肉挤压住痛处，想着这样可能会舒服点。谁晓得，剧痛反而加剧了。它像波浪一样一波接一波地撞击在她的左乳上，让美娟喘不过气，恨不得干脆直接切掉它。走廊里的灯正照在她的头顶上，不知怎的，衍生出无数个炫目的光圈，让她觉得头昏眼花。美娟觉得，脑子里的神经好像一下子被抽走了，于是身体再也不受控制，整个人直挺着倒了下去。她看见很多人冲自己围了过来，她想坐起来，但一点力也用不上。她听见阿梅尖利的声音在走廊里响了起来，欸欸欸有没有人啊！护士！护士在不在！有人晕倒了没看见呀……阿梅踩着她的坡跟凉鞋噔噔地跑走了，阿梅不要走呀，不要丢下阿妈。美娟的嘴张了张，声音卡在嗓子里一点也发不出来。阿梅的身影越来越远了，她的声音也越来越远，最后也还是一样，她也是要丢下自己。美娟这么想着，乳一阵剧痛，意识全部模糊掉。

阿梅再次看到美娟是几天以后。美娟的病床靠窗，一到下午，阳光就晒到她的床上，即使把窗帘全部拉下来，冷气调到很低，房间里还是一样让人感觉热。阿梅跟护士站的护士吵过要换床位，结果她们每次都趾高气昂，态度高傲得让阿梅恨不得直接冲进护士站里面扇她们几耳光。换床位？你没看见现在走廊上全部都住有人，你要是能找到床我马上就给你换。阿梅被那些年轻的小护士用话堵回来，大脑里有一股热流蹿顶，感觉就像火山喷发。阿梅最后还是忍了，想万一和她们吵了，她们趁她不在的时候对阿妈不好，扎针的时候多让阿妈受点罪，鬼才晓得是失误还是故意。

阿妈被查出来是乳癌。她倒下的时候一群护士急急忙忙把她推走，阿梅看见她躺在急救床上，双乳挺着，不晓得为什么，觉得很扎眼。没过几天检查结果出来医生就说要切乳。阿妈自己听了好像没什么反应，仿佛那两只乳不是她身体的一部分，而是两团多余的肉。反倒是阿梅在一边急到跳脚，什么要切乳？你们不要以为我什么都不懂？我也有在网络上查！不是有保守治疗吗？为什么一定要切？医生看起来很不自然，可能是顾及美娟，小姐呀，你能不能小声点，这里还有其他病人在的。

自从知道阿妈要切乳，阿梅每天都在网络上查关于切乳的消息。网络上都说解决乳癌最直接的方法就是切乳，但是她问过一起卖香水的菲菲，菲菲一听就尖叫起来，神经啦不要切！你没听说过切完乳的都活不长吗？阿梅看着菲菲一脸认真的样子，心里咚咚咚地敲起鼓来。

下班的时候阿梅又去阿妈那里，提了一大堆水果。阿妈坐在那里，穿着医院里发的病号服，她小小的身体被宽大的病号服衬得更加小，唯有两只乳仍然耸着。她快六十岁了，但是乳一直都没有下垂的迹象。换作是别的女人，到了阿妈这个年纪，乳早就像成熟的木瓜一样垂下来，这样才是生理自然。不过一想到过段时间这两只乳就要被切掉，阿梅心里就倒抽一口凉气。这两团肉是作为女人的标识，如果切掉了，还算什么女人。

阿妈晓得自己得了乳癌，不惊不诧，和往常一样面无表情。阿梅想她是不是不正常啊，这是癌耶，癌不是绝症吗，正常人听到无论如何都会先哭一场再说吧。阿梅自己都想哭，可是她哭不出，只能和医生吵，把害怕都吵出来。她喊得越大声，心里面就觉得越安全。可是阿妈每日好似一尊佛一样坐住，看见阿梅来了就点个头，说你来了，又继续看电视。阿梅看着她这副样子觉得着急，是要切乳欸，她怎么都无所谓啊。阿梅真想把她的脑子切开来看看，看她到底在想些什么。

病房里斜照的阳光依然和平时一样打在阿妈的床上，把她脚头的那块被褥烤得热烘烘的。护工刚拖完地不久，太阳光把病房里的消毒水也一并蒸得很热，搞得味道很诡异。阿梅进来之后觉得自己流出的汗也是一股消毒水味。阿妈坐在那里却好似一点也不觉得热，窗帘就在她手边上，她顺手一拉就可以遮住阳光，但她就任凭太阳这么照着，好像什么也没有感觉到。阿梅看着阿妈这种闷闷的状态，真想让几巴掌扇醒她。人家都说好死不如赖活，她是不是失去活的希望了？

阿梅快步走到阳台边把窗帘全部拉下来，又打开冷气。她走近阿妈，闻到她头上有一股头发被烤焦的味道，估计是阳光照得太久。阿梅拿了一根香蕉递给她，阿妈接过来，剥开吃了。

旁边病床的女人看见这些，就开始挑话说，阿姐你真是好福气，你看你个女天天来看你，好孝顺，哪像我家女，一个星期都看不见几回。阿妈一边吃香蕉，冲人家点个头，嘴角微微向上扬了扬。这算是笑吗，阿梅不知道。

结果这句话讲完之后病房里又安静下来，邻床的女人就跑出去和别人聊天，在外面嘻嘻哈哈有说有笑，声音一直传到病房里面来。阿妈跟人家一起住，怎么都不会被人家感染到一点，还是整天闷闷的。阿梅坐在床边，跷着一只腿，脚吊着凉鞋甩啊甩。她感觉到阿妈斜视过来的目光，她知道阿妈不喜欢这种打扮，不喜欢你就讲咯，她就是不讲，把所有话都憋在心里还甩一张扑克脸。她越这样，阿梅就越想挑衅她，看她究竟能忍到什么时候。人家讲，兔子急了还会咬人，阿妈为什么就不急。她像是一个无底的收纳箱，把阿梅这些挑衅全部都收进去，自己安安静静地做事，搞得阿梅的气焰在瞬间都瘪掉。这感觉很不爽。

阿梅又坐了一会儿，觉得两个人不讲话实在是尴尬，于是拿了遥控器去开电视。她把声音开得很大，好像这样就能把气氛缓和点。电视台里放的电视剧主题都差不多，不是婆媳大战就是小三上位，要不然主角得了绝症哭得一塌糊涂。阿梅看见这个赶紧转台，转到那种健康频道看中医讲养生，她估计阿妈会喜欢。平时她拒绝来医院的理由不就是这个吗，“还不如给钱我去看中医。”于是她没话找话地就在那里讲，欸阿妈你晓得不晓得你血压也高欸，这里不是讲用苏打水加盐泡脚可以缓解高血压？不然哪天也给你试试看。怪哦都不晓得你为什么会高血压，人家讲那种生气多的人才会血压高，你整天闷闷的都不讲话。对了，不然叫美秀姨来陪你好不好，她反正都没事做。你有没有她的电话啦。

听见阿梅这样讲，阿妈总算有点表情，她坐起来，去床头的柜子翻笔和纸。阿梅觉得也许她是希望见美秀的，她们平时里虽然并不联系，但毕竟是要切乳，好歹也是一件大事。有个姊妹在也可以多点安慰。阿梅于是趁热打铁说，对嘛你有电话没，我去叫她来嘛。等阿妈写好了电话递给她，阿梅看了看就把字条收在包里，那我回去打给她，反正你跟我也没话讲。你好好休息哦，我明天再来。阿梅站起来，拎起了包包就准备走，阿妈坐在床上也不起来，只说一句，你走哦，声音淡淡的，听得阿梅有点丧气。她想阿妈是不是根本不在意她？算了，她都要切乳了，自己干吗还去和她计较这种小事。

阿梅走出了病房才发现，原来刚才把电视音量开得超大的，在外面都能听得见。这声音在走廊里晃着，加上护士推着滚轴小车嗞嗞在地板上擦出的回响，两股声音混在一起，在回廊上来回飘荡，让阿梅觉得有点心慌。她下意识地擦了一把自己的额角，没有汗。

美娟看得出，美秀来之前一定哭过了。她的眼睛有点肿，鼻子也红了。虽然美秀进来的时候冲她笑了，但美娟巴不得她不要笑，笑容比哭还难看，搞得她看了心里堵。

美娟觉得阿梅有点小题大做，开始是搞体检，检查出来个乳癌，接下来医生就说要切乳。美娟看着阿梅一直跟医生吵，切乳？切什么乳？切乳会死人的你们晓得吗？她看着阿梅急得跳脚就有点幸灾乐祸，早就说了嘛，给点钱让我去看中医不是老早就好了，何必到现在还要把乳都切掉。不过她这些话又不敢和阿梅说，她要是一说阿梅肯定就要骂她，你就是这样什么都不在意，结果才会搞了一身病！要不是看着阿梅那个火山脾气，她才不要住院，这里又臭又不吉利，每天不晓得死多少人，出了医院她一定先要买一大盆柚子叶煮水来洗晦气，进门前也要跨火盆才算完。

这一次阿梅把美秀叫来，不知道她心里是怎么想的。可能只是想让美秀来陪一下自己。美娟觉得没必要。美秀一看见美娟，立刻就扑过来，两只乳挤压在她的乳上，阿姐你怎么都不给我打电话，要不是阿梅叫我都不知道，你太把我当外人了！美秀身上带着一股汗水与香水的气味，再加上护工刚拖地留下的一屋子消毒水味，两股味道拧成一团，浓浓地直往美娟的鼻子里钻。美娟闻了，只是觉得头晕。阿梅在美秀身后安安静静地站着，不讲一句话，这样倒显得美秀很聒噪。美娟自己也不记得自己有多久没见过美秀了，反正她们两个人来往不多，这次要不是阿梅问她要美秀的电话，估计她也不会想到要找美秀。美娟觉得自己一个人生活习惯了，生活嘛不都是这样，什么都是慢慢习惯，一开始没有老公不习惯，久了以后也觉得没什么，反正也不会死。切乳也是一样，估计就像切盲肠，没用了切掉就好，反正也不会死。

所以美娟看到美秀的时候并不激动，只是应付性地搂了她一下。美秀伸手去把美娟的手拉过来放在自己手心里握着，好像是要安慰她，阿姐不用担心啦，你只要心放宽，一切都会好。美娟觉得自己被美秀当成了小孩，有点不习惯。她原本不觉得切乳是大事，但是阿梅和美秀看得这样重，她自己也开始觉得不应该把这个事看得太随便。她看了一眼阿梅，阿梅提着食盒放在床头上，从邻床找了一个多余的椅子过来靠着她的床坐下。阿梅这几天好像瘦了，锁骨硬生生地凸出来，像是要穿过那层皮，好扎眼。她每天来来回回都在公司医院家里三头跑，也难为她。平时阿梅几乎什么事都不做，内衣穿完了丢在洗衣筐里就算给美娟面子，一般都是直接丢在洗脸台。美娟不知讲过她多少次，她每次都讲好啦，你次次都讲讲得我耳朵都起茧，到头来还是一样乱扔。现在美娟不在家，阿梅她不仅要洗衣，还要送饭到医院来，难怪会变瘦。美娟想到这里，突然想去摸摸阿梅胸前的那两根骨，觉得它们也辛苦了。

美秀看见阿梅坐在一边，立刻叫她坐近一点，又转过头来跟美娟讲话，阿姐你看阿梅够孝顺，有这么个女我都情愿生病！她说完又觉得不合适，立刻用一阵哈哈大笑掩饰过去，讲，我说笑我说笑。美秀看了一眼阿梅又看看美娟，讲欸你们母女怎么都不讲话，阿梅你小时候最喜欢你阿妈啦，什么事情都黏着你阿妈，怎么现在都完全不一样。

阿梅的样子看起来很迷茫，好像美秀说的不是她而是别人。美娟想阿梅可能早就不记得，不过也没什么好记得，人毕竟是要长大，阿梅要是像小时候的那种个性，说不定美娟死都闭不上眼。谁知美秀见阿梅和美娟都没有搭腔，自己更来了兴趣，阿梅你不记得啦，你小时候最喜欢摸你阿妈的乳，不摸你都睡不着，摸不到的话就哭着吵着找你妈。有一次带你去我家，哦哟，本来决定过夜的结果又给你送回来，就是因为你找不到你阿妈呀……

“讲什么讲，这些有什么好讲!”阿梅突然跳起来吼了一声。

美秀显然吓了一跳。美娟也吓了一跳。阿梅站起来，拎起包包甩下一句话说，我走了，饭盒放在这我明天来收。接着就哒哒地走出病房。美秀见阿梅一走出去，赶紧凑上来问，唷，阿梅脾气怎么这样啦。美娟不晓得要跟她讲什么，只是想着阿梅怎么会因为这个突然爆发起来。是因为她觉得讲了小时候的事情觉得丑？美娟摸不透。

窗外的太阳渐渐暗了点，但余热仍然在。美秀走去阳台上去拉窗帘，好把阳光都遮住。美娟看着美秀的背面，觉得有点像阿梅。之前她们都讲阿梅长得像小姨，美娟还吃醋，现在一看还真像。窗帘一拉整个房间就暗下来，美秀的脸有点看不清了，美娟晃眼一看还以为是阿梅。她差点直接就把“阿梅”两个字脱口而出。走廊外面渐渐响起来餐车叫人打饭的声音，美秀帮美娟架好床上的架子，打开食盒，美娟一看里面全是自己喜欢吃的东西，有香菇、西兰花，还有个虾仁百合。美秀一边把这些东西摆到小桌上一边说哎哟阿梅真是够孝顺，阿姐你真是好福气哦。美娟点点头，她不知道阿梅是什么时候记住这些的，但是这些菜就真实地摆在她眼前。这么多天了，她就连知道自己乳癌也很淡定，可是现在美娟的眼眶一下子湿了。美秀见状赶紧扯了抽纸过来说，哎呀阿姐你该高兴呀有这么好的女，哭什么。美娟用勺子舀了一口虾仁百合，连同泪水一同吞进嘴里，点点头。

美娟出院那天，阿梅包了一辆出租车。她预先把所有的钱都结好，省得到时候美娟又开始念，花那个钱还不如坐公交车。

美娟的乳最后还是被切掉了。她出院的那天穿了一件平时穿的丝质上衣，不过乳似乎变得平坦了。阿梅虽然之前就已见过美娟这副模样，但等她真正穿上了平日里穿的衣服，看着她衣服前面突然变得空洞的双乳部分，阿梅觉得自己的双乳也跟着刺痛。这种痛像海浪一样一波接一波地拍过来，扎在胸口上，让阿梅觉得喘不过气。她大口大口呼吸着，觉得整个人像闷在被子里一样，喘着喘着就被捂出一身汗。

走出医院的时候阿梅有点后悔是不是不该带阿妈来医院。阿妈住院这段时间，整个人就直接瘦掉了两三圈。是切乳的关系吧？菲菲之前就讲切乳的人没有几个活得长，但是听医生的讲法如果不切的话可能死得更加快。医生那几天每天都来找阿梅问你们到底做决定没有，再不切的话到时候扩散我们就不负责了唷。阿梅被那个男医生问得头疼，好啦我知道啦，我会尽快回复你。她看到那个男医生的脸就觉得很讨厌，觉得他好像是来催命的，阿妈的命掌握在他手上他就以这种俯视的姿态每天来问一遍，所以阿梅看见他都不会有好气。

等出院手续全部都办好，阿梅就给包车司机打电话，很快一辆红色的出租车就开到了住院大楼门口，车里面跑出来一个戴帽子的人问是不是王小姐。阿梅点点头把东西递给他，然后扶阿妈坐上车。天气很热，但是还好一早司机就把冷气开足了，这样就不会觉得热。阿妈靠着窗坐着，阿梅忍不住又去看了一眼她的乳，觉得好刺眼。

自从阿妈住了医院，阿梅自己在家睡的时候就经常半夜做噩梦惊醒。梦里面阿妈躺在手术台上，医生切掉她的乳之后她就开始不停地流血，医生急得直出汗，护士也手忙脚乱地拿东西给他擦，但是阿妈的血还是流不停，像河水一样哗啦啦地一直流到阿梅的脚底下。阿梅在手术室外面急得不停捶窗子，喂喂，你们想想办法呀想想办法呀……她自己这么喊着喊着就醒了。阿梅看看冷气，温度很正常，但是自己的睡衣却湿掉一大块。

她于是起来冲凉。阿妈有一段时间不在家了，内衣什么的都要她自己洗，这个时候她才开始觉得麻烦。以前她都直接丢在洗脸台，反正阿妈会洗好晾干放在她床上。她习惯了这些所以之前她都没有发现。直到现在，家里剩下她一个，她才觉得好麻烦。真的好麻烦。

阿妈一不在家，一切都被放大了。七十几平的房子两个人住不算大，但阿梅现在觉得这间屋变得好像有几百平，人从这边喊一声那边都没有人会听得到。阿梅在里面就觉得很害怕，她突然想如果阿妈有一天死了怎么办，那样的话这间房子就只剩下她一个人，每天都要独自面对空荡荡的声音还有阿妈留下的味道。阿梅想到这里，突然觉得很恐怖，直接哇的一声哭出来。

这恐怖一直持续到阿妈手术做完才有所缓解。医生说，手术很成功。阿梅听到这句，冲上去抱住医生就开始哭。这样阿妈就不会死了吧，至少可以多活几年吧。她的妆和唇膏弄了医生一身，医生拍拍她说，小姐这都是我们应该做的。

手术刚做完的那几天阿妈不能洗澡，阿梅就用毛巾给她擦身。这是她成年以后第一次碰触阿妈的身体。美秀讲她小时候总是抓住阿妈的乳不放，她恶狠狠地打断了不想她再继续讲下去。不知道为什么，阿梅总觉得阿妈的乳癌是因为自己才得的。阿妈是没有生过太大的气，脾气一直温吞吞，但人家讲郁结不舒也会长癌，阿妈就是这样才会被切乳吧。阿梅出生的时候忧虑她被抛弃，接着忧虑她没有奶，再忧虑她的女抛弃自己出走。一切都是因为阿梅。只不过阿妈从来没有讲出来过。等美秀把这些话一讲出来，阿梅觉得好像是拿刀往自己的最痛处戳。

阿妈其实很羞，听阿梅讲要帮她擦身，她犹豫了半天一直讲不用了吧。阿梅打断她讲，不用不用，你到时候溅到水，伤口发炎要怎么办啦。阿妈听了这句才算松了口。她把衣服脱下来，原来耸立的两乳现在已经完全变了样，好像它们也没有精神，蔫掉了。等阿梅走到阿妈正面，看到那两个巨大的伤口，不觉倒抽一口冷气。阿妈乳上的两道伤痕，像两条丑陋的蜈蚣，紧紧地扒住阿妈的乳不放。如果可以的话，她真想用毛巾把它们全部擦掉。阿梅觉得自己的乳也开始痛，像是缝衣针一针一线地在她的身上缝合，让她去体验阿妈的那些伤口。阿妈见她一直盯着自己，于是说，阿妈没有事，你看切掉不是就好了吗。

是啊，切掉就好了。阿梅使劲吞了一口口水，连同自己的眼泪一起吞下去。

窗外的太阳热烈地照着，不过车内的冷气开得够足，所以阿梅不觉得热。阿妈安静地靠着窗边坐着，眼睛出神地望向窗外。窗外仍然是交通的高峰期，马路上的汽车哔哔哔地响个不停，但是挪动的速度像蜗牛。出租车司机好像一点也不着急，打开音响就开始放音乐。阿梅很久没听流行歌了，不过她听着那调子很好听，她回过头去看阿妈，阿妈似乎也满意，她跟着音乐的旋律微微点着头。五月底了，马上是六月了。时间还在继续着。时间还有好长，不知道阿妈会活多长。阿梅希望阿妈能活得长一点，能看到她出嫁，最好还能帮她带小孩。那个时候阿妈才算是觉得幸福吧。阿梅这么想着，坐过去离阿妈近一点，把头靠在她的肩膀上。阿妈愣了一下，一开始肩膀有些僵硬，但很快就软了下来。阿梅觉得自己的头应该是靠在阿妈乳的位置。她原来有着耸立的乳的位置。即使现在那里是一片平坦，但是她也能感觉到那里有一股掺和着母体的乳香，就像小时一样。

学游泳

你们到达避暑山庄的第二天，阳光和煦，天气宜人。夜里下过一场大雨，清晨时地面被雨水冲洗干净，散发出潮湿又生涩的青草香。这样的天气很适合游泳。来的路上你看到山庄附近有一个湖。水流顺山势而下，发出哗哗的响声。一道木质栈桥通往湖心，因长期暴晒而颜色发白。大块的树阴覆盖在湖面上，看起来很凉快。你转头看了一眼坐在身旁的哥哥。他的目光伸向远处，没注意你在看他。

你换上衣服，揉着红彤彤的眼睛下楼。厨房里，父亲和母亲正在做早餐。煎锅因烧热的油而发出黯淡的滋滋声，接着是一股蛋香。不用闻你也知道，早餐千篇一律，必然是煎蛋和烤面包。你母亲拒绝将早餐做得丰盛，她认为女人的意义不在于此。曾有一段时间她心血来潮，每天五点钟左右起床，花大量的时间和心思来准备早餐。她学会了好几种煮蛋的方式，你最爱吃她做的水波蛋。不过，很快她就转移了兴趣。她不再早起。弄早餐时，她总是潦草地将鸡蛋打进煎锅，漫不经心地翻动，并且时常将蛋弄焦。你开始上闹钟，避免上学迟到。

母亲将煎好的鸡蛋放进盘子里，再由父亲端上餐桌。父亲转过身时看到你，向你招手：“早餐好了，快来吃早餐。”

你环视了房子一圈，没看到哥哥。

“哥哥起来了吗?”

“起来就没看到他，应该是一早就出去了。”

这时，母亲转过了身子。她脸色乌青，咬肌突兀地拱起来。她瞪了你一眼，将最后一盘煎蛋用力地放在桌子上，转身上楼。

木门砰地被关上，像是暴雨来临前飓风将门吹上的声音。你听见她在房间里走来走去，将书扔到地上，来来回回开关衣柜的门。不一会儿，房间里传来嘤嘤的哭声，细微、颤抖。她哭的时候总是上气不接下气，好像随时都有可能被哭声噎死。每每这时，你总是大口大口地喘气，害怕自己缺氧。

父亲转过身去背对着你，旋开煤气开关，又把它关上。煤气灶发出滋滋的漏气声。沉默片刻，他说：“不要怪你妈妈，你哥哥要到那么远的地方去读书，也不和家里商量，她太失望了。她舍不得你们走那么远。”父亲是个寡言的人，眼睛总是灰蒙蒙的，你无法从里面读到任何信息。

你想起不久前母亲和哥哥曾有过一次激烈的争吵。他们将声音提高，试图用音量来战胜对方。很快，哥哥摔门走出来。他发现你站在门外，目光掠过你，径自走出家门。母亲的房间里传来哀怨的哭号。你的胃抽搐起来，不断涌出黏稠的酸液。你想了想，最终还是走进了母亲的房间。母亲头发凌乱地坐在地上。她看到是你，冲上来一把将你搂进怀里，用打嗝般的声音说：“你一定要留在妈妈身边，你是我生的。”

她的怀抱让你感觉燥热。你想推开她。你觉得这时候必须得说点什么，却又想不到更好的话。你说：“嗯。”

你看过哥哥的大学录取通知书。通知书上有学校的照片。

城市的天空蓝得似乎能滴出水。你知道那是绘图软件的效果。你在计算机上查过那个城市的信息。那座北方城市四面环山，严重缺水。在那种地方，想游泳就得去游泳池。你讨厌游泳池。在夏天，游泳馆里四处是次氯酸钠的味道。进入泳池前，墙上的消毒喷头往外喷水，强迫人们把自己清洗干净。即便如此，你还是能在游泳池底踩到细碎的石头或者砂子，偶尔会闻到尿臊味儿。这时候，次氯酸钠的作用就消失了。

哥哥是个游泳健将，这一点只有你知道。你去他房间偷零用钱时意外发现了他获得的游泳奖牌、证书还有照片。他将它们放在抽屉的最角落里，再用一摞书压在上面。照片上的哥哥露出新鲜的笑容，像是久病痊愈过后长长地松了一口气。他在家时很少笑，甚至拘谨得有些自闭。每天他总是很早出门。你看见他走在路上的背影，觉得他快活得像一尾重新入水的鱼。

他发现你进入他的房间，没有怪你，反而将零用钱都给了你。前提是不能将你所看到的事情告诉父母。你觉得你被哥哥收买了，但你很乐意被收买。

你无法想象哥哥在公共泳池里游泳。在那里，人和人紧紧地挨着，水热得能把人煮熟。地板上时不时地溅起泥水，人们踩着它走过来，跳进水里。在这里无法游泳。这里只不过是一个大号的公共浴池。

你上过专门的游泳课，但始终没有学会游泳。你害怕水。站在水里时，你总觉得会有一双手把你拉下去，最后把你埋在水的深处。你的母亲从来没意识到这一点，她可能并不知道害怕是何物。她很生气，仿佛不会游泳是对智商的羞辱。她说：

“只要是人都能学会，你为什么不行?”她的眼珠向外暴着，也许随时都有可能掉下来。你的胸口紧了紧。你想，你必须学会游泳。

你不得不再一次扎进水里。水没过了你的头顶，水流在耳边发出嗡嗡的响声。周围人们所说的话开始变得朦胧，像是远方乘着波浪而来的汽笛声。很快，所有的声音都消失了。水流温暖地包裹着你的身体，慢慢拂过你的眼睛，像一双轻柔的手。你很高兴，将全身舒展开，满足地投进这个怀抱。

朦胧中，有一条发光的鱼游了过来，向你伸出巨大的鳍。你伸手抓住了它。你醒来时，看到哥哥弓身坐在地上，身上披着一条湿漉漉的浴巾。一些人围过来，小声地点头交谈。母亲的脸涨成了绛紫色，牙齿紧紧咬住下嘴唇。你觉得她又要哭了。这时，她猛地站起来，接着跳进了泳池。

几乎你周围的每一个人都对你说过，母亲很爱你，她生活的信念只是为了让你过得比她更好。因此，母亲不喜欢你和哥哥待在一起，她认为你的哥哥无可救药，但你喜欢哥哥。他的身上有种如清晨空气般的新鲜味道。他会教你捉蚯蚓，把它们挂在鱼钩上钓鱼。母亲知道后很生气，她折断了鱼竿，警告你不要玩物丧志。你把断成两截的鱼竿砍成小小的一截，将它们埋在土里。第二天，你发现在你埋东西的地方被刨了一个触目惊心的坑。

哥哥从来没有获得过母亲的关注，因为他总是吊车尾：以吊车尾的成绩上了重点初中、重点高中，在班里成绩倒数。母亲每次去开家长会回来脸色总是很阴沉。她不屑和哥哥说话，反而恶狠狠地叮嘱你不要和哥哥一样丢她的脸。她的双眼因愤怒而充满血丝，说话时带着感冒般的鼻音。你很害怕，只能用力点头。

于是你轻而易举地得到了她的关注。她为你检查作业，筛选朋友，安排课余生活。小学二年级的语文课上，作文题目是《我的理想》。你当时想成为作家或记者。母亲知道了，嘴角轻巧地在脸上扬起了一道沟。她说，这两种职业没有意义，你赚不到钱。你的理想应该是成为医生或者律师。你低下头，感觉两颊发热。可时间一长，你又觉得她的话似乎有些道理。

母亲常常说你很幸福，如果她在和你一样年纪时能有机会读更多书，她一定会比任何人都出色。她的脸上充满艳羡的神情，让你在朦胧中觉得自己的确是幸福的。可是很快她又恶狠狠地警告你，如果你不好好念书，她就送你去捡垃圾。

你们家不远处就是一个垃圾场。每天下午时分，成群的拾荒者在垃圾场附近徘徊。他们衣衫破烂，散发着热烘烘的臭味。母亲不知道从哪儿弄来了火钳和尼龙袋子，将它们放在你的房间里醒目的地方。想到可能要和他们为伍，你就觉得很恐怖。于是，你晚上常常做噩梦，梦见垃圾长出了双脚，成群结队地向你跑来，把你压在身下。你从梦中惊醒过来，觉得自己散发着热腾腾的臭气。你不得不起床走进浴室，用冷水来冷却身上的味道。

夜深人静的时候，母亲常常走进你的房间。她以为你睡着了，实际上你并没有。木门吱吱作响，接着是拖鞋摩挲地板发出的沙沙声。你将头缩进被子，尽量减慢呼吸。母亲在床边坐下，将手伸进被子寻找你的手，轻轻抚摸它。她的手很凉，如同她蟹壳一样的皮肤。她短促又喑哑的啜泣声湿漉漉地氤氲到你脸上，伴随着臭烘烘的味道。母亲多年前就有胃病，她嘴里的味道常让你想到垃圾。

大部分时候她只是在哭，偶尔也断断续续地说些什么。你听不太懂，只有一句总是听得特别清晰："别怪妈妈，妈妈都是为了你好。"话好像很沉重，因为她总是叹气。被子紧紧地裹住你的身体，你像缺水的鱼一样用力地张开两鳃。你觉得是你害她哭的。渐渐地，你有些心虚起来。于是，你从被子里伸出头，怯怯地对母亲说，你会好好学习，让她骄傲。母亲欣喜地抚摸你的头，手掌渐渐变暖。眼泪迅速在她脸上消失了。

但你并不是一个聪明的孩子，你清楚地知道这一点。你和同年纪的孩子去上奥数班，学鸡兔同笼，你总是没法弄明白笼子里究竟有多少只鸡和兔子。有一次你数学考了九十二分（满分一百）。接到卷子时你的手就开始颤抖，全身触电般地发麻。你不断猜想母亲看到这张试卷的表情，想着她快要哭出来的脸。突然，你打了个激灵，一股暖流顺着你的双腿流了下来，带着熟悉的尿臊气味。你哭了。你的班主任给父亲打了电话。他顶着一头汗水跑进学校，在办公室里站了很久。你在窗外看着，发现他的脸色逐渐地暗下去。你的心剧烈地跳动着，担心他也会哭。等他从办公室里出来，你的裤子几乎全干了。裤子硬邦邦的，耻辱地提醒着你。你小心地将手放入父亲手里。他低头看了看你，牵着你走出学校。他将你带到了一个冰淇淋店，点了一大碗草莓冰淇淋。母亲平时不许你吃这个，说甜食坏牙。他将冰淇淋碗推到你面前，坚定地说："吃吧。"冰淇淋的味道甜得有些发苦，但你还是高兴地吃了个精光。后来，父亲在你的试卷上签了字，他什么也没有对母亲说。包括冰淇淋。

你的哥哥置身事外地打量着这一切，笑话你是奶嘴妹。他笑得很夸张，甚至会笑到脸抽筋。有时你在房间里一本接一本地写习题，他偶尔会推开门，进来看一看你。在黑暗中，你看不清楚他的脸。他呼出一口气，走出去，重新把门关上。房间里冒出一股果冻般的凝结感。你不得不打开房间，让空气流淌进来。

你意外发现他游泳奖牌的那天夜里，回到房间，你躺在床上，努力回想刚才的感觉。哥哥站在游泳池的岸上，带水的皮肤在阳光下闪闪发光。在他身后，游泳池清澈见底，像是你常见的、电视上出现的大海的颜色。你想象着哥哥跳进泳池的样子。嗖的一声。一小撮水花溅起来，他像剑鱼一样消失在了泳池深处。那一刻，你感觉他的脸上浮出了满意的笑容。他迫不及待地想要从家里游走。

想到这里，你爬起来，重新潜入他的房间。你找到他的通知书，把它撕碎了，然后扔进垃圾箱。

你走到门外，看见哥哥湿漉漉地站在阳光底下。这几年他的身子越发地精干、瘦长，脸上的棱角坚硬又分明。他看见你，笑着说："小妹。这附近有湖，我带你去游泳怎么样?"

你的脑子里立刻浮现出母亲的脸。

“我不会游泳，再说妈也不让。”

他耸耸肩，说：“你是奶嘴妹吗？什么事都要听她的不可？”

他轻蔑的样子让你觉得恼火。他的话说得很轻巧，仿佛一切都与他无关。你想象着他在湖里游泳的模样：轻巧，自由，如同新生。你越加愤怒起来。你走下门廊，走到他面前：“好吧，我跟你去。”

他笑起来，像是松了一口气。

通往湖面的栈桥很光滑，和你之前看到的一样。你站在栈桥前端，能感觉到从湖心深处冒出的凉意。树阴随着风频频转移位置，像是在向人招手。哥哥毫不犹豫地跳进了湖里。他在湖里踩着水，冒出半个身子。他张开手，对你说：“快下来，小妹。”

你用脚试了试水温，湖水很凉。哥哥仰着头看你，坚定地张开怀抱，仿佛在说，无论如何，我都会抓住你的。他脸上的棱角在阳光下越发地分明起来，让你觉得很安心。你用手撑住栈桥，试探着将身子深入水里。

哥哥抓住你的手，但你仍不自觉地下沉。湖水像是另一双有力的手，使劲把你往湖心里拽。哥哥用他因长期游泳而结实的手臂撑起你的双手，说：“踩水，两条腿要不停地动，踩水。”水很凉，扎得你有些刺痛。但哥哥的手沉稳而有力，你感觉身上的鸡皮疙瘩渐渐褪去，仿佛此刻你只是趴在充满温水的浴缸里一样。

“踩水！”他大声命令道。

你的双腿不受控制，仿佛它们并不是你身体的一部分。无论你如何用力，你总是无法顺利浮起来。你的上半身高高地翘起，很快它又被哥哥用力压进水里。

“你怕水。不要怕水。你要战胜它才能学会游泳。”他这么说着，将握住你的手松了松。

“试着将身体沉到水里去，然后再踩水。小妹，我在这里等着你。”

他将手松开了，身体往后退了退，游开了大约一个手臂的距离。

踩水，你用力在心里对自己说。你摆动着僵硬的双腿，回想哥哥获得游泳奖牌时所拍的照片。应该像一条鱼。你想着，将双腿左右摇摆起来，两臂不断地向前伸展，努力向哥哥游去。突然，一道由你身体溅起的短浪扑到了你的脸上，遮住了你的眼睛。浪像一个巴掌把你打进水里，按着你往湖底沉下去。

你想要张口尖叫，但是，一股坚硬的水流灌进了你的嘴巴，割伤了你的喉咙。你感觉窒息。你努力蹬着腿，想要寻找陆地，可是根本没有陆地可供你寻找。你的脑袋像气球一样膨胀了起来，嗡嗡作响。多年前的那种感觉又回来了。外界的一切都如同海上朦胧的汽笛声，似近似远。阳光踩着波浪而来，将整个湖水都照射得暖洋洋的。你觉得自己坐上了一条随风荡漾的小船，快要睡着了。

哥哥的身子在湖面上映照出褶皱的影子。他就要走了，你难过地想。他在收到录取通知书时就开始愉快地准备行李。你静静地站在门外看他将衣服打包，看着他的房间一点一点变得空旷。他突然想起了什么似的，从抽屉里翻找出他的游泳奖牌，走过来，放进你的手里。

你说："为什么要给我这个？"

"总会有用的，小妹。"

他就要走了，而你必须留在这里。母亲用一根线拴在你的腰部，像拴着一条小狗，用力拽绳子的时候你就得回来。想到这里，你只想睡过去。

在恍惚中，你看到哥哥的身影随着水波来回摇晃。你印象中的那条大鱼消失了，只有哥哥在水的另一端冷冷地看着你。他没有向你伸出手，而是把手松开了。你突然有些怨恨起他来。他可以大大方方地一走了之。如果换作是你，母亲会怎样？也许她又会哭。她会边哭边大口喘气，你不能离开妈妈，你是我生的，你必须留在我身边。

你没有兴趣想下去。

"快踩水，小妹！不要怕水！快踩水！"

哥哥的声音划破波浪，尖锐地钻进你的耳朵。

湖底有一股浪涌了上来，托住了你的身体。你突然意识到自己的双腿在不停地摆动。你透过水诧异地看着它们，发现它们像鱼尾一样柔软。你身上的肌肉开始自由伸缩，直到你的脑袋接近水面。阳光照耀着你，给你披上一层闪亮的鳞。

"对，就是这样，踩水！"哥哥的声音离你越来越近。

你像鱼一般跃出水面，咳出一口水。湖水带着特有的腥味冲出你的喉咙。哥哥游过来，用手托住你的身体。他用双臂环抱住你的背部，把你推到栈桥上。接着，他用两手撑住栈桥上的木板，从湖里跃了上来。

此刻，你和他共同躺在栈桥上，感受着木板干燥地触碰着你们的身体。阳光火辣辣地炙烤着你们，将你们身上冰冷的湖水蒸干。你大口大口地呼吸着，清新的空气让你感觉前所未有的轻盈。你觉得自己像一根羽毛。

你将目光转向哥哥，看到他胸口的肌肉缓慢而平静地起伏。阳光照在他的腿上，光线的反射将他的双腿合为一体。你将目光收回来，看着自己的腿。你发觉自己的腿亦开始逐渐生长，它们越靠越近，最后合成了一条优雅的弧线。

哥哥将头转向你。突然，他将手伸过来，抓住你的手，用力地握了握。你觉得自己好像隐隐地明白了什么。你看着他，他也看着你。你们相视而笑。

带我去山顶

每个活得太久的人，都会想一想自己的死。

怎么死。什么时候死。怎么还没死。到了一定年岁上，对待死亡的态度早已从恐惧熬成了期待。身边的同龄人已经或者正在逐步死去，拥有共同记忆的人越来越少。到了这种时候，活着的人比死人更像孤魂野鬼。老祖每次从死亡线上走回来，睁眼看见一群紧紧围在他身边的人——眼光由慌张到兴奋，个个是松了一口气的模样——他于是知道，又没有死。又。

最近的五年里他死过几次。每次重新睁开眼睛时，他都感觉沮丧。感觉是“又被耍了”。大约前来帮忙的那些的人也都和他同一个想法，感觉被骗了，只不过谁也不好说出口。老祖很是抱歉。“又没有死，”村长说，“又白跑一趟。”——他们已经习惯这样调侃死亡。村长说着笑了起来，扬起手去招呼其他人，走了，走了，还有什么好看。围观的人们也都一一说笑着散去。这一套，像是程序一样，所有人都已经执行熟稔。警报拉响，警报解除，散场。老祖觉得喉头发胀，噎得很，遂咳了两声。他的身子剧烈地晃动了一阵，终于成功地翻过身，吐出一口浓痰。他翻转回身躺下，大口喘着气，盯住天花板。房顶上吊着的长线灯泡时明时暗。起风时，这样的明暗就汹涌起来，墙上便拉出一道极长的影子。命悬一线。老祖的脑子里飘过这个词。电灯掉下来摔得粉碎，人一命呜呼，让人有种说不出来的快感。

灯影是幢幢的，是飘摇的。这一切，有些像他在死亡边缘时看到的景象。一阵剧烈的咳嗽之后，看不见的手撕扯着身体，在感觉就要被扯裂的瞬间，视界逐渐由震动变得模糊了，像是雨天从山头往下看时感觉一样，宇暧微霄。风荡涤掉余雾，渐渐地显露出一条路来，上面有人影浮动。老祖跟在那群人身后，朝着某个确定、似乎又不太确定的地方移动。接着老祖看见了死神。

是个人形，长头发，穿黑色裙子。鞋子被长裙遮住，也许也是黑色的。黑是死亡的颜色，没有谁规定，但就是那样，就像老祖一眼就知道眼前的这位就是死神。一切都一目了然。队伍很长，身后不断有新的人跟上来。死神似乎看见了老祖，歪过头向老祖站着的方向看过来。这时老祖才发现，死神是个女人的人形。像是在哪里见过的，有一种让人心中微躁，却又令人感觉想要亲近的气息。他们静静对视了片刻。突然，老祖的脑子里飘过一个声音：还没到你，你可以走了。老祖没动。他想要辩驳两句。他抬起头，再次向死神看去。脑子里的声音又响了起来。你的事还没有完，等事完了，你再回来。音毕，他看见死神朝着他的方向做了一个掉转的手势。他还没来得及做出反应，身子就不受控制地转了过来，像是被人在身后推着一样，机械地向前走去，每走一步，身体就沉重一层。有那么一瞬，他觉得自己被塞进了一辆几乎无立锥之地的列车。拥挤带来的痛感很真实。周围扭曲的人脸也很真实。每个人大张着嘴嚎叫，血丝满眼，几近爆裂，唯独没有声音。这一切很慢，很慢，仿佛是为了让他看清楚这狰狞才这样慢的。他有些恶心了。嗓子因空气的稀薄而剧烈地抽痛着。他咳了起来，咳出满嘴的咸味儿，咳得好像半世纪抽过的烟都翻滚上来了。接着，一口浓痰挣脱而出，喉头一松，他醒了。

五年里他经历了三次。每次都是在排着队的时候，那声音就飘进脑子里，还没到你，过些时候才来。这感觉就像是猫玩弄老鼠。头两次，老祖虽然心存疑惑，但也还全然接受。到了第三次，老祖有些恼怒起来。他顾不得那许多，直接站在队伍里大叫起来，没到时候，又没到时候，到底哪时才是到时候？

死神倒是很平静，说，你的事还没完，把你的事办完了再来。

重新回归寂静的房间里，只有帅帅挪动的声音和蚊鸣般的电流声。五年前，老祖还未收养帅帅。这五年里，帅帅像是春天里的树苗般安静又迅速地生长着，几乎每天都会变得更长，更宽。他的青春期似乎还没有结束，再加上生得老相，这使他看起来又多蠢了几分。村里没有人记得帅帅的本名是什么，可能也没有人知道过。帅帅自己也说不清楚。他口齿不清，说话时总像是含着饭似的。听说老祖要收养帅帅，村长说，这一下子变成高富帅了，叫你帅帅得了。帅帅听罢，脸上露出一种难以捉摸的表情：疑惑、喜悦、羞涩、嘲讽，或者兼而有之。片刻，他的脸上亮出一层粉色的油光，看起来很腻，让人感觉像生吞了猪油。

老祖吸了吸鼻子，说，帅帅，上来睡嘛。

帅帅在床下的竹簟上挪着，慢悠悠地说，我不要。爸爸你身上有一股味。

老祖说，什么味?

帅帅像是想了想，咕哝道，死老鼠味。

老祖闷出两声笑，说，你也不是真的蠢。帅帅，你是不是根本就不蠢，只是装出来的?

帅帅在地上黏腻地翻着身，不响。

两个人在热气腾腾的房间里各自发着臭。一个腐朽得发臭，一个旺盛得发臭。过了一会儿，帅帅起身把灯关上了。黑暗侵袭而来。夜放大了。风扇在脚头吱呀作响，听起来像是某处的螺丝松动了。窗外风在低语。一个声音从远方踏浪一样飘进房间里，风干物燥，小心用火。老祖下意识地抹了一把汗。末了，他将手凑到鼻子前，酸的，腐坏了的酸味。

帅帅在地上胡乱翻着，呼吸杂乱又不稳定。

老祖说，帅帅，明天到山顶去啊。

帅帅的喉头咕哝了两声，说道，早就不给土葬了，不要再去挖了。

老祖说，你懂的倒是不少。

帅帅继续道，就算给土葬，在山头也不好。村长说的，大风一吹，魂飞魄散。

老祖当作没有听见，说，帅帅，明天到山顶去啊。

帅帅翻了个身，晓得了。

屋内安静了一会儿，传来帅帅安详的呼噜声，声似一头年轻的野兽。老祖年轻时也曾有帅帅这样的味道。也许是和帅帅差不多大，也许是更大一点。那时候老祖还是守林员。人经过久晒，皮肤变棕褐色，被阳光一照，皮肤闪出油光。一天里大部分时间他都在山林里走着。山下有一片茶园，茶田层层级级的。天气潮湿的时候，雾沉在茶园的中部，看起来像一个冒着热气的池子。大多数时候只有他一个人，偶尔会有一些陌生的面孔，有人带着枪，也有人带着一些别的器具。老祖知道他们是来干什么的。那时候山里还可以常常看到果子狸、穿山甲。这些人用套子把它们捉了拿到市里去卖，说城里有很多人喜欢吃这玩意儿。老祖不知道那些东西有什么好吃的。后来不记得是哪一年了，城市里爆发了一场可怕的流行感冒。有专家说病毒是果子狸身上带的。此后，再也没有人进山来找了。

窗外，风浪拂过桉树林，叶子沙沙作响，如同喘息。老祖每次听到这样的声音就会心里发慌。夏天在森林里穿梭时，这样的声浪包裹着他，像一只滚烫的手揉在身上。于是，暖流从裆部经过，如同电击。老祖的下身不自觉地坚硬起来。他不得不找个僻静的地方躺下，从裤子里掏出那个令人焦躁的东西，双手握住，快速滑动。整座山都在颤动。他躺在地上，睁着蒙眬的眼睛仰望天空，感觉自己在下沉，陷落。

草香味。泥土潮湿而生涩的味道。四处都是生长的味道。地如深穴。南风的天气里，地上几近腐烂的落叶散发出一种奇妙的味道，像是他每次那么一番过后喷射出的体液味。每一次事后，短暂的兴奋渐渐退却，被羞耻和沮丧取代。感受过多少快乐，接下来他就会有多少沮丧。日后老祖在森林里看到有蛇交尾，动物交配，这样的喘息声总是能在瞬间迸发出来，让他措手不及。他知道，他需要一个女人了。

不过老祖没有资格得到一个女人。他年轻的时候长得不坏。体格也不错，是那种一眼看过去就知道能干活的人。如果他不是小儿麻痹而瘸了一条腿的话，他定会赢得许多女人的眼光。但是现在，只有寡妇才会关注他。她们已有了经验，看到老祖时，眼光充满挑逗。老祖目光灼热，待冷却时，更多的依然是沮丧。

不知道为什么，活得越久，回忆就如同除了雾的玻璃一样。涂抹干净如拨云见日，一件比一件更清晰。往事猝不及防地冲进老祖脑中，形成余震。

死神说，你的事还没有完。

几近天明的时候老祖才稍稍闭了闭眼睛。不知睡了多久，他听见不远的地方传来一声悠长又凄怆的鸟叫。在床上辗转了几分钟，他才拖着充满酸痛的身体爬下床。睡在地上的帅帅早已踢开了毛巾被，露出肥白而绷得发亮的肚皮。山里早晚温差极大，太阳还未出来时湿意已浸透骨髓，让人自不觉地打寒战。到底还是年轻好。老祖慢慢地、慢慢地弓下身去。他僵硬在半空，费力拎起被子的一角，盖在帅帅身上。身子因骨头的干涩而发出咔咔的响声。他又一次慢慢地、慢慢地起身，撑住腰部站直，立了片刻，朝房外走去。

清晨的水雾如同润滑剂，生锈的关节顿时活络多了。远处有炊烟混入雾中，已有几个早起的老妪弓着背在石路上行走了。她们的年纪要比老祖小上许多。远处，村长踩着一辆自己改装的小车逐渐驶近，穿过风雨桥，停在桥中央。他走下车，从桥上探出脑袋，看见老祖，笑着招呼道，老祖，活过来了嘛。

老祖想大声地回复两句，最终只哼哼出两声，算是回应。村长下了桥，迈着缓慢的步子向他走来。老祖是看着的，这几年村长的步子变得越来越缓慢，有种小心翼翼的架势，仿佛总是在琢磨下一步应该怎么走。在年轻人眼里，他也算是个老人了。老祖的话，也许就是个妖怪。村长的两眼早已深深凹陷下去。他眼珠发黄，这是肝病的标志。村长的母亲就是肝病死的。

村长走过来，说，老祖，再努力多活几年，评长寿村就靠你了。

老祖没应，呜呜两声，让村长进屋。

村长进屋没一会儿，帅帅就醒了。村长踢了踢帅帅的屁股，催他快点起来做饭。帅帅骂骂咧咧地起来，又被村长踢了一脚，才不作声了。不知道的人，或许有以为他们是祖孙三代的。如果老祖会有一个儿子的话，也应该和村长差不多年纪。不过他真庆幸没有孩子。

他的第一个女人是张寡妇，村长是张寡妇的小儿子。年轻时，张寡妇的男人在市里务工，听说是建筑工地的工头，因此家庭条件很不错。张寡妇是村子里头长得不错的几个女人之一，身子圆滚滚的，像是原始的图腾，有一种能包容的气质。老祖进山前会经过她家门口，出山回到村子里，又会再经过一次。她常常在下午洗头。夕阳西沉，张寡妇坐在二楼的木质阳台上，背靠着一把竹制安乐椅。她侧倾着脑袋，黑色的头发便顺着椅背流淌下来，如同山中跌落的溪流。看见老祖，她柔软地起身，笑着打招呼。阿祖，回来了啊。老祖仰望着张寡妇，他想如果有一座梯子，他一定直接爬上她的楼。不过也只是想想。谁会想到呢，一次老祖在森林中盯着看二蛇交尾，即将要发泄一番的时候，张寡妇笑吟吟地出现在他的面前。她说，阿祖，看什么呢？她的眼神中似是疼爱，又似是戏谑。老祖恶狠狠地瞪着她看了一会儿，羞耻变成愤怒，他攥了攥拳头，向张寡妇扑了过去。

老祖觉得有些内疚。在村长面前，自己会以这样的方式想起他的母亲。

他们三人围坐在屋前的木头圆桌上，准备吃饭。村长含着饭慢慢嚼着，说，老祖，山上那些地要征用了，山收回去，林子按亩赔偿树苗。过段时间会有人来勘察，你不要上山了。

老祖摇摇头。村长说，你不要那么执着嘛。

老祖说，你知道我为什么没有死吗？

又来了。讲过上百遍了，都是胡说八道，你认真点，不要乱编故事。

老祖说，你看，我说了，你们又不信。坟挖不完，我不会死的。

村长说，那地头到底有什么好呢？被风吹被雨淋被日头晒。下场大雨，说不定骨头都要被翻上来了。

老祖说，这个你管不着嘛。

村长笑起来，谁说我们管不着，真到了那一天，拖你去火葬场烧了，你也管不着。

老祖平静地扒了两口饭，说，你们做什么，我是管不着。就算把我烧了，帅帅也要把我的灰拿回来放在山顶上，不然做鬼也不给你们安生。

村长拿着筷子的手在空中挥了挥，哎呀不说这个了，大清早晦气得很。

日头出来了。日光晃眼，森然如刀。帅帅开着村长开来的组装车，老祖坐在后头，两脚夹住工具。车子晃荡着轧过路面。前几年，有开发商提出要在这里建一个森林公园。卡车开进山，一车又一车的黄泥被拖出去。路面被压得坑坑洼洼的，下雨时泥浆肆流。路似乎永远在修，但一直没有修完。后来，森林公园不了了之，路反倒比之前更破了。不过，泥浆倒是滋养了生命。现在，道路两旁尽是丛生的树木新枝和杂草。老祖坐在后座，全身器官都随着车子的颠簸而翻滚。阳光盘桓在头顶，烤热了他的头发。帅帅早就出了汗。汗浸湿了他的领口，飘出发酵面团一样的酸味。他浑然不觉，直往山上开去。

越往高的地方，越热得令人焦虑。车一路蜿蜒而上。山路太陡，车子不停地在路上打哨。帅帅冷不丁猛踩一脚油门，车子就像兔子一样向前跳跃几步。再往上，车就过不去了，仅有一条小路可步行上山。帅帅首先下来，将车停稳，然后将老祖架下车来。这几年他走得不太利索了。年轻时上山下山如履平地，到了现在，每一寸土地似乎都在无尽延长，没有尽头。

山路细而狭。日久的积累，行人在路上踩出粗糙的阶梯。半山处，有一座早已废弃的屋子，从这里可以眺望到对面如波浪一般的群山。小屋前方不远树木寥落，树林尽头挨着被削掉一样的山崖。一个土包紧挨着崖边，看起来像一个反扣在地上的锅。离土包大约两三米的地方，便是老祖自选的坟地了。

帅帅从老祖手中拿过铲子，自觉地走过去。老祖缓慢地跟在他身后。其实坟已经不浅，他们每次来到这里，做的不过都是清理落叶、泥块或滚落的碎石。但老祖依然坚持每天都来，强迫症一样，每天都要看看才感觉安心。这坟地是老祖早就看好了的。早些年身体还灵活的时候他自己挖，后来渐渐不大方便了，老祖想，总得有一个人在他死了之后把他扛上来吧。于是他收养了帅帅。

有几天没来，坟里又落进了不少石头和树叶。坟已有大半个人深了。坟挖得刚能躺下人的时候，老祖突发奇想地要试试。那正是他极度想死的时候。没有亲人，没有子女，孑然一身。生命漫长得像无限循环小数。老祖自己下到坑里，半坐半靠地仰着身子。帅帅站在坟上，用怪异的眼光看他。老祖说，帅帅，把土铲进来嘛。

帅帅说，好不容易挖的，干吗又铲回去?

老祖说，你不敢?

帅帅说，哪个不敢?

土块就像雨点一样砸在他身上。泥土湿而凉，老祖一颤，起了一身的鸡皮疙瘩。有种熟悉的快感。再来点，再来点，老祖兴奋地大喊。越来越多的泥土砸落入坟，盖住老祖的脚掌，没过脚踝，漫上膝盖。就在土逐渐上升到老祖腰部时，他突然一阵气紧。土仍然如雨般落下。上面的帅帅来了劲，发疯一样地往坟里铲着土。老祖在坟里大喊，不要铲了，不要铲了!

他喘着粗气，眼泪鼻涕肆意流淌。他用手撑住地面，啊地一喊，将自己从土中拔了出来。他趔趄着爬上去，整个人瘫倒在地，久久回不过神来。尿从他的两腿之间流下来，比土更冷。帅帅在一旁哈哈大笑起来，像是对他畏惧死亡的嘲讽。

帅帅的妈是村子里的一个女傻子。平日里不会做什么出格的事，只是在村子里乱跑。因为不做坏事，也没人嫌弃她。到了饭点的时候，村人轮流地给她送饭。她就这样活下来了。有一次她跑出村子，好几天没有踪影。等村长快要报警的时候她却毫发无损地回来了。快一年的时间，女傻子的肚子突然大了起来。生下来的还是个傻子。

虽然有点对不起帅帅，但唯有他是最好的选择。村长是不会答应他的，他只会用车将自己拉进火葬场，用他的遗产给他寻找一片远离山顶的坟墓。为了补偿帅帅，老祖早已写好遗书，将自己仅有的一点财产留给帅帅，让他能安稳地撑上七八年。

帅帅说，爸爸，差不多好了吧。

老祖说，再深一点嘛。

帅帅面无表情，应，哦，好嘛。

老祖随着铁铲的声音，向对面的山林望过去。他身体不大好之后，就再也没往那上面去过了。遍山都是速生桉。那些树生长速度极快，只要种下去，没过几年，就会长成一片密林。树林巧妙地包容一切，掩盖着一切。老祖猜想，也许现在和过去的某个时候一样，会有人在树林的隐蔽处野战。他的目光穿透那些间隙狭窄的速生桉林，落在阴森的某处。风席卷山林，桉树林飒飒作响，带着一股肃杀之气。是很多年以前了，他每天上山时女人也跟着上山。老祖加快脚步，她也加快脚步。女人穿一袭黑色扎染布裙，如影子一样牢牢地跟着他。她不说话。

身后传来树枝被砍断的声音。刀干而脆地劈在树上，咔，咔，嗤啦。树皮被扯落。老祖听得心头发凉，不得不加紧步子向前逃去。

他向前奔了几步，又停下，转身向着女人踉跄奔来。在女人面前他扑通一声跪落在地，用力且忠诚地用头砸着地面，对不起你，我对不起你，你到底想怎么样，你告诉我，给我个痛快的。

女人不响。老祖双膝前后交替行进，挪到女人脚边，伸手去拽她手上的镰刀，却扯不动。要不然，你砍死我，不用你负责，砍死我，你就把我丢在山里头。不会有人发现的。求你行行好，给我个痛快的。

女人一动不动，镰刀像是长在手里。老祖扑上去，抱住她的腿放声大哭起来。眼泪鼻涕混在一起，全粘在了女人的裙子上。他好像说了什么，也许什么也没有说。到现在，老祖只记得自己一直哭到了精疲力竭，哭得整个人虚脱得快要瘫倒了。女人的腿在他箍紧的双手中挪动着，抽出来。老祖用手撑住地面，向后仰了仰身子，但女人没有踢他。她看了老祖一眼，紧了紧手中的镰刀，转过身走了。叶浪将她淹没。老祖瘫坐在地上，感觉阳光从头顶灌下，自己则像是个裸身暴露在众人面前的人。

老祖想，如果她继续出现，自己就到派出所自首。如果她再出现的话！老祖想。但第二天女人没有来。第二天，第三天。一个星期。后来老祖才听说，女人嫁到另一个村子里去了。

一个月后老祖又看到女人。她像尸体一样每天飘浮着进入茶园，到了时间又背竹篓下山。村人的窃窃私语被老祖听见了。他们说，女人被那一家退货了，她不是处女。

女人的家人说她羞辱先人，赶她走。女人也不反驳，或许她也根本没想反驳。她离家的那天是个晴朗的好天。正午时分，阳光热得能把人撕裂。女人抱着背包，机械地向山上走去。老祖跟在她身后，女人没有躲。他们就这样一前一后地走了一大段路，一直走到一块几乎密不透风的林地，女人才把脚步停下。她转身。她的眼睛是无神的，像是脸上开了两个黑洞。老祖快走两步，走到与女人大约还有两三米的距离，停下。他像个乞求饭食的人一样畏缩着身子，吞吞吐吐地开口，你还有什么地方可以去？不然你跟我过行不行？我是真心喜欢你，虽然对不起你，但以后我一定好好对你，好好补偿你。

女人看着老祖，笑了。她很认真地凝视了老祖几秒钟，似在思考。老祖舒了口气，心渐渐沉稳了些。他向女人走去。女人像是突然回过了神，受惊地向后退了一步，包袱掉落在地上。她摇摇头，笑了笑。她转过身，突然拔腿向山沿直冲过去，像闪电一样劈进了山谷。

山坳太深，落物无响。老祖颤着身走了两步，腿一软，坐下了。

老祖清楚地记得那种感觉。慌张，恐惧，更多的还是恶心。当天夜里他什么也没有吃，但还是把胃吐空了。吐到再无可吐的时候，老祖平瘫在地上。头顶的灯光随风晃动不已，灯光是辣的。老祖赶紧闭上眼睛。夜越来越凉。老祖用尽全身力气将自己撑起来，几乎是半摸半爬地出了家门，闯进了张寡妇的家里。张寡妇把灯关上，他又打开。关灯，开灯。两人博弈样重复着这两个动作。最后，张寡妇搂过他，将他的头按在她的乳上。张寡妇的体味是带着包容的，这或许和她是三个孩子的母亲有关。老祖慌张地在双乳之间嗅着，沉浸着，呜呜地哭了。

帅帅懒得动了。他将铲子扎进泥里，自顾自扇凉。老祖看他一眼，说，帅帅，走了。帅帅蹿起来，兴奋地架上老祖往山下走。他们原路驶下山，驶进村子。还未到家，老祖一眼就看到门口飘着的炊烟。这几年，他的视力和记忆都在逆向生长。老人就应该有老人的样子，回忆消失，身体归无，死亡就和初生一样回归纯真。违背自然是再痛苦不过的。只有罪犯才会被判违背自然。就如同老——这是他在后来才明白的——有漫长的时间来后悔，再用更长的时间来消化这后悔。

村长坐在老祖家门口。饭已烧好，菜很简单，应该是他从家里带的，酸菜，青菜，一碟回锅肉。待下车走到门前，村长也将碗筷摆好了。村长说，回来了？日头这么大，早说过叫你们不要去。

老祖说，你还在这里做什么？你没有事情要做？

村长说，我在这里看着你啊，你就是我最大的事。

老祖笑笑，道，哦，你在这里等我死。

村长面露尴尬。他的脸抽动着，憋出一个笑容，越老越癫，没药可救了。

老祖仍是笑嘻嘻的，你怕什么嘛。我是说的真心话，希望早点死。你们也早点解脱。活到这把年纪了，受罪多过活命。

气氛有些尴尬。村长帅帅二人无声扒饭，老祖则轻声哼起少时就熟悉的歌谣。蝉儿声声心悲切，像是可怜我单身。村长不笑。老祖觉得没趣，端碗咽了两口。喉头略略有些堵。他用手指关节刮了刮嗓子，但这并没能让他觉得好受些。他尝试着咽了口口水，食道口喇喇刺痛。于是，老祖放下筷子，起身回房。村长说，老祖，你不吃了？老祖说，你早点回家吧，不要在我家蹲点。

一天当中的大部分时间，老祖都躺在床上耗时间。四肢张开，四仰八叉地躺在床上。电视是开着的，遥控器就摆在枕边，随时都可以打开。床头摆放着一张比床略高的桌子，上面放着电热水壶，伸手就可以够到。村长和帅帅在地里做活的时候，有时他也会坐在门前看着，看村中的人们从家门口或桥上经过，远远地和他打招呼。桥对岸有一条蜿蜒的小路伸向楼群里，又分支岔向不同的地方，或者是通往展示民俗的广场，或者是通往设百家宴的平台。女人们穿着传统服饰，依次站在阶梯上共唱大歌。歌声顺流而下，进入老祖家所在的低势区。歌声闪亮如同清泉，让老祖觉得自己像是在古梦边缘徘徊。陈旧，漫长。他仰靠在墙上，将自己放空。什么时候死？他想。

静静听我模仿蝉儿鸣，希望大家来和声，
声音虽不如蝉声好，生活却让我充满激情；
歌唱我们的青春，歌唱我们的爱情……

这些年，老祖没有一天忘记过女人。寻找女人尸首时，老祖被阻隔在山崖的断面。他能看见，女人黑色的衣服混入腐烂的叶子，需要仔细辨认才能看得出来。老祖站在崖边，呼呼喘着气。焦虑使他几乎将自己的头发抓下来了，但他感觉不到痛。他来回踱步，既怕掉下去，又不愿意让女人独自躺在那里。他一直待到快天黑。夜色将女人淹没了。

最后是警察将女人的尸体带走的。无人认领，公安局的人找到女人家，进去了很久，才有一个女人跟着出来。老祖躲在不远处，认出那是女人的嫂子。在这之后，女人的死就像一片落入山谷的树叶，没有踪迹，更没有回响。老祖不知道她埋在哪儿。听别人说，她的家人随便找了个地方就把她扔在那里了。“都嫌她丢人吧。”“可能自己觉得没脸做人。”老祖从这些话中穿过去。没人注意到他怀中抱着一个包裹。他走出村子，往他看守的那座山走去。

每一步都是沉重的。山中徘徊着憋闷的气息，令人鼻头发酸。他将女人掉落的包袱带上山顶。老人们常说，山顶是离天堂最近的地方。他要在这里给女人挖一座坟，还要给自己挖一座坟。坟是老祖徒手挖的。他没想过用工具。手指刨开泥土，刨开石块，流出血来。新鲜的伤口被泥土浸润，剥皮一样地痛。热血冲进了老祖的鼻腔，催出鼻涕，眼泪也跟着奔流而下。他加快了速度。刨，刨，刨。痛感越强，他挖得越快。山顶的硬泥一点一点被剥开，露出湿润的土壤。地表凹陷下去，渐渐形成泥坑。不记得究竟是多久以后，老祖终于得以用秃了指甲的双手，捧起女人的包袱，像是捧着圣物一样，举过头顶，自己则匍匐下身去。他突然想起，多年以前，老人们将祭品放在少年老祖的手中。他们说，跪落！磕头！老祖便跪落。带着颤抖的心和手，半是恭敬半是恐惧地朝遥远的亲人们磕头。老祖的脸紧贴着地面。地的味道是生涩的。起风了。山谷中鸣起悲怆而悠长的鸟叫。某种不知名的动物在远处发出低鸣，像是在撕咬什么。阴森森的风吹起坟头的泥粒，扎进老祖的眼睛。老祖赶紧冲着地面咚咚磕头，对不起对不起，请你原谅我请你原谅我。

风吹过老祖额头上黏稠又发热的液体，迅速将它们冷却。

好死不如赖活着，老人们都是这么说。究竟是怎样的勇气让女人从山上跳下去呢？到了快七十岁那年，老祖终于开始体会那样的心境。日子太长，时间像是有了痕迹，每一秒都长得无法忍受。有时候老祖觉得该有一小时过去了，但看看时钟，分钟还未走过一个数字。白天，黑夜；黑夜，白天。老祖在每个清晨艰难地醒来时总是烦躁地想，他妈的。想到时间还会要继续这样爬行下去，他就想一头撞死。他也确实那么干过。除了头上的剧痛是真实的，其他的像是什么也没发生过。人真是矛盾，少年时嫌日子太慢，中年又觉得日子太快。人浑浑噩噩，大半个人生过去了。

上半生他总是莫名其妙地逃脱死神的手掌。他救过落水的儿童，追过抢劫的逃犯。每一次他都是抱着必死的心愿去的——他不会游泳，更不会打架。早点死吧，早点死轻省一些。不用在梦中被女人砍树的声音惊醒了，也不必担心有一天是谁发现真相，大张旗鼓地来将他带走，然后让他用漫长的时间一边回忆一边忏悔。救落水儿童时他溺水了，意识快消失的时候有人把他救了上来；追抢劫犯的那次，他被摩托车拖着跑了好几公里，除了背部大面积的擦伤，老祖没有受到其他伤害。巧合多了，他开始觉得这是一种为他特设的惩罚。惩罚他的自以为是，惩罚他对生命的不尊重。

村办起火的那次老祖几乎就要死了。着火是在晚上，村里的人得到消息，前来抬水救火，唯老祖一个人冲进浓烟当中。他自己也不知道要抢救什么。木梁掉了下来，砸在老祖的脑袋上。在失去意识的前一刻，老祖高兴地想，太好了，终于可以死了。他怀着这样的安详感睡去。不知过了多久，他又在众人的包围中醒过来。病房里站满了陌生的面孔，每个人的脸上充满着对生的喜悦。一个衣着庄重的男人走上前，握住老祖的手，拍了拍，祖同志，你见义勇为抢救村办，不愧是我们县里的道德模范。我们要和上级申请，评你为市道德模范，省道德模范，表彰你。要向全市人民倡导你这种舍己为人的精神。

老祖笑得无力，道德模范？

官员说，对，道德模范！

老祖说，我是想做才这么做的，用不着。

官员说，太令人感动了，社会上正是缺少你这种能够奉献的人。

老祖不耐烦起来，要说几次才会懂。我是想做才做的。我是想死才这么做！

人们都像看怪物一样看着老祖。片刻沉默后，房间里爆发出一阵笑声。村长尴尬地站在一旁，身上散发着一股灰烬的味道，仿佛他也着火了。村长连连说，躺得太久了，看来还是没得完全清醒。人们再次愉快地笑起来。你们笑什么？不要笑！老祖越是争辩，笑声越是愉快。笑声仿佛是对他求死的嘲讽。老祖无奈又痛苦地闭上眼睛。没有人相信他是想死，以后也不会有人相信他是强奸犯。

所有人都说老祖被火烧傻了。

老祖对张寡妇说，我还是去自首好了。

张寡妇笑了，看来你是真的烧傻了。

他想了几天，下定决心去派出所。派出所的民警道，我们做过尸检，死者是自杀，不是他杀。老祖说，是我强奸了她她才自杀的。警官说，现在火化了，也没有证据证明你强奸过她。我都已经承认了还要什么证据，我自己就是证据。警察看着他，恍然大悟，哦，你是前段时间那个道德模范，我们听说了，你脑子有点不大清楚。走走走，再来就算你妨碍公务了，把你关起来。

好，关起来，快点！老祖喊着。但没有人把他关起来。派出所的民警习惯将老祖当作空气，无人搭理他。于是，老祖在派出所的椅子上坐过了一个又一个漫长的季节。到了后来一个民警对他说，真的不用来了，就算是犯案也过了追诉期。何况你没有犯案呢？

从那以后，活着就比死更加艰难。

老祖就这样浑浑噩噩地又活了好几年，仿佛有几个人生过去了。

这几年之中，村长死了，肝癌。老祖知道迟早会有这么一天。他已不太方便出门了，因而没能参加村长的葬礼。葬礼那天他躺在床上。窗外飘入的火药灰辣得老祖流出了眼泪。鞭炮声、哀乐声，渐渐地远去了。老祖挣扎坐起身，不知自己应该高兴还是悲伤。或许有点羡慕，他说不清。

取代村长的是一个大学生村官。也许是村长早有交待，大学生熟稔地每天定点到老祖家门前报到。他像村长一样，听从他的要求，同帅帅一起将老祖搬运上车，开向山顶。

八十四岁那年，老祖又一次从死亡边缘被赶回来。这一次和往日不同，老祖以为自己必死无疑了。他已经多年没有见过死神，这一次，他终于得以再次站在死神的门前。他静静地等待着，虔诚地排着队。毕竟他已等待太久。离门口的位置越来越近了。老祖暗暗松了一口气。终于轮到他了。他抬起头，直视死神。死神也回视他。穿着黑色扎染裙子的死神盯住老祖，说，哦，是你。

老祖呆住了。他跪落在地，嗵嗵地磕头。土地空洞地发出回声。他一边哭一边喊道，该完了吧？该完了吧！

女人没有答话，飘走了。老祖爬起来在她身后飞跑，想死都不行？为什么不让我死？究竟是什么还没完？是什么？

他挥舞着手臂，企图让死神停住脚步。一股热辣的液体喷射到老祖脸上，烫得他尖叫起来。飘浮的灵魂即刻被拉扯住，迅速下坠。老祖大叫着醒过来，发现脸上的热辣和梦里一样真实。水壶滚落在地，咕噜噜作响。帅帅在旁边喊，爸爸你怎么了，爸爸！

开水烫坏了老祖的眼睛，他看不见了。

失明将日子拉得更长，时间再次减慢，记忆在黑暗中变得越来越清晰。就如同做梦，即使闭着眼睛，眼前的一切依然真实可触，渐渐逼近。老祖越来越频繁地看见那个女人。女人的衣服总是不变的，黑色扎染布裙，裙子上的白色花样带着一抹浅浅的天空色。她与他遥遥相望，两人之间仿佛隔着一条看不见的河。女人淡漠地看着他，似乎在等待他首先开口。过了一会儿，女人抬起手，指着他肚子的方向。老祖连忙低下头去。他看到，从胸口到肚脐的部分变成了一个巨大的洞。洞黑而深，仿佛能把整个人吞食掉。老祖从床上惊坐而起，听见帅帅在旁边摇晃着他，爸爸，你怎么了。

老祖长长地吸了口气，又长长地吐出来。他重新躺回床上，说，没得事，睡吧帅帅。

他依然活着。

帅帅结婚了，是新村长做的媒。对方是一个哑巴。相亲前村长拿着女方的照片来到老祖家里，把照片放到他手中。村长说，我问过了，人家愿意跟着帅帅过。妹仔很漂亮，就是不会说话，其他一点缺陷都没有。老祖想说反正自己看不见，但他还是把照片握在手里，轻轻摩挲着。他想起了那个女人。快点死吧，他想，至少死了就能和她靠得更近些。

举行婚礼那天，老祖被一行人从床上抬了起来。像是坐在云上，他飘出房间，飘进人声鼎沸的客厅。人们将他放置在椅子上。他能感受到从四面八方投射过来的目光。有人说，老祖，多活几年是对的吧，现在儿子媳妇都有了，再努力活几年，就抱孙了。歌声、乐器声层层升起。不多一会儿，有人将茶放在老祖手里。村长说，儿媳妇给你敬茶了。他对着虚空点点头，从胸口摸索出红包，伸出手去。很快，红包被拿走了。老祖咧了咧嘴，不知道自己是否真的如愿笑了出来。

人们告诉他，七十三、八十四，两个人生中的劫数都被闯过了，现在该是闯百岁大关的时候了。他很漠然。他早就不去山顶，去不动了。他仍然会派帅帅定时到山顶上去看守他的坟地，给女人的坟除草。帅帅应着，老祖不知道他是不是真的去了。但那又有什么关系。随便吧。当活着变成煎熬，煎熬又磨成习惯，人生就变成了海绵，可以包容世界上的任何一切。他开始对一切都无所谓。连自己的死都无法做主，其他的又能怎么样？无所谓的体臭，无所谓的老不死。

在老祖百岁生日那天，人群再一次拥进了他的家。笑声和热气淌满了整间屋子，溢到门外。人声将房子占满了。这一切都提醒着老祖，他还活着。他依然活着，和这些他早已不再熟悉的人们一起，或者还要和他们的后代一起。他听见有人对他喊话，是村长。老人家，你要好好保重，现在你是我们村最长寿的人了。

他深吸了一口气，漠然地听着人们对他的祝贺。在老祖眼前出现的，是多年以前他坐在山顶时的情景。距离女人死去已经过了好几年。他将她安置在此，也预计将未来的自己埋葬在此，不仅因为这里更接近天堂。谁也不会想到老祖埋藏在心底的那一点点无能的期待。生的时候没有办法和她在一起，至少死了，他将得以用这样的方式靠近她。老祖向山林那头看去。山坳中鸣禽长吟，风吹落树叶，发出静谧的沙沙声。整个世界像熟睡的婴儿般安详。以前有个诗人曾经说过，托体同山阿，可能就是这样的境界。从第一次期盼着死到现在，这个愿望已被怀揣大半个世纪。

他张张嘴，嘶嘶两声，试图发出“山”的声音。

爸爸，你要做什么。

另一个小小的声音跟着，爷爷，你要做什么。

老祖张开嘴。有风透过牙齿的缺口，灌进老祖的嘴里。他努力调整着气息，调整着嘴型，像是学说话的哑巴一样，尽力将字说得好些，更好些。气流从上颚冲出去。老祖听见自己清晰地挤出一个字，山。

他在众人的注视下坐上了车。目光从他两侧流过，落在身后。车发动了。柴油刺鼻，比他身上的味道还要难闻。老祖仰起头，像一株喜光植物一样吸收着阳光。阳光暖融融的，有一种母亲身上特有的味道。四处都是温和的春意。是生的味道。

不知究竟走了有多久。车子停下来，有人靠近他，环绕住他的手臂，帮助他站起来。老祖第一次感受到自己的重，重得令人有些吃惊。轮椅车轮压在石头上的声音。来了一双大手，又来了一双小手。接着，他被放置到了轮椅上。

他们推着老祖，向某个不确定的方向走去。车子停下，帅帅帮助老祖伸出手去。他摸到了坟。很干净，没有杂草。老祖像是幼童第一次抚摸陌生的生物般，用手轻轻地触了触，收回手，用另一只手摸了摸，最后将自己的身子向前靠过去。好冷啊，他想。

老祖说，我的坟呢。

帅帅说，过着生日呢，说这个不吉利。

老祖重复道，我的坟呢。

帅帅停顿片刻，说，不晓得什么时候掉了个大石。这么大的石头，也不知道从哪里来的。

老祖深吸一口气，说，挖出来嘛。

哎呀，以后再说。

老祖说，挖嘛。

帅帅嘟嘟囔囔地走了。他吩咐儿子看好老祖，站在原地不要动。帅帅的儿子将轮椅定在原地，自己在老祖的身边玩耍，老祖则靠风的来向判断出孩子的位置。他时而靠近，时而走远。也许是玩累了，风很快就在老祖身边静止了。他听见孩子呼呼喘气的声音，呼吸新鲜得发热。

孩子说，爷爷，你后面这个是什么。

老祖说，坟。

谁的坟？

老祖答，你不认识的人。等你长大，你就知道了。

时间会给人答案。在老祖身上，时间选择性失明了。时间没有给他答案，也没有将他带走。老祖已经放弃了，反正他已经习惯了熬。有吃就吃，有喝就喝。没有吃的时候，饿着也没关系。总有一天会停止的，不管是哪一天。不管别人愿意不愿意。

老祖摸索着抓住孩子的手。他说，前面是不是有个坑？

孩子说，有的，爷爷。

老祖说，宝宝，你推我过去嘛。

孩子沉默片刻，说，爸爸说了，要我们不要动。

老祖说，没事，我们稍稍动一点。

于是，孩子推着他沉重得不能再沉重的身体向前走去。过了一小会儿，车子停住了。孩子说，爷爷，到了。老祖费力地将脚伸出去，用脚尖够了够。有小颗石子滚落的声音。他知道，这已是在坟的边缘了。老祖将手握住轮子，想要推动车子，却感觉到身后有力在反向拉扯着它。是孩子。

老祖说，宝宝，车不是这样推。要往前推。

孩子说，再推车子就掉下去了。

老祖说，谁说的，不信你试试看。

孩子不响。一阵风热乎乎地吹过来，吹落挂在老祖鬓上的汗珠。整座山都在热热地呼喊着。老祖仰躺在轮椅上，咬住牙齿（他居然还有牙齿）。他将双手放在椅子的坐垫上，用手撑住。撑住自己的身体，向前挪去。好沉。它像是和自己作对一般，纹丝不动。

孩子说，爷爷，你累了？那你躺一下嘛。我抓住你。

他装作没有听见，将几乎无力的双腿向前伸去。一点一点地，他感觉到脚略微有些悬空了。也许再有一步，他就可以脱离这个带着轮子的枷锁。远方某处传来人的呼喊声。孩子握住轮椅的手松了松。爸爸，他喊道。

牵引着车子的力消失了。就是现在。老祖想。就在这一刻，他因烫伤而贴在一起的上下眼皮重新张开。眼前模糊已久的视界像是剥开的洋葱，一层比一层更光洁。老祖看见他和帅帅共同挖过的坟就在眼前，与他不过一个手掌大小的距离。坟中有一块落石，石头周围长着杂草。似乎有风从坟底吹上来，森森的。

他听见了山的喘息。老祖咬住牙齿，像蚂蚁一样，撑着无比沉重的身体，一寸、一寸地拔离轮椅；一寸一寸地将自己弯曲的骨头抻直。他撑住轮椅的把手，把自己抬了起来。

孩子的叫声从上方传来。帅帅的声音伴随着突突的车声而来。他们即将看到，老祖和他的轮椅共同翻倒在他自己选定的那座坟里。他是面朝下掉落的。人们站在上面，他在下面，这样的姿势，仿佛在接受审判。他们都将看到，老人匍匐在坟中，抽动着身体。他上气不接下气地哭着，像一个被母亲威胁说要抛弃他的小孩。

百年好合

六月里，她有三次想要和丈夫离婚。冲动的次数比上个月又多了些，她一边回忆一边计算。第一次是女儿婚礼的前几天。女婿是空军的地勤，婚礼前无法回家，整个婚礼几乎由她和丈夫一手操办。那段时间她和丈夫几乎每天都在为女儿的婚礼争吵：喜糖应该选哪种，喜酒应该摆多少瓶。每一次，丈夫都能津津有味地和她吵上半天。那天她突然想起还未取回女儿的婚纱照，便让丈夫和她一同前去。出门前他们又吵了一架。丈夫坚持要开车，因为快下雨了。她则认为没有必要。婚庆公司在一家细如鸡肠的巷子里，车不好通过。她也看过天气。天空中有一朵乌云在同一个地方待了好几天，但始终没有下成雨。她相信雨不会来。

他们拿好照片刚走出婚庆公司没十米远，一场瀰雨倾盆而至。她和丈夫退回到婚庆公司的门前，站在短短的屋檐下躲雨。他们都以为雨很快就会过去。谁知，那朵熟悉的乌云飘了过来，并如滴入水池的一粒墨水，迅速将天空染成了灰色。丈夫焦虑地从口袋里掏出香烟，将潮湿的过滤嘴含进嘴里。火机滑轮嚓嚓地响着，但未能将烟卷点燃。周围的人都看着他们。她突然意识到现在公共场合已经开始禁烟。丈夫似乎也意识到了。他将烟卷潦草地从嘴中拔下来，撕成两截，恶狠狠地摔在地上。

出租车在狭窄的巷子里缓慢地驶过去，没有一台亮起空车的红灯标志。她站在丈夫的身边，听见他的胸腔呼呼地膨胀着。果然，没过多久，他不顾场合地喊起来："我早就说开车，你说不用，现在怎样？照片全都湿了吧？你为什么总是不听我的劝，为什么总把别人的话当耳旁风？"

周围躲雨的人们再次将目光转向他们。她知道，丈夫是故意要出她的丑。越是人多的场合，他越是刻意这么做，像浮夸的表演。同乡聚会时，他总是和别人强调："打出来的老婆，揉出来的面。"他说得洋洋得意，仿佛只有这样才能证明他在家中的地位，但她很怀疑这一点。她觉得，丈夫这种劣质的性别观只会成为别人的笑柄。

她没有回应，低头看了看女儿的婚纱照。就在刚才，在他们拿到照片即将出门的时候，婚庆公司的工作人员好心地追上来，在婚纱照外面裹上了一层厚厚的塑料垫子。偶尔有几滴雨水打在塑料垫上，留下星点的水珠。她将照片拎起来，把相框垫在自己的脚面上。雨渐渐小了。有些不怕淋雨的人已经离开。她抬头看了看，发现天边的乌云里有一道橘红色的金边。她知道雨快停了。她没有犹豫，拎起照片走进了绵绵的细雨中。她听见丈夫在后面气急败坏地叫着，但她没有回头。走到路口时，她迅速钻进了一辆刚下客的出租车。坐在出租车里，她想，她不该和他结婚。

大约是在七〇年吧，那时她在园艺场当工人。她十五岁就进了工厂。进工厂前，父亲语重心长地对她说："要好好干革命。"她对革命的印象很模糊，只知道这概念在当时很流行，让人有种沉甸甸又骄傲的气势。父亲还告诉她，园艺场里有一个名叫李海的年轻人，是他朋友的儿子，他已托付李海照顾她。进工厂不久她就见到了李海。那是一个稍显矮小的男人，比她大三岁。他有一双如同鹿一般深情又明亮的眼睛，仿佛随时都能从眼窝里滴出水来。不知是出于父亲的交代，还是他自己的真心，他对她颇为照顾。工友们都说他对她有意，她嘴上否认了，心里却很甜蜜。可是他并没有明确地说过什么，她也没有胆量去做更深的猜测。在那个年代，过度的猜测是一种耻辱，她所受到的教育是这样告诉她的。

后来工友们给她介绍了现在的丈夫。她对他没有太大的好感，但也听从了朋友们的意思，当作是交一个朋友。他们正常地交往着，偶尔出去看场电影。直到丈夫和她求婚，她才惊慌地感到了一丝措手不及。她答应他考虑一段时间。她想着和李海之间未被道破的感情，不太甘心，于是，她找到李海，将一切告诉了他。李海看着她，眼睛在黑暗中如波浪一样闪闪发光。他没有说话，只是点了点头，然后站起来走了。那天晚上，她躺在床上时，听见从远方的山头上传来一阵悠长的笛声。笛声断断续续的，有时发抖，有时低沉，带着一股无法言说的伤感。和她同宿舍的工友们都在黑暗中坐起来，走到窗前去寻找笛声的来源。她知道那是李海。她曾经在他的包里看到过笛子。她的心底涌起一股既甜蜜又酸涩的感觉。他是一个怯懦的人，她失望地想。

笛声持续了快一个星期。在白天，她仍然常常见到李海。他似乎没有改变什么，仍一如既往地照顾她。她也装作不知情地继续接受他的好意。直到有一天，李海在节后返回园艺场，告诉她他要结婚了。她第一次发现，他的声音如同他的笛声一样，低沉中夹着颤抖："是爸妈给我介绍的，村东头老王家的闺女。"不知是否是自己的错觉，她总觉得李海在说这句话时时，有意将"爸妈给我介绍的"加重了口气。他的脸上充满着如孩童一般的慌张，似乎有意要向她解释什么。她在脑海中捕捉着李海对象的样子。她曾经见过她一面，好像是在集上。那是一个典型的泼辣的农村妇女，有一双比普通男人都要大的脚。在她的故乡，人们还保留着以脚为准绳的审美观。她想象着李海对象的一双大脚，还未来得及错愕，一句话带着酸味的话就脱口而出："什么时候吃你的喜糖啊?"

他吃惊地望着她，眼睛因吃惊而变大了。她期待着他能说点什么，但他没有开口。李海的态度刺痛了她。她转身离开了。几个月后，园艺场关闭，她去了供销社工作，李海因为父亲的关系去了百货公司做营业员。他们没再联系。生活变成了两条岔路，越到远方，分岔越大。后来，她与丈夫订婚。不久后丈夫在部队提干，她随军去了一个南方小城，离开了故乡。

她后来听说李海过得并不好。他的妻子早逝，没给他留下儿女。李海没有再婚。她女儿要结婚时，时隔这么多年，他才第一次打电话给她。电话里他的声音几乎没变，只是听起来更沙哑，更低沉了。她用手指环绕着电话线的线圈，想象着李海现在的模样。突然，她脑海中模糊了多年的影像又渐渐清晰起来。一双如鹿般深情的眼睛，随着时间的流逝，这双眼睛已经蒙上了一层黯淡的灰色。也许他的脸和她一样，早就布满了深深浅浅的沟壑。丈夫现在就是如此。他似乎和丈夫是同年的。想到这里，她的脑袋像吃了一闷棍，蒙了。她想到自己稍显漫长的婚姻，不由得叹了口气，心里刚漾起的一点柔情很快又被压下去了。她客气地告诉他女儿婚礼的时间，并邀请他来参加婚礼。他在电话那头客气地表示祝福，也告诉她有机会他一定会来。她知道他不会来，她从他们彼此的语气中能感受到，即便多年以后，他们会重新坐在对面，他们所讨论的话题将刻意地绕过那段朦胧的往事，绕过与那些往事有关的一切，将目光落在他们各自的生活上。云淡风轻，他们礼貌地微笑着，如同两个初次相见的人一样客气又约束。他们将如那朵一直飘浮的乌云一样，被风一吹便轻轻散去，始终无法下成雨。

每每和丈夫吵架的时候她都会想起李海，并忍不住将丈夫和李海相对比。越是对比，她越觉得心塞。如果当初她或者李海都能够再往前一步的话，也许他们的生活会有很大不同。究竟有什么不同，她阻止自己继续想下去。

回到家，她向女儿抱怨丈夫的所作所为。女儿满不在乎地坐在沙发上填写请柬，似乎根本没将她的话听进耳里。她冲上去扳过女儿的肩膀，叫喊起来："你到底有没有在听我说话?"

女儿翻了个白眼，如同划清界限一般一字一句地说："你自己找的好老公，有什么可抱怨的，过不下去的话，离婚吧，没有人会拦着你的。"

"你有没有良心？要不是为了你……"

女儿冷漠地打断她："我不用你为了我。"

她被噎住了。她没有想到女儿会这么说。从年轻时到现在，有许多次和丈夫吵架过后，她一个人顺着河堤慢慢地往前走。曾有一对年过花甲的夫妇跟着她走了几天，直到确认她不是要自杀，他们才放心地离开。她坐在河堤的石椅上，闻着带有鱼腥味的风。风湿漉漉的，有如泪水一样咸。她下意识地用手去摸了摸自己的脸，是湿的。时间越长，她越能确定他们不适合在一起生活。如果不是为了女儿，她早已和他离婚。但她不想让女儿成为单亲家庭中的一员。她看到过许多因为单亲而被嘲笑的孩子，知道这样的背景会让成长倍加艰难。她没有权力给女儿的生活无端地增添一道坎。父母和朋友们不是也说吗，为了孩子……她想到这里，觉得自己高大起来，有种受到赞许而想哭的冲动。

女儿结婚的前一天，气温高达四十度。她一起床就将冷气打开了，将温度调至最低。几个小时过去，热度丝毫没有降低。房间里四处是被烧热的沥青味儿。想到女儿明天就要从这个家里离开，成为一名新妇，她的心里涌上来一股被剥离的失落感。这种感觉在女儿出生前也出现过一次。那时丈夫到外地操练去了，她一个人在部队医院待产。预产期已经过去了一个月，她的肚子却没有任何反应。军区医院里只剩下她最后一个产妇了。产科的大部分护士都已休假，只剩下两三个准备考军校的护士。那几个护士很年轻，十七八岁的样子。考试当前，每个人都很紧张。她甚至能从护士们密集的脚步中听出焦虑感。房间里每天都充满着火烧般的味道，她第一次知道，焦虑的味道是这样的。

她在床上辗转翻滚，只觉得热。医院没有冷气，每天只有一顶吊扇在她的头顶缓慢地晃动。她看着风扇在被子上投下的黑影，总觉得有种被掏空的慌张感。她将手放在肚子上，感受孩子的心跳。这样的方式能让她感到平静。她要比一个月前活泼了许多。现在，她每天都会不定时地在她的肚子里伸展拳脚。她看着自己肚子上凸出来的皮肉，不自觉地笑出声来。

一个傍晚，医生走过来对她说："今天生怎么样?"

她知道医生要打催产素了。前几天他们和她商量过这件事。时间已经过去了太久，每个人都没有耐心继续等下去了。她冲医生点点头，说："好。"

很快护士们便来了。她们将她推向产房。她仰躺着，一路数着天花板上掠过的白炽灯。也许是因为在医院的缘故，灯光让人感觉异常冰冷。她再次将手放在了自己的肚子上。这一次，孩子没有给她回应。她突然想到，下一刻，她就要从她的体内剥离出来，成为一个独立的个体了。她有些想哭。近一年来，她已经习惯孩子是自己的骨中骨、肉中肉，她的出生，就是骨肉剥离的过程。但是她知道，即便如此，她也必须接受这一次剥离。就如同多年以后，她知道自己必须坦然地将女儿推向另外一个男人。

女儿又在房间里试穿婚纱。婚纱一个星期前就从婚庆公司拿回家了。一开始，女儿兴致勃勃，没过几天，她的兴致就减少了许多，整个人全身上下散发着一股烧焦的热气。离婚期越近，这样的味道也越加棱角分明。这是她所熟悉的焦虑的味道。她不知道该怎样缓解女儿的焦虑。在女儿昏暗的房间里，她想起了女儿出生的那天傍晚，她在恍惚中看到的风扇阴影、寒冷的白炽灯以及热闹争吵的知了。医院的走廊里充满着带着火烧味的热空气，她穿的病号服已经被汗濡湿了。当进入产房，手术灯亮起，整个世界突然凉了下来。

她走进女儿的房间，帮助她将婚纱背上的拉链拉上。女儿回头看了她一眼，将目光转回到穿衣镜前。她皱着眉头打量着镜中穿着白纱的自己，似乎感觉很不适。很快，女儿艰难地伸手拉开拉链，把自己从白纱中剥出来，将婚纱踩在脚底。这时候，她才发现女儿的脸变成了病态的蟹壳青色。女儿看着她，长舒一口气，又低下头，说："妈，能不能不办婚礼了?"

"怎么能不办了? 请柬都发出去了，你爸爸的朋友，我的朋友，还有你自己的老师、同学，特别是你爸爸的朋友，都是首长、战友，怎么能说不办就不办了?"

"……就是不想办了。"

"这种事怎么能由你自己任性? 你自己想想，从你领证到现在，你除了拍照和写请柬，你自己究竟做过什么? 你自己想想!"

"……"

"你凭什么不办婚礼? 你让我们怎么去面对收到请柬的朋友?"

女儿抬起头，一字一句地吐出几个字："你的面子比我的感受还重要吗?"

"……这不是面子不面子的问题……"她感觉自己的思绪断裂成了碎片，这种断裂感让她惶惶不安。她突然觉得自己刚才说的一番话很勉强——什么都说服不了，更谈不上什么意义。她站在女儿面前，却觉得自己的腰不自觉地弯了下去。她感到前所未有的压迫。突然，她的脑袋里灵光一闪，她想到了最后一个无法被驳斥的理由。

“不管怎么样，我告诉你，结婚不是你一个人的事，是我们全家的事。你自己怎么样我不管，但是你必须对我和你爸负责!”她挺直腰，恶狠狠地说。

女儿没说话。她安静了一会儿，笑起来，笑得像一只怪物。女儿走到她的面前，按住她的肩膀，将她推出了房间，猛地摔上门。她一个没站稳，差点跌倒。她下意识地去拧房门的把手，房间已经被反锁上了。血冲上她的头顶，让她感觉脑子像失去信号的电台一般嗡嗡作响。她不停地拍打着房门，企图迫使女儿把门打开。女儿小时候起就有这样的习惯。每次遇到不想面对的问题，她总是将门反锁。她宁愿女儿和自己大吵一架，至少这样她能知道她是怎么想的。但女儿是沉默的，像是一口深井，而她弱小得如同一粒石子。

她使劲拍打着房门，直到筋疲力尽，女儿也未把门打开。她气喘吁吁地走到客厅里坐下。丈夫也坐在客厅里。此刻，他正将一只脚搭在沙发上，弓着背在剥脚跟处的死皮。他一边抠，一边龇牙咧嘴地挤出一个便秘般的表情。她看着他，恨不得抽他一个巴掌。她忍着气看着他将扯下来的死皮放在沙发上，像排列宝贝一样摆放整齐。她见他抬起头，说：“你生的好女儿!你看看，她是什么态度!你是她爸爸，你能不能管管!”

丈夫斜着眼睛看了她一眼，随手抄起了放在沙发上的小木槌。他弓起手背，用木槌朝着关节处敲打着。她知道这样很疼，从丈夫的表情就可以看出来。每次他这么做的时候都是龇牙咧嘴的，一边捶打一边倒吸冷气。从退休之后他就开始热衷于这样做。这方法是他从网上看到的，据说这样长期敲打能够清除掉身体里的毒素。丈夫在退休之前曾经脑梗过一次，他总是坚信自己之所以会这样，是因为身体里有太多的血栓。她和他说过多次，丈夫手上出现的那些紫黑色的斑点不是血栓，而是皮下出血。丈夫从来没有听进去，反倒越发地上瘾了。每天只要是闲着，他就会拿起木槌拼命地敲打着手背。木槌在他的手上发出啪啪的声音，密集得如同在砧板上剁肉。她有些肉麻。她仿佛看到一片灼人的阳光照在自己的眼睛里，将双眼烧得火辣辣地疼。空调呼呼地吹着，没有半点凉意。她深吸了一口气，冲上前去夺下丈夫手中的木槌，将它扔到了飘窗上。玻璃发出砰的一声闷响。她愣了愣，但很快又回过神来："你能不能做点别的？你女儿今天这样子，都是跟你学的！你们一家都是自私鬼，从来不替别人想想！"她委屈地放声大哭。

焦虑如草原上的星火，被她的哭声点燃，迅速燃烧了整个房间。丈夫从沙发上跳起来："你是不是想吵架？是不是又想找事？"

"我说的是事实！你看看你的那些同事，退休前官都比你大，退休之后不都是每天帮着老婆做家务，你呢？你除了敲还会干点别的什么？"

"我一辈子为你们母女两个累死累活，我这还不是为了身体好，这样才能给你们多赚点钱？这也不许，那也不许，你还要不要人活了？”

他咧开嘴，看起来快要哭了。他总是这样，她愤怒地想。退休之后，每次争吵到自己无话可说的时候，他就会将脸挤出皱褶，如同刚出生的婴儿一般放声大哭。朋友们告诉她，这可能是脑梗的后遗症。她不知道这究竟是不是真的。丈夫的委屈像是有模式一般，每一步都可以预料。她知道，接下来，他就会抬起手来扇自己的脸，一边打一边骂：

“我不是人，我是畜生！”

他惯用这种耍无赖的方式恶心她。

“你能不能说句人话！”

他哭起来，鼻涕顺着他的鼻子流下来，流到嘴角上方。他使劲吸了一声，将鼻涕又吸了回去。她看着丈夫嘴上方两条滑腻的痕迹，觉得如同生吞了猪油一般恶心。她看着丈夫这副模样，觉得他不像个男人。一个男人怎么能像女人一般耍无赖？不是说男儿流血不流泪吗，这种事在丈夫身上从来都说不通。她不该和他结婚，她这么想着，站起来，走到门口，关上门。她倚靠着门，觉得自己被抽空了。这一刻，她再次体会了生产时所感受到的那种剥离感。她感到无论是她和丈夫，还是她和女儿，像是密度不同的水和油，即使同处一处，也始终无法相容。

第三次是女儿婚后的头一个星期。女儿婚后三天回门，她忙了一天。女儿回去之后，她感觉自己终于可以歇一歇了。她的人生终于再次结束了一个重要的段落，今后她可以为自己生活了。她一边想着，一边松了一口气。

人松懈下来，没想到，病却赶着来了。一开始她只是便秘。一连几天，她每天都在马桶前挣扎。肚子胀得很，却什么也排不出来。她很沮丧，自己是老了，连顺利的新陈代谢也变成了一种奢望。她听朋友说吃酸奶、芭蕉有助于排便，便将它们列入三餐。头几天并没有什么反应。很快，肚子就如同战败的军队，再也不受控制了。这样的状态持续了好几天。她以为简单地吃点药就能好。有一天，她坐在马桶上时，突然觉得有一团滑腻的东西顺着身体滑了下来。她身上的肉敏感地紧了紧。她意识到不好了。一定是肠子掉出来了，她惊慌地想。几年前她做过一次痔疮手术。手术的过程中医生发现，原来她患的不只是痔疮，还一并患有肠黏膜下垂。术后医生提醒她，不要再过于劳累，要注意休养。她的确也是小心翼翼地照顾着自己的身体的。没想到，女儿婚事一过，这场病就突然地爆发了。

她从洗手间里走出来，叫着女儿的名字。名字刚出口，她突然想起女儿已经去了蜜月旅行，要一个星期后才能回家。她叫丈夫，没有人应。对了，以往这时，丈夫应该是和朋友在茶庄里喝茶。她拖着步子走到客厅中间的沙发坐下，给丈夫打了电话，没有人接。她看着空无一人的房间，觉得它异常地大，自己异常地小。悲戚感涌上她的心头，很酸，很涩。她站起来，向女儿的房间走去。房间里还有婚礼当天遗留下的彩纸碎屑。墙上的喜字是烫金的，在阳光下反射出一股灼人的金光。女儿出嫁才几天而已，房间里已经开始冒出一股淡淡的霉味儿。这让她觉得有点冷。

她走到衣柜前，将它打开。一股轻微的奶香气扑面而来。女儿从出生的时候起就带着这样的味道。她原先以为这是婴儿所共有的味道。但随着女儿的长大，这样的味道并没有从她身上褪却，反而成了女儿特有的一种印记。这味道让她感觉亲切，仿佛女儿未曾离开，仍是她身体里的一部分。她将脸埋在女儿的衣服里，静静地嗅着这种气味。她突然悲伤地想到，这些气味将随着她打开衣柜而逐渐飘散，消失，最后将被一股陈旧的霉味所占据。她强烈地意识到现在只有她一个人了。她最亲近的人已经开始了自己新的生活，而丈夫，也许他和自己想的一样，都认为对方只是一个共同生活的伙伴。她想着，颓丧地坐下来，哭了。

最后是妹妹将她送进了医院。检查之后，医生告诉她需要住院。医生的脸看起来病态、苍白，走进房间里坐下时摇摇欲坠。他请她和妹妹坐在自己的对面，详细地和她们讲述病情。术语太多，她们什么也没有听懂。妹妹焦躁地问着医生："到底是要怎么办，你倒是讲讲清楚嘛!"

妹妹的声音尖锐又粗糙，如同公鸭。这几年她们已经少有来往，彼此都有自己的家，谁也顾不上去问候对方。她上一次见到妹妹还是年初时，妹妹过来送年货。她没有进家，在门口站了几分钟就走了。妹妹说："阿姊，我来不及坐了哦，我还要去给囡囡的老师送年礼，你晓得的……"她点点头。从那以后妹妹就鲜少露面，甚至也没有电话来。她赌气似的也不和妹妹联系。然而她还是在病倒时想到了妹妹，毕竟她们是一母同胞。但是，眼前的这个叫作妹妹的女人也让她感觉陌生。妹妹的脸、身材、声音和她上一轮的印象相差甚远。也许并非如此，只是她对妹妹的印象仍停留在她刚从故乡来的那个夏天。妹妹刚和故乡的对象离婚，原因是结婚三年后她仍没有生孩子。她鼓励妹妹到这儿来。妹妹抵达城市的那天，提着一个简陋的皮包，里面只装了几件简单的单衣。由于长时间坐火车的缘故，她的身上散发着浓重的汗酸味儿。这样的味道阻止了她想要拥抱妹妹的冲动。妹妹似乎看出了她的心思，脸红了，怯生生地叫："大姐……"她的心颤抖起来，最终还是走上前去，轻轻地拍了拍妹妹的背。现在，妹妹的声音已不如过去柔和。她的脸也是一样，四处充满着龟裂的沟壑。生活的艰难让所有人迅速地苍老了，她如是，妹妹亦如是。

她的脑子如气球一般膨胀起来。妹妹的声音被隔离在外，发出模糊不清的嗡嗡声。消毒水浓重地冲进她的鼻腔，却没能让她的脑子更清醒些。她看着妹妹和医生，他们似乎在争吵什么，她听不清。她抬起头，发现天花板转起来了。紧接着，视线逐渐变得模糊。这感觉和每天早晨刚睡醒时一模一样。她不受控制地倒了下去，感觉自己坐的不锈钢椅子和地面发出令人倒牙的撞击声。这时她突然能听清了。她看见妹妹一脸惊恐地向自己跑来，尖锐地叫着："大姐!"

她醒来时已经躺在病床上。丈夫来了，在房间走来走去。妹妹不知道去哪里了，她没有问。丈夫看见她醒了，走过来。她发现丈夫的脸上全是豆大的汗珠。他的脸有点黑。他时不时用手抹一把汗，然后将手中湿漉漉的汗液甩在地上。这是他的习惯动作。丈夫紧张的时候总是会这样。

她看到丈夫这样总是要骂的："你像不像个男人？胆子和鸡胆一样！"

倒不是她真的觉得丈夫胆小。而是觉得每每这时，丈夫脸上的肌肉都垂下来，太阳穴一跳，脸上的肉也跟着颤抖，像是中风病人。

她还未来得及开口，丈夫却先开口责怪了："哎呀，你什么时候生病不好，偏偏要这时候？"

生病还可以挑时候？她想骂回去，可是肚子却隐隐地发胀，最后整个肚子都拧起来。她痛得在床上打滚。丈夫的黑脸凑过来，汗水滴答直落："你怎么了，你怎么了？"

她痛得说不出话。丈夫仍然像影子一样紧追着她不放："哎呀，问你话你怎么不答嘛！"

她挣扎着从身下拽出枕头，奋力扔到丈夫脸上："滚出去！"

丈夫抹了一把汗。他嘴里嘟囔着出去了。她听不见他在说什么，还能有什么，无非在抱怨她脾气暴躁，是个恶婆娘。从他退休以后，每次争吵败阵，他总是要这样嘟囔一阵。若是吵架的阵势再大一点，他就要打长途电话到故乡她的妹妹们那里："你姐姐现在可有能耐了，成天就知道和我吵架。"

妹妹们小心翼翼地打电话来关心："大姐，年纪大了，有什么事情和姐夫商量着来，吵架伤感情。"

"你什么意思？"

电话那头吞吞吐吐的："……姐夫说你最近脾气不太好。"

她用力地摔掉电话。

她躺下来，听见丈夫在病房外大声地打电话："喂，小李啊，那个，你阿姨住院了，那个……”

他一句话总是要说上半天。即使说完了，别人往往也没听懂他在说什么。她知道这是脑梗的后遗症。可是，每每她看到丈夫说话时将脸憋成如公鸡一样的红色，嗯嗯啊啊的，她的心就如同火烧，忍不住冲他吼道：“到底哪个？”

丈夫被她的吼声一惊，变得越发的口吃了：“那，那个，那……”

他年轻的时候就有些口吃，由于说话慢，她也以为是丈夫面对自己有些紧张，竟将这一点忽略了。女儿还未开口说话时她一直担心她会受遗传影响，还好，担心没有成真。

很快，丈夫从病房外重新走进来。他的脸仍是扭在一起，仿佛遇到了很头疼的事。他走到她的床前，重重地“哎呀”一声，说道：“求人实在是太难了，你不知道……”

他说了许多，她没有听进去。她知道丈夫说到最后，也还是会告诉她事情解决了。但他习惯在告诉她结果之前，总要说一大堆话作为铺垫，仿佛只有这样才能凸显他所作出的努力。一开始，她还会对丈夫说两句“你辛苦了”之类的话，待她发现这只是丈夫的习惯之后，她感到厌烦了。她在心里叹了一口气，问自己，为什么要和他结婚？

是日久生情吗？可能更多地是出于女人的虚荣心。她这样想。她和丈夫还没有确认关系的时候，丈夫已经在外当兵。他常给她寄照片来。照片上的丈夫穿着军装，身材挺拔，看起来很是英武。工友们看到照片，说话时夹杂着醋味：“哟，你的对象是军官啊？”她只是笑，不置可否。实际上她还在心里思量着。她知道他脾气不好，身上还带着一股从骨子里散发出的土气。有一次她去办事，顺道去看他。丈夫的同事安排她在宿舍里等着。她在床上坐下来，觉得屁股下鼓鼓囊囊的，有些不对劲。她掀开被子一看，天，被子下是一堆穿过的袜子！她强忍住想吐的冲动，跑出了丈夫的宿舍。当时她想，她绝不可能和这种人结婚。但是现在，她仔细打量着照片，想到朋友们那些艳羡的眼光，觉得丈夫愈发地顺眼起来。她的心微微地动了。

两天之后，医生通知她要进行手术。医生告诉她，因为她已做过一次手术，再加上她本身患有糖尿病，很可能在手术的过程中产生危险。丈夫在一旁，哎呀哎呀地叹着气，让她有将抹布塞在他嘴里好让他闭嘴的冲动。汗从她的背上流下来，浸透了她的病号服。医生交代她好好休息，走出去了。丈夫在她的病房里走来走去，偶尔在床边的椅子坐下来，但很快又站起来在房间里来回走。病房里不允许抽烟，丈夫便走到阳台上，点上烟。她仔细打量着丈夫，觉得在烟点燃的那一刻，丈夫长长地舒了一口气。他抽完烟，走回病房对她说："那你好好休息，我明天再来。"

她突然打了个冷战。快六点了。六点时餐车会来送病号饭。他至少应该为她打完饭再走，她难过地想。女儿还要两天才能回来。她的蜜月还没有结束，接到消息时急匆匆地往回赶。她没有买到机票，只好连夜坐上火车。前几天，她听到丈夫给女儿打电话："你妈都病成这样了，你还过什么蜜月？你怎么这么不孝！"她听着丈夫焦虑的骂声，觉得他并不是关心自己，只是想要迅速找到一个人来接替他现在的工作。她很难过。她觉得，在丈夫心里，她可能就如同一颗高尔夫球——提起杆子，他希望将她打得越远越好。

她努力撑起身子，拿起枕边的手机，一个字一个字写下遗书。眼泪掉在智能手机上，触不出字。她想，下辈子就算投胎成为一头猪，她也不会和丈夫这样的男人结婚。

此刻，她和丈夫、女儿还有妹妹、外甥一家人正围坐在包厢的圆桌前，庆祝她和丈夫结婚四十周年。她和丈夫的生日均和结婚纪念日挨得很近，这样一来也算是做了寿。人们把四十年的婚姻叫作红宝石婚，以寓意这样的婚姻并不容易。她坐在丈夫旁边的位置上，看小辈们高兴地夹菜，聊天。天气炎热，包厢里的柜式空调已开至最大一挡。空调上的红色绸布还未去除，总是随叶片的转动发出呼呼的响声。这些并未阻止窗外传来的密集又令人心焦的蝉鸣声。她莫名地觉得热，心仿佛被猫爪抓出了几道热辣的伤痕。周围的小辈们时不时凑近来和她聊上一两句，或者客气地给她夹菜，她敷衍地笑笑，不时用手去揉搓被冷风吹硬的脸。

墙角摆放着女儿预订的四层蛋糕。饭店里的冰箱放不下，服务员只好将蛋糕摆在了包厢里，并将空调开至最大，以防蛋糕融化掉。她不知道那几层蛋糕究竟是如何支撑起来的。她很好奇，也很担心。她总觉得那蛋糕的边角好像已经开始软化，仿佛随时都有可能因过高的温度而倒塌掉。她想，可能生活也是如此。

丈夫有些过度的兴奋，他喜欢人多的场合。满桌子的菜，点的几乎都是他爱吃的。菜自然是他点的。他从来不考虑别人，她不高兴地想。每次进饭店，他总是大包大揽地将菜单从服务员手中抢先接过来，点上满满一桌。菜时常剩下，结账时，他很豪爽地挥手："打包干什么！冰箱没地方放！"吃饭时，他习惯将嘴塞得满满的。汤汁顺着他的嘴悄悄溢出来，随时都有可能往下掉。甚至有几次他一边含着饭菜一边将酒灌进嘴里。酒喝得太快，他被呛得连酒带饭一同喷出来，溅得四处都是。她用筷子敲碗，尽量压住火气，平缓声调："慢点吃行不行，没有人和你抢。"

丈夫用腿背推开椅子，站起来："不吃了。"

她现在已经学会将丈夫的一切恶习过滤掉。比如他旁若无人地将鼻涕擤在地上，或者把脸埋在碗上，呼噜呼噜地喝粥。她以前总是要骂的。现在，她更乐于将头扭开，将视线无限地往前方延伸过去，穿过墙，飞向室外，脑子里闪过一幕幕场景：飘雪的城市、橘红色的晚霞、辽阔的草原。微笑浮在她的脸上，她的呼吸逐渐变得平稳，就像在经历了筋骨酸疼的瑜伽练习后所做的休息术一样，她感到前所未有的轻松。

"我来敬爸妈一杯。"她看到女儿站了起来。

女儿在结婚前和丈夫并不亲近。人们都说女儿是父亲天生的情人，她和丈夫却好像生来相克。她对丈夫所做的一切都看不顺眼。在以往，女儿若看到丈夫吃饭的模样，眉头总是拧起来："你几辈子没吃过饭了？没有人和你抢！"她觉得自己有了战友，忙不迭地补充："他们家里人都是这样的，你像我。"丈夫不作声。

最近的一次吃饭，女儿的态度突然发生了变化。她在提醒丈夫时，女儿突然打断了她：“好不容易一起吃个饭，搞这么多要求做什么。他爱怎么吃就怎么吃嘛。”丈夫彼时正在咬着一块排骨。她坐在他旁边，听见他故意将排骨咬得咔咔作响。她突然想到了前几天在电视上看到的一个镜头，饥饿的美洲狮将羚羊拖到隐蔽的地方，用爪子抵住，用力地从羚羊身上撕咬下一块肉。咔咔的响声让她汗毛直竖。她闭上了嘴。

女儿的声音中带着微弱的颤抖，由强至弱，听起来底气不足。她能猜到女儿在担心什么。按理说，女儿已经过了那种幻想父母离婚、选择究竟与谁生活的年纪。她以前也不会这样，甚至会调侃自己和丈夫的婚姻：“妈你每次都说爸不好，你怎么还和他一起过，如果换作是我，我早离了。”

她突然有些同情丈夫，为他辩解着：“你爸至少不赌不嫖……再说，我还不是为了你。”

女儿笑了：“要我说，其实你还是不想离婚。”

她的心前所未有地慌张起来。她在心里问着自己，真想离吗？一开始答案是肯定的，可是多问几次，心里越发地没底。她开始搜寻各种各样的理由来：“那还能怎么办呢？要是真离婚，你就是单亲家庭了，以后结婚人家会瞧不起的……”她的声音逐渐弱了下去。女儿看着她，笑得意味深长。

她现在想，也许女儿说得没错，她可能并不是真的想和丈夫离婚。有多少次了，她已经觉得日子快要过不下去，但最后也还是咬着牙忍受过来了。她的母亲就是一个很能忍耐的人。

母亲常常告诉她，作为一个女人，最大的美德就是忍耐。她在心里鄙夷母亲，觉得她懦弱无能。她亲眼看到母亲对父亲的打骂忍气吞声，但她没有帮过忙，更没有去劝慰。她觉得，这是母亲选择的生活，她应该为自己的选择负责。她也暗暗在心里告诉自己，以后她绝对不能这样生活。

父亲与母亲的关系并没有造成她对婚姻的恐惧。她幻想未来的丈夫会是一个身材高大的男人，为了表达情意，他选择给她念诗。有了孩子之后，丈夫会在灯下辅导孩子做作业。在灯光的映照下，她感到自己正在逐渐融化，并且将继续融化下去。这些幻想最终形成了一个棱角分明、目光清澈的男人的形象，和她当年崇拜的一个男明星很相似。直到订婚后，她又突然记起了这个幻想中的轮廓。她用它和丈夫对比着，有一种吃了亏般的沮丧。不过她又安慰自己，她有足够的时间可以把丈夫打磨成自己想要的模样。当婚姻越来越长，她终于发现，自己正在重复经历着母亲当年所经历过的一切。她开始觉得，忍耐不仅是一种美德，甚至是一种智慧。每每在与丈夫的冲突之后，她都骄傲地想，她又一次给自己高尚的道德加了光彩。

小辈们随着女儿一起站起来，举起了酒杯。他们起哄让她和丈夫喝一杯交杯酒。丈夫带着愠气说搞这种东西做什么，坐在椅子上不肯起来。她站起来了。她依然是笑着的。她为自己的宽容与大度感到骄傲。丈夫挣扎了一番，还是站了起来。他粗鲁地举起酒杯，将手臂穿过她的手臂。小辈们开始起哄鼓掌。她仰起头，将酒一饮而尽。酒热辣辣的，将她呛出了一汪眼泪。她突然想起了四十年前她与丈夫结婚的夜晚，丈夫的战友们也是这样起哄让他们喝交杯酒，让他们共同咬一个苹果。他们的脸撞在了一起。哄笑声瞬间占满了整个房间。他们祝福道：“新婚快乐！百年好合。”在闪烁的灯光中，她想到母亲。她知道，她将和母亲一样，与丈夫走向外人眼里的百年好合。

饲 鼠

王先生总是不来。

时间已过七时半，他向来晚到，出现得从无定时。阿小也习惯等。王先生不来，一屋子的寂静就更放肆一些，更深厚一些。旁人或许会这么想，但这是不对的。阿小知道，即便公寓里总是悄悄的，其实骚动都在墙里。墙缝后面蟑螂蠢蠢欲动，如欲打电话公布不伦关系的第三人。阒寂的夜里，偶有鼠族细密的脚步哒哒拍着地面踩过去，像是小孩在啃咬指甲。如果这时候房间漏出灯光或者脚步声，那声音就停了。

她在黑暗中想象这鼠的大小。听脚步的重量，它体型有超出同类的硕大。有时它会出现在她的梦里。它偷吃花生，留下一地朽木渣子般的壳。皮毛是光滑的，尾巴油亮地垂在尻后。也不怕人，蛮悠闲的样子。一束橘红的灯光顺着门缝溢进来，鼠的影子便常常映在墙上，好像是慢动作，每个细节都被放大得很具体。然后，梦就在这一帧定格，像是断电一般，梦被照亮了，也就结束了。

周公解梦上讲，年轻女人梦见老鼠，是预示有人在欺骗她，一定要当心隐蔽的敌人。

正是即将入夜的傍晚。阿小站在厨房里备饭。菜单早已决定好：鸡油炒饭，蚝油香菇。高汤枸杞芽清火明目。腊肉蒜薹，是王先生爱吃的。其实阿小比较擅长做西餐，糖要几克，肉放进烤箱后火需几度，时间要多久，都是很具体的刻度，比较容易让人有安全感。中餐菜谱总是模糊，关于配料的多寡，永远写着两个字：适量。做菜搞得像哲学命题，是或者非总是不太确定。阿小想起少年时期做数学考题。四个选项里，每一个都好像是对的，又好像不对，越看越觉得头痛。所以，阿小在做中餐时就会很踟蹰，究竟多少才是对的，多一点，还是少一点?

但王先生比较喜欢中式菜肴。三菜一汤，如果要豪华一些，可以去市场买少许腌制好的卤味，饭后再来一碗甜汤，莲子银耳或红豆沙，如果有清淡的凉拌菜肴，他会更加高兴。这是一个晴朗的天气。下午才落过一场雨，空气被洗刷干净，四处都是崭新的味道。阿小觉得，这种天气适合和好，所以她准备将晚饭做得豪华一些。

她打开冰箱，依次拿出食材。冰箱里溢出一股层次分明的臭味。只是几天没有整理而已，里面的味道就变了。她提醒自己明天一定要整理，拿出食材，接着赶紧关上柜门。她走回房，脱掉丝袜，换上长 T 恤，长头发挽在头顶，用夹子随便夹住。走回厨房里，她穿上围裙，弯腰拿起一个塑料袋打开，将里头的香菇倒进流理台的洗菜篮里，香菇咕嘟嘟地敲打着菜篓子，发出可爱的响声。有一股生涩的泥土味。水打开，泡上。香菇漂浮起来。她准备先泡一会儿，先把鸡弄好。

她把鸡放在自来水龙头下稍微清洗过，仔细挑了一把刀，顺着纹路将鸡油刮下来，放在碗里。阿小有一把从肉摊贩手里买来的片肉刀。刀蛮旧了。刀柄处是用布条包着的，有长期积攒的油腻和肉腥味儿，冲洗不掉。刀柄处贴合阿小手掌曲线，非常上手。第一次用时，无师自通一样，阿小顺顺利利将肉从骨头上剔下。那种快乐的感觉无以形容。

她用锅装满水，依次倒入料酒、姜片、葱段，打开火慢慢烧着。白斩鸡之美就在于出锅时必得带一点血的。没有血，说明肉质老了，所以更得注意火候。她耐心地盯着，一直等到水开，将火扭小，把鸡放入锅里。水面上立刻起了一层白腻的油脂。鸡表皮经过水温，渐渐熏染成金黄色。等水再次开了。她将下厨专用的小闹钟设定到两分半。她转身开冰箱拿冰块。制冰盒被冻住，上面结着血色的斑点。她闻了闻，觉得有点臭，遂将冰块倾倒在盆子里，用冷水冲洗一番，再用纯净水泡上。时钟叮地响了。阿小回过头，关火，又定上三十秒的时间，将装满冰块的纯净水端过来备用。待时间到了，她从锅里拎出鸡，顺着凉水盆边缘滑一圈，轻轻入水。水盆里立刻响起一阵滋滋的声音。一层缥缈的水雾升起来，很快被油烟机吞噬掉。水盆里，金黄的鸡肉半漂浮着，灯光透过冰块的棱角折射出光线，勾勒出鸡的线条。阿小用手掌做勺，撩起水浇在鸡肉上。冰水能让鸡肉保持紧致。

枸杞叶买回来的时候就已择好了。刚才煮过鸡肉的水漂着杂质，有些浑浊，阿小赶紧将它倒掉了，决定把枸杞叶做成枸杞蛋汤。她拿出两个鸡蛋，打破后，在碗里搅碎。水烧开了，她把盛着枸杞叶的筐子在流理台边上颠了颠，沥出水，再把叶子抓入锅里。水立刻变成翠绿的玉色。一股生涩的味道蒸腾起来，弥漫整个房间。这味道也是绿色的。阿小深吸了一口气。

味道从鼻腔顺着鼻骨爬上来，刺激得她头皮微微发麻。头上的复古吊扇吱呀作响，把身上的汗蒸发掉，很凉，阿小不自觉地打寒战，激出一身鸡皮。她站了一会儿，等水微开了。她往锅里放入盐，略微搅拌后把蛋液顺着锅沿倒下，待蛋液微微结块时搅动片刻，关火。她把汤盛进汤锅，放在餐桌上。灯光下，汤冒出绿莹莹的香气。阿小忍不住拿过一个碗，从锅里盛了一点尝尝，枸杞叶软滑鲜嫩，蛋香夹杂其间，很鲜甜。她微微笑了。

其实她从来都不喜欢吃青菜，也许是受阿娘影响。阿娘有糖尿病，每次吃饭时必会做一大盘水煮青菜。阿娘喜欢先在水里放盐，将青菜煮得烂熟了再捞起来——她不太在意菜的卖相。这时候，那些青菜原本的绿色已经褪掉，无一例外都是蔫蔫的，像是隔了夜。油也不放，菜滴下被稀释的生抽，黏糊糊的。阿娘却一点也不在意。她大口将蔬菜塞进口中，愉快的样子像是一头食草动物。带着生抽的汤汁随着阿娘的吞咽不时地溅起来，有时溅在其他的菜碟里，有时甚至会飞到阿小的脸上。阿小注视着她，胃里的酸液蠢蠢欲动。

不知道这种习惯会不会遗传？如果有，阿毛应该也不会喜欢吃青菜。怀孕三个月，照超声波时医生隔着口罩对阿小说，你看，这是宝宝的心脏。阿毛已经初具人形，看起来像一只耳朵。一个黑点，应该是眼睛。她看着它，感觉有些阴森森的。医生说，你要想清楚喔，头一胎就流掉，以后恐怕不太好怀孕。她看着屏幕上坚硬且有棱角的线条，觉得这一定是个男孩，于是，心里生出一点不坚决的柔情。医生说，你老公呢，你老公同意吗？阿小的脑子里飘过王先生不甚清晰的影子，很快又散去了。

小男孩的话会比较像母亲。如果像她，阿毛会喜欢那种垃圾食品。她从小就很喜欢吃油炸、汉堡。去麦当劳她总是点巨无霸的。双层牛肉加芝士片，牛肉就多了一层肥美的润滑感。青菜西红柿可以解腻，层次丰富。高热量的食物比较容易让人有安全感。她想着，心里涌上来一股柔情。仿佛又回到那天，自己躺在略微发凉的检查台上。医生早已把超声波的屏幕面向她。她伸手过去，触在屏幕上。屏幕被空调吹得有些冰凉。她顺着阿毛的身体，一点一点勾勒出他的线条。她的心里生出来一股似是委屈的柔情，和现在的感觉是一样的。

她突然很想做一道汉堡肉。

阿小想了想，将腊肉弃在一边，打开冷冻柜，将里头的那块存放了几天的肉拖出来，横在案板上。这块肉好大，她整整处理了一天才分装好。不过肉被处理得很干净，没什么体毛。肉皮很薄，颜色已有些偏紫了。按道理，应该先化冰再切的。但这块肉实在有些大，她只好拿来剁肉刀，一手按住肉的一头，手起刀落。

咚，咚，咚。

身后有一双阴鸷的眼睛在黑暗中注视她。身后四点方向，锐物刮过地板，喀，喀，喀，声音是有节奏的，像是原始部落在捕到大型猎物时举行的庆典。人们燃起篝火，围绕猎物跳舞。火星烤热了每一个人的脸。

王先生不在时，这声音总是放肆些。他们是从来没打过照面的。两个生物，不同物种，不同大小，大约性别也不相同，却很处得来。朋友艾米来阿小家拜访，说，房子太大了你晚上都不觉得害怕吗，为什么不养只猫或者养条狗。阿小只是笑笑，不语。

肉腥味漫了出来。臭味的层次很分明，却又飘忽。想要认真去寻的时候，那味道就没有了。阿小想象着在房间某处，也许就是墙壁后面埋了一具尸体。电影不也是那么演吗，正房和学生妹小三摊牌，一时激愤，把学生妹推下楼去，当场毙命。她将学生妹用塑料膜通体包好，自己运来水泥，在房间里砌了一堵墙。学生妹成为冤魂，只好在房里兴风作浪，期待有人发现。

死得冤枉，却又寂寞，看见生的人就难免要走出来，诉一诉他们的悲与苦。

然而这是一幢崭新鲜的公寓，新到来不及让幽魂野鬼进驻其中。房子面水背山，绿荫葱葱。背山靠水，中国传统的风水美学。所以，房子开盘的时候叫价两万一平米，打破了这座养老小城的房价纪录。王先生带阿小来看房子，说，买最高一层吧，整个城市尽数收入眼底，感觉自己像个皇帝。阿小依偎在王先生身边，说，无论你说什么，我总是听从。

房子一落成她就搬了进来，到现在不过一年多的时间。房子好新，偶尔还能闻到雪白腻子残留的涩味，感觉像是住酒店。也真的和酒店一样，以前每天都会有王先生雇的一个钟点工定时来打扫，日常工作是除尘和洗衣服，周末时洗一次床单。一开始还好，反正王先生不来，房间里多一个人的脚步，就不会显得那么空旷。后来阿小发现她手脚有些不干净，就把她辞掉了。

因为在顶层，屋子总是很明朗的。夕阳西下时，卧室里充满燠热的光线，人躺在床上，看浮尘轻巧地浮在半空中，很是适意。

王先生仍是不来。

一开始阿小是数日子。三天五天，半个月。原来家里还有个帮佣，是东北人，说话很大声。她一说话，房间里就被满满当当的。阿小不习惯，觉得私人空间被侵略，便把她辞了。房间里从此变得更加安静。阿小数着时间，数着数着，就觉得一切变得立体了。时间荡漾出羽绒一般的微尘，线条修长，步伐缓慢，留下丝一样的痕迹。

数得累了，她就出门去买东西。超市、市场，人越多的地方越好。市场上气味交杂，人声鼎沸，有一种热乎乎的幸福感。摊位上方的黄色灯泡散发高热，叫卖声此起彼伏。猪肉摊的弧形吊钩上挂着肉条，案板上也有，形状不大好看，估计是切剩下的。苍蝇无头一般乱窜。经过肉摊时，每次路过，阿小总会闻到一股臭味。和刚才的那种味道很像，隐隐约约的，似乎见不得人，阴暗地从某个角落里漫出来。

她将剁好的肉放在一边，其余部分放回冰箱。她接来一盆温水，将肉泡在里面。趁着这个空当，她开始清洗香菇。阿小小心揉搓着香菇的伞顶，将里面的沙土清洗干净。滤干水后，她将香菇依次摆在白色塑料砧板上，用小刀去梗。烧酱汁。将拍扁的蒜、辣椒放入锅中爆香，倒入勾了芡的生抽汁。锅里冒出一阵烟，酱汁在锅底形成一湾浅咖啡色的湖。待湖面冒起泡泡，倾倒香菇。她用铲子从锅底翻起酱汁浇在香菇上，盖好锅盖。五分钟后起锅。香菇飘出浓香，阿小用锅铲铲起一颗，也顾不得拿筷子，直接用手拎起来放在嘴里。香菇滑溜溜的表皮直接滑过她的舌头。她用舌头挤压一下，汁液流了出来。很好，已经入味了。

肉化冻了。阿小将肉冲洗干净，用片肉刀顺着骨骼纹路将肉一块一块片下来。她将肉绞碎，铺平在砧板上，用肉锤在表面用力捶打，好让肉的质感更紧实些。阿小以前在电视上看过别人做手工牛肉丸，一个粗壮的木槌，工人们将它抬起来，案板上的肉泥便紧跟着发出扎实的声音。咚，咚。肉糜弄好了，她开始准备调料。她将洋葱、胡萝卜切成小丁，一同放入碗里，又找来牛奶、面粉还有鸡蛋。鸡蛋能让肉提鲜。王先生曾带她去吃台湾火锅。火锅店里，每碗沙茶酱的旁边都有一个小碗，里头装着一只鸡蛋。阿小问生鸡蛋的话不会腥吗。服务小哥帮她把鸡蛋打在空碗里，挑出蛋黄，放入酱料里搅碎。他自作主张地用筷子搛起一小块，凑到阿小嘴前说，你尝尝看，不腥的吧。

她将肉糜加盐、胡椒搅拌好，用筷子轻轻挑起一点尝了尝，再吐出来。味道差不多了，她将肉糜放入冰箱里冷藏，又拿出西红柿。西红柿洗净，剥皮。西红柿皮不大好剥，她弄得满手都是汁液，不得不常抬起手去舔。她将西红柿对半切开，再像切苹果一样切成弧形。西红柿内部没有多少籽，看样子可能是催熟的，她有点失望。但还是小心翼翼地摆盘，像摆切好的水果一样依次摆好，再舀了一勺子绵白糖，均匀地洒在表面。她看着红白相间的西红柿片，想了想，又从窗台上摘下几片薄荷叶，冲净后插在盘子的边缘。红色红得烂漫，绿色绿得晶莹，谁说红绿搭总是很艳俗呢。

她抓紧时间，用刀背刮掉黄瓜表面的白刺。头柄和尾花的部分切掉，只取中间水嫩的部分。黄瓜表皮水润又生涩的味道在房间里飘荡着，打破了厨房里沉积的油腻。阿小将黄瓜装盘，又将红艳的指天椒切成碎段，泡进陈醋里。她用手指轻轻点了点调料的表面，皱皱眉头，有些咸了。她利落地在调料碗中倒入纯净水，然后浇在黄瓜上。

阿小将已做好的香菇、黄瓜、西红柿、白斩鸡依次摆在桌面上，再拿出一副碗筷，摆好。

时间已经很晚，王先生仍没有来。现在还剩下汉堡肉和炒饭了。炒饭放久了会湿，她决定最后一刻再做，先准备汉堡肉要用的酱汁。她依次在碗里倒入西红柿酱、老抽、生抽、砂糖，用研磨机将黑胡椒研碎在碗里，搅拌均匀。接着，她将酱汁倒入锅中。发酸的西红柿酱味、略微发麻的黑胡椒味冲进她的鼻子，让她想要流眼泪。酱汁浓稠后，她拎起锅子，将汁倒入碗中。她将碗举到鼻子边，闻了闻，很香。又从冰箱里拿出刚才冰上的肉糜，团成饼状。阿小洗了手，从橱柜里拿出平底锅架上，在里头点上轻飘飘的一层油。待油热了，她将肉饼放入锅里。

肉滋滋作响。今天的肉不像平常的牛肉，有一种奇特的、令人慌张的期待感。她有些担心冰过的肉糜下锅后会散开，不过也许是有鸡蛋的缘故，并没有发生令她担心的事。她开中火将肉饼煎成双面焦黄色，转小火。等肉饼煎熟之后，她用白色盘子将汉堡肉盛上，倒入酱汁。再将刚才剩下的几片西红柿摆在盘子边缘，用厨房纸擦去残留的汁液，端上桌。

最后一道菜了。阿小将鸡油块放进锅里，微微化开，厨房里立刻飘起了动物油脂特有的油香。她又从锅里舀出一碗剩米饭，倒入锅中，加了一点油，用铲子翻炒几下，加盐、酱油、辣椒粉。再翻炒几下，可以出锅了。

天已经很暗了。阿小端着鸡油炒饭走到餐厅里，打开灯。突然亮起的白光让她感觉晕眩。她早就跟王先生说要换一个颜色的灯泡，他嗯嗯应着，到头来却还是会忘记。这颜色的灯光总是让她心里发慌。她有些头晕，赶紧扶着椅子坐下来。啪的一声。巨大的白光在她的头顶亮起来，一个戴着白色口罩的人推门而入。

姓名、年龄。

刘阿小。……二十岁。

两只阴鸷的眼睛转向她。张开腿，他说。

白灯照在眼睛里，头晕目眩的。那双眼睛靠了过来。瞳孔很大，有点像王先生。她想。

她感觉有些头晕。阿小站起身，走到客厅里，亮起一盏昏暗的灯。墙角的边上有一台旧式样留声机，是王先生淘回来的。他收集了好多旧唱片，多是唱戏的，阿小不怎么喜欢。她更喜欢听老歌，白光、邓丽君一类，甜蜜蜜，你问我爱你有多深。歌声甜蜜，整个人听得身体酥软掉。但是王先生说，戏是很好的。你看，男人扮作女相去唱女人，那么哀婉，其实，只有男人最懂女人。阿小想，真的吗?

她随意抽出一张唱片，架在留声机上。唱针嘶嘶拉过去，偶尔卡顿，发出咔咔的声音。

一个女声唱响：我等着你回来/我想着你回来/等你回来让我开怀。

阿小起身，任由留声机响着。她看了一眼台历，上面布满红叉，森怖刺眼，已经四十九天了。墙壁一角骚动不止，该是喂食的时候了。她撑着身子站起来，走回厨房。餐桌上，各色菜肴弱弱地飘着剩余的热气。她想了想，端起那盘汉堡肉，向吱吱作响的阴暗角落走去。一双眼睛在黑暗中盯着她，仿佛是屏住呼吸，又好像是强忍住期待。阿小走过去，慢慢地走过去。空荡的房间里，脚步声踏踏地，层层地飘荡过去，被黑暗吞噬掉。

她看见了那双眼睛。她蹲下来，那双眼睛没有逃。她听见鼻子嗅味的声音。她将盛有汉堡肉的盘子放在那双眼睛底下。她看不到那双眼睛，却能感觉到它的方向。吱吱的声音响起，是愉悦的。阿小有点惊讶，又有点欣慰，原来她是能够听懂的。

她起身走开。黑暗中，她听见牙齿咀嚼的声音。喀嚓喀嚓，是吃到硬物，得用力嚼开。阿小觉得有些牙疼。声音顿了顿，断断续续地响起来，喀嚓喀嚓。

阿小松了一口气。她甩甩手，略带抱歉在沙发上躺下来，向后仰过去。她转过身，将留声机调大了些。我要等你回来，还不回来春光不再。还不回来，热泪满腮。

图书在版编目（CIP）数据

少女与泰坦尼克 / 徐小雅著. —南京 : 江苏凤凰文艺出版社，2019.11
ISBN 978 - 7 - 5594 - 4062 - 4

Ⅰ. ①少… Ⅱ. ①徐… Ⅲ. ①短篇小说－小说集－中国－当代 Ⅳ. ①I247.7

中国版本图书馆 CIP 数据核字(2019)第 216827 号

少女与泰坦尼克

徐小雅 著

出 版 人　张在健
责任编辑　李　黎　牟盛洁
装帧设计　马海云
责任印制　刘　巍
出版发行　江苏凤凰文艺出版社
　　　　　南京市中央路 165 号，邮编：210009
网　　址　http://www.jswenyi.com
印　　刷　江苏凤凰通达印刷有限公司
开　　本　880×1230 毫米　1/32
印　　张　8.875
字　　数　184 千字
版　　次　2019 年 11 月第 1 版　2019 年 11 月第 1 次印刷
书　　号　ISBN 978 - 7 - 5594 - 4062 - 4
定　　价　42.80 元